人間烟火味

黄剑丰 著

南方日报出版社
NANFANG DAILY PRESS
中国·广州

图书在版编目（CIP）数据

人间烟火味 / 黄剑丰著. -- 广州 : 南方日报出版社, 2025. 8. --
ISBN 978-7-5491-3070-2

Ⅰ. I267

中国国家版本馆CIP数据核字第2025G75C68号

RENJIAN YANHUO WEI

人间烟火味

著　　者：黄剑丰
出版发行：南方日报出版社
地　　址：广州市广州大道中289号
出 版 人：周山丹
责任编辑：巫殷昕
装帧设计：邓晓童
封面题字：王纯彬
责任校对：阮昌汉
责任技编：王　兰
经　　销：全国新华书店
印　　刷：广州市新怡印务股份有限公司
成品尺寸：170mm×240mm
印　　张：15
字　　数：240千字
版　　次：2025年8月第1版
印　　次：2025年8月第1次印刷
定　　价：68.00元

投稿热线：（020）87360640　　读者热线：（020）87363865

序一

黄剑丰君将其美食散文集《人间烟火味》示我，嘱我作序。展卷细读，字里行间满是烟火气与真性情，仿佛随他走过潮州深夜的鱼生店、广州清晨的茶楼、东南亚的街头巷尾，舌尖的滋味与心间的感悟交织，令人动容。

中国饮食文化博大精深，八大菜系各有千秋，而粤菜中的潮菜作为其中浓墨重彩的一笔，以“清而不淡、鲜而不俗、嫩而不生、油而不腻”的特质享誉中外。剑丰君生于潮汕，“四方斗底”的面相谶语，恰似他与美食缘分的起点。在他笔下，潮州鱼生“片片如雪”的刀工，不仅是技艺的展现，更是潮菜文化“精工细作”传统的缩影——这背后，是潮汕人对食材的敬畏，是“食不厌精”的饮食哲学在千年传承中的生动实践。

饮食从来不止于果腹，更是一方水土的文化密码。剑丰君的文字妙在“由味入道”：广府早茶的“一盅两件”，他读出了粤菜“中庸之道”的生活智慧；东南亚的冬阴功、肉骨茶，他品出了异国风情与潮汕饮食的隐秘关联——要知道，潮汕与东南亚一衣带水，多少潮汕先辈下南洋时，将家乡的调味与异乡的食材相融，孕育出独特的“侨乡风味”。这种跨越地域的味觉共鸣，恰是中华饮食文化兼容并蓄的见证。

更动人的是，他笔下的美食始终连着“人”与“情”。鱼生店店主的利刀飞舞、茶楼里老广的悠闲时光，乃至某道家常菜勾起的童年回忆，都让食物超越了味蕾的层次，成为情感的载体。这与潮菜文化的内核不谋而合：潮汕人逢年过节的“粿品”、祭祖的“三牲”，哪一样不是用食物承载着亲情与乡愁？剑丰君说“美食是连接人与人、人与土地的纽带”，此言深得我心。

当下，快餐文化盛行，许多年轻人对传统饮食的记忆渐趋模糊。《人间烟火味》的出版，恰如一股清流——它不仅记录了各地美食的风味，更挖掘了风味背后的历史脉络与民俗基因。对潮菜文化而言，这样的书写尤为珍贵：当鱼生的刀工、粿品的制作、工夫茶的礼仪被文字定格，当饮食中的潮汕精神被娓娓道来，便是对文化最好的传承。

剑丰君以媒体人的敏锐捕捉风味，以文人的细腻体悟人生，数十篇散文串联起的是一部个人的“味觉史”，更是一部微缩的“饮食文化志”。读罢掩卷，仿佛闻到潮州老巷的朥饼香，听到茶楼里的粤曲声，更感受到那份“人间烟火气，最抚凡人心”的温暖。

愿此书能让更多人在品味美食时，读懂美食背后的文化与深情；愿每一道传统佳肴，都能在这样的文字里，永远鲜活。

是为序。

张耿明（广东省潮菜文化研究会会长）

序二

在我十五岁“出花园”后，母亲找人帮我看相。看相的人说我面型“四方斗底，下颏戽戽”，将来必定“食四方”。民以食为天，母亲这代人经历过物质特别缺乏的艰难时期，一听这话，喜不自胜。

算命先生算得准。长大后，我因为学业与职业，经常要远离家门，四处漂荡，走到哪吃到哪。在离开家乡之前，我只喜欢清淡的潮菜，后来离家日久，逐渐学会吃辣。口味的打开，让我对五湖四海的珍馐美味都能适应。

我曾经从事媒体工作，写过一段时间的美食专栏。日常生活之中，我除了喜欢美食，也喜欢下厨。对于美食，我有个朴素的理解：不外是大块切小块，由生煮熟，只要食材新鲜，均可吃出美味。

我这些年走过许多地方，尝过无数珍馐，吃得多，口味也变刁起来。俗话说，食不厌精，脍不厌细。一道食品，调料的咸淡，烹调火候是否适中，甚至食材是否应时，刀工是否精细，等等，我都学会了怎么挑剔。我不但会认真去品尝食物的美味，对其背后的历史、民俗也深感兴趣。

深夜潮州街头的鱼生店，店主利刀飞舞，鱼生片片如雪，考验的是潮州菜精工细作的刀工；清晨广州茶楼广府早茶蒸腾的热汽中，氤氲着老广慢悠悠的时光，一盅两件体现了粤菜文化的中庸之道；行走东南亚，马来西亚新山的榴莲飘香，泰国吞武里的冬阴功汤酸辣可口，新加坡克拉码头黄亚细香浓的肉骨茶“肉鲜汤滚药味飘香”，扑面而来的是异国风情……每一道菜，都是一方水土的缩影，更是我一段行走天涯的人生映照。

味蕾与记忆是关联的。有时候，走到某个地方就会想起某种美食，也有

时候吃到某一道美食，想起了某些人与事。食物虽美味，但最难忘的，却是那些藏在食物背后的故事。美食的意义，早已超越了味蕾的享受，它是文化的传承，是情感记忆的寄托，更是连接人与人、人与土地的纽带。

这本书由七十篇散文组成，是我在美食之旅中的所见所感，也是对生活的点滴思考。我试图用文字，将舌尖上的滋味化作心间的感悟。在酸甜苦辣的交织中，我品味的不仅是食物，更是人生的百味。有时，一道简单的家常菜，能勾起童年的回忆；一场异国的美食邂逅，会带来对世界的新认知。美食就像一面镜子，照见我的过去、现在与未来。

感恩人生路上遇到的每一位朋友，那些被我写进文字的朋友，是你们的故事，让这些文字有了温度；也感谢每一道惊艳味蕾的佳肴，是你们的独特风味，让我对生活始终充满热爱与期待。愿这本书，能成为你餐桌上的一味佐料，在阅读的间隙，勾起对美食的向往，对生活的眷恋。

人间烟火气，最抚凡人心！我为这本书取名叫《人间烟火味》，品尝的是食物的美味，细品的是人生的况味！此刻，窗外烟火又起，不知哪一家的厨房里，正飘出令人垂涎的香气。而我，仍在继续寻找，寻找下一道美味，也寻找下一个动人的故事。

黄剑丰

2025年8月于白云山下

目录

壹 一碗解忧愁

龙归粉仔 · 002
潮州白粥 · 005
隆江猪脚饭 · 007
清汤素面 · 010
潮汕肠粉 · 013
普宁面线 · 017
潮州炒面节 · 021

贰 香飘千里外

白云猪手 · 026
广府烧乳猪 · 029
封开油栗焖杏花鸡 · 032
河田白切鸡 · 036
客家盐焗鸡 · 039
太和烧鸡 · 042
潮汕牛肉丸 · 045
白糖花生炖猪脚 · 048
南洋肉骨茶 · 051

叁 舌尖一口鲜

顺德拆鱼羹 · 056
潮州鱼生 · 058
荔枝菌 · 062
金不换炒薄壳 · 065
腌蟛蜞 · 068
白沙湖『男女』 · 071

肆 四海味悠长

臭屁醋·076
酸鱼冻·079
冬阴功汤·082
贵州牛瘪·086
菊花豆腐·090
东北杀猪菜·092
盆菜宴·095
龙舟饭·098
英歌饭·101

伍 最喜烟火气

普宁剁豆干·104
潮汕人的粿·107
潮汕浮膀饼·111
潮州腐乳饼·114
潮汕海石花·117
潮州老香橼·120
紫苏炒田螺·123
广州罡罘酒·126
香辣罐头虾·130
长沙臭豆腐·134
麻辣田鸡·137
普宁米润·140

陆 青青蔬草香

香椿炒蛋·146
杭州莼菜·149
泮塘五秀·152
苦刺心·155
西洋菜汤·157
益母草汤·160
新寨应菜·163
食蒌叶·166

柒 人间清欢味

乌酥杨梅·172
黄皮汤·175
樟林林檎·177
邹堂梨脯·181
枇杷·185
甜橙·188
黄边鸡心柿·190
芽笼榴莲·193
天山雪莲·197
以花为食·200
荔枝鸡汤·203

捌 最忆是家乡

猫毛草水·206
番葱卵·208
乌榄·211
蛇莓·214
广太肉皮汤·217
潮汕菜脚·221
姜薯汤·223
尖米圆·228

壹

一碗解忧愁

龙归粉仔

每年元宵、清明等传统节日，广州市白云区龙归街道的居民就要做一种叫作“粉仔”的米粉。粉仔是当地的俗称，书面语叫作“濑粉”。濑粉在珠三角地区非常常见，但是龙归的做法很独特。完整的龙归粉仔，一式六份，由粉仔、南乳汁、花生末、蒜泥浆、姜煎蛋与高汤组成，极具地方特色，因此人们将其称为“龙归粉仔”。龙归是著名的侨乡，华侨回来第一时间就要吃粉仔。龙归粉仔也随着华侨的迁徙，传到了海外去。

以前要吃碗粉仔不容易，因为工序比较烦琐。浸米、磨浆、揉团、开浆、成型，每一个环节都费时费力，必须在特定的节日，合数户人之力始能制作。将米粉团放入一个架在沸水大锅上的特制濑粉木槽中挤压，木孔中就“濑出又长又韧又爽又滑的粉条，故名为‘濑粉’”。因为这样，有的地方也将濑粉叫作榨粉仔。以前人们只有到传统节日才会做粉仔。现在社会发展了，市面上有专门制作濑粉的商户，普通市民可以直接买濑粉自己回家煮，也有人开设濑粉烹调店，到店即食。

这种俗称为粉仔的濑粉，跟桂林米粉有点接近，当地居民介绍，濑粉的制作工艺最早是清代从中山传过来的，传到广州之后，龙归居民结合本土饮食习惯，加以改良形成本地特色。据说在过去，濑粉是冷饭晒干后再磨成粉特制而成。现在濑粉多以粘米为主要原料，加水搅和成稠度适中的粉团，然后制作成细长而有韧性的圆条状白色粉条。龙归粉仔能有自己的特色，关键在于调料。其中，南乳汁、蒜泥浆、姜煎蛋与高汤必不可少。

南乳一般选用广东产的红腐乳，与水按照一定比例调配成为南乳汁，盛放在碗碟备用。花生末是将油炸过的花生碾碎，剁成末，装在碟里备用。蒜泥浆是将葱、蒜、油一起捣成浆状，作为调料用。姜煎蛋采用姜丝与蛋煎成薄饼状，然后切成小三角，放盘里备用。高汤有的是用猪骨煲成，有的是用鲩鱼头加上花生煲成。将濑粉放在开水里烫熟、捞起，备用。至此吃龙归粉仔的各种食材齐备。

如此奢华，路边摊的粉仔店也都是如此搭配！当一式六款的食品摆放上桌，感觉特别丰盛。此刻吃龙归粉仔需要一个仪式：用筷子夹适量的濑粉于小碗，撒上花生末，淋上南乳汁，浇上蒜泥酱，再舀一瓢热气腾腾的高汤，顺便夹上一块香喷喷的姜煎蛋。一碗香喷喷的龙归粉仔就完成了，可以大快朵颐了！

粉仔原本没有明显的味道，但是此刻经过各种食材的搭配，花生末的脆香、蒜泥的蒜油香、姜煎蛋的鲜香、南乳汁的浓香、粉仔的滑香全部夹杂在一起，再喝上一口高汤，觉得各种味道被输送到五脏六腑，十分惬意，真的让人回味无穷。

龙归是著名的侨乡，19世纪，当地人民为了改变生活现状，纷纷出国谋生。早期经过各种磨难最终在海外站稳脚跟的乡亲，通过亲属移民帮助国内的亲友出国，逐渐形成了一个海外移民的网络，比较典型的要数龙归当地的南村，常住人口5000多人，但是其在海外的华侨却有6000多人。华侨虽然身在海外，但是一直关心家乡的建设，家乡的教育、医疗、交通基础设施建设等方面，尤其是南岭小学、龙归华侨中学、培英小学等的建设都离不开华侨的力

这一碗看似简单的濑粉，却要花上一两天时间去筹备，因此旧时龙归人只有在节日喜庆时才会制作，尤其让海外的华侨魂牵梦萦。

量。当地的道路、桥梁等很多公共设施都是由华侨出资建设的。1995年的南村公园是当时广州第一个农村公园，也是华侨出资出力推动建成。华侨对家乡怀着炽热的深情，每年传统节日都有华侨从海外回来，而华侨回来第一件事就是要吃一碗牵挂不已的龙归粉仔。

2013年世界广府人恳亲大会举办期间，我陪一对老华侨回龙归南村。这对华侨是夫妻，已经八十多岁。老先生是抗战前出去的，那时他还小，跟随村里其他人到海外做苦力。后来战乱，故乡的亲人在逃难时陆续离世。老先生赚到的钱欲寄回却已无人可收了，他后来在加拿大成家立业，娶了一位番禺籍的女子为妻，一直到改革开放后才回到祖国。看到祖国日渐强大，尽管家乡已经没有亲人了，但老人每隔几年都会随团回来广州，到广州后必定要到龙归吃一碗粉仔。

那天，我看着这位垂垂老矣的华侨，用颤抖的手拿着汤匙，舀着白色的粉仔。他吹着汤，呼噜一声嗦入口，闭着眼睛，用心回味，然后吞咽下去，神情非常虔诚。突然我看见两行泪水从他布满皱纹的脸滑落下来。

原来当年要出国的时候，母亲不知一别什么时候再见，提前一天竭尽家里所有给他做了一碗粉仔。吃完粉仔上路，此后几十年，龙归粉仔的香味都飘荡在他的梦里。

这碗龙归粉仔，不但是本地的特色美食，更是华侨舌尖上的味蕾享受。家乡的水，家乡的味道，满满的乡愁，让他们魂牵梦萦。不管走到哪里，龙归粉仔的香味都能牵引他们回家。

潮汕白粥

到潮汕菜馆就餐，懂吃的食客，在饕餮了大鱼大肉之后，会在大餐结束前再点一煲潮汕白粥，佐以咸菜、萝卜干或者橄榄菜等杂咸。原本已经吃饱的肚子，一煲白粥下肚，竟如水渗沙，顿时感觉舒心又暖胃，不但不饱胀，反觉得舒畅。

潮汕白粥在潮汕菜系中占有重要的位置，一煲白粥，通常有许多种小碟的配菜，颇有王者气概，人们甚至将众多的配菜比喻为其后宫佳丽三千，又因为所有的配菜都围绕白粥而来，因此又有“百鸟朝凤”的说法。

潮汕白粥不外是白米加水煮成，看似简单，但是要煲出米香，煲出潮汕白粥的特色，则很考究火候功夫：米与水按照一定的比例下锅，以砂锅旺火煮熟，当生米渐渐煮熟，遂熄火静置，锅里的余温会慢慢将米焖煮熟透，又黏又香的潮汕白粥就这样煲成了，潮汕话称为“糜”。潮汕白粥煮好后，不要搅动，要自然散热冷却。煮熟的白粥，粒粒熟透，却又浑然一锅。

一锅潮汕粥，与潮汕族群的精神是一致的。每个人崇尚个体独立，各显神通，但又有浑然一体的抱团精神。这一点，到潮汕的祠堂宫庙去看看，里面最常见的艺术作品就是八仙图，八仙过海各显神通，但八仙谁也离不开谁，合起来又是一个整体。可以说，一碗潮汕白粥，尽显潮人精神！

潮汕人可以说三餐都离不开白粥，不管是山珍还是海味，吃到最后不如一碗白粥落肚来得踏实。甚至说，潮汕人对于白粥有点执着的迷信，但凡病后或者胃口不好，都会煲白粥调理肠胃。潮汕地区五颜六色的各种腌制品如橄榄菜、腌咸鱼、腌萝卜等都是围绕白粥开发出来的。

潮汕人对白粥的情怀，因为物质缺乏而加深。旧时潮汕人受多子多福观念影响，每个家庭都生养了很多孩子。在老一辈的观念中，多个孩子不外是粥里多加碗水而已。那时粮食紧张，家家户户一日三餐都是煲白粥，白粥煲好后，会用笊篱将米粒捞出沥成为干饭，优先给家中主要劳力吃。白粥的米粒捞出之后，剩下的就是粥水，家里的妇幼再咬点咸菜或者萝卜干，勒紧裤腰，老一辈的苦日子就一天天过下来了。有时候，农村人为了节省粮食，会将地瓜或蔬菜切碎和米同煮，称为番薯粥或菜粥，从而衍生了五花八门的潮汕粥文化，比如在粥里放点油盐打个蛋，称为“卵糜”，放点肉末则称为“肉糜”，下鱼片则称为“鱼糜”，以此类推，有虾粥、蟹粥、鳝鱼粥……在广州所吃的各种砂锅粥，其实都是潮汕白粥的一种衍生。

潮汕地区很多宵夜大排档门口写着：白粥。卖的就是潮汕白粥。虽然是白粥，但是有很多配菜，这些配菜可以是大鱼大肉、山珍海味，也可以是咸菜萝卜干，丰俭由人。一些不知内情的外地游客，来到潮汕有时候吃一顿白粥就要花掉上千元。不是白粥贵，贵在配菜。

单纯吃两碗白粥也不耐饿，但任是五光十色的山珍海味，没有白粥，这一餐吃下来一点都不踏实，仿佛丢魂失魄。

这，正是潮汕白粥的王者之风。

隆江猪脚饭

作为一个异乡人，在广州街边吃完一碗隆江猪脚饭，那种吃饱饭后的踏实、温暖、满足与自信，会让人想起离家前慈母的叮咛嘱咐：“出门在外，要吃饱穿暖……”感觉自己还是那个听话懂事的孩子。这份饱，凝结着一份人世间的温情，让身在异乡的游子更加自信地去开创属于自己的明天。

广州、深圳等珠三角城市，凡是人流量密集的地方，都可以看到隆江猪脚饭的小店。一碟热腾腾的烂熟卤水猪脚肉、半个卤蛋、一碟酸菜、一碗例汤，再加上一碗淋着卤汁的香喷喷白米饭，这几乎是隆江猪脚饭的统一标配，价格大约是15元（有时会根据城市地段的租金有所浮动）。这个价格在珠三角是非常实惠的，比不上一个麦当劳汉堡的费用，与沙县小吃、兰州拉面、桂林米粉的消费价格基本持平。相比之下，隆江猪脚饭更能填饱肚子，也更加耐饿。

隆江猪脚应用的是潮汕美食中最常用到的卤水工艺。这种工艺在潮汕地区的传承有非常悠久的历史，是潮汕人日常用来烹饪鸡、鹅、鸭、猪肉的常见方法，各家各户的家庭主妇都能熟练应用。用八角、姜葱、油盐、酱料等制作好卤汤，放入焯水后的猪脚，先猛火，后慢火，经过2小时的卤制，猪脚已经浸满了卤料的香味。细品之，但觉香味浓郁，有八角的醇厚、桂皮的甘芳、香叶的清香、姜葱的辛辣……搭配酸菜，酸酸脆脆，既开胃又解腻，营养搭配均衡，尤其那碗淋了卤汁的白米饭，更是香气四溢，令人食欲大增。

有深厚的潮汕美食文化作为支撑，隆江猪脚饭低廉但绝不低贱。无论是在外来人员密集的城中村、地铁口，抑或是高档社区的附近以及星级餐厅的宴会酒席

上，都可以见到隆江猪脚的影子，可谓是上得了厅堂、入得了殿堂。

顾名思义，隆江猪脚的发源地在广东省惠来县隆江镇。惠来县濒临南海，隆江镇地处惠来县母亲河龙江河的中下游。这里水陆交通便利，龙江河航运发达，船只通过龙江河可穿梭于梅林、葵潭、神泉等地。现存的古码头作为曾经的货物集散点，见证了当地过往的商贸繁荣，是周边“三百六十乡圩集”的重要依托，带动了隆江镇及周边地区的经济发展。隆江镇过去挑夫贩卒云集，他们干体力活，需要能抗饿、营养丰富的食物，猪脚饭饱腹感强，能满足他们的需求，使得隆江猪脚饭逐渐盛行起来。

隆江猪脚饭千百年来逐渐改进工艺，成为一道普罗大众都喜欢吃的美食。这道美食也随着惠来人外迁遍布珠三角，并逐步向全国发展。隆江猪脚饭店的门面大多不大，多是一家几口人在经营，一个小小的档口，用透明玻璃分隔出一个熟食间，男人负责切肉，女人负责收款，家里的孩子帮忙传送，基本不用外请工人，一家几口人依靠隆江猪脚饭店就可以在城市扎根发展。

在我居住的社区附近，有许多家隆江猪脚饭店，我曾多次前往光顾。我常去的一家店，两夫妻带着三个小孩，夫妻分工，小孩帮忙。小店里摆放几张长条形的饭桌，一张可以对坐四人，店里坐满能有二十来人。附近有一个地铁站口，客流量很大，每次去店里基本都是满座。客人吃完，一个小孩子马上来撤掉盘碗，另一个小一点的孩子拿着抹布过来将台面擦干净，再小一点的孩子端着饭菜引客人入座。没有任何言语，但一切的动作都如此默契。有时候去晚了，客人渐渐少了，还可以看见孩子趴在饭桌上认真地写作业。这也是潮汕族群在外繁衍发展的一个缩影，多少父母外出打拼，他们或许在菜市场卖菜，在街边开士多店，在城中村开餐饮店……无论吃尽人世间的哪一种苦，他们唯一的目的就是用心培养好孩子，寄希望于未来。因为有了第一代的付出与拼搏，到了第二代乃至第三代便逐渐有人成才了。想起曾看过的一些发表获奖感言的场面，我相信未来一定会听到某一位青年才俊在发表感言的时候，感谢做猪脚饭培养自己成才的父母……也因为这样，有时候我在隆江猪脚饭店看到做作业的孩子，感觉特别温馨，生活再苦再累，未来也充满了希望。

从一间隆江猪脚饭店吃饱饭走出来，抬头望见都市的霓虹闪烁和高楼大厦。不由得感叹这城市的繁华，离不开浪迹天涯、他乡寻梦的异乡人付出的辛勤血汗。正是一碗碗物美价廉的隆江猪脚饭，给他们饱肚，给他们力量，支撑了他们寻梦的信心。

清汤素面

深夜时分，写完稿件，肚子饿得叽里咕噜响，家人煮来一碗清汤素面。

铁锅煮清水，水开，放面，盖上锅盖。焖着煮了几分钟，约摸面已经八成熟，打入一个鸡蛋，调入油盐，撒入切碎的葱末。盖上锅盖，将面煮至全熟。

简单的搭配，一份清汤素面就这样煮好了。

面很有韧性，有嚼头。鸡蛋的蛋白顶替了肉。欲素何曾素，这张吃惯肉的嘴，一天没吃肉都要“淡出鸟来”，要是没有这个鸡蛋，这碗所谓的清汤面估计就很难吃下去了。而最有灵魂的要数葱末，一根葱切碎，即使熟了也依然青翠可人，仿佛一根无形的棒子在指挥，把所有的味觉都调动起来。

我突然想起，已经很久没有认真品尝过葱的味道了。不是没有吃到，而是平时葱的味道被咸与辣所掩盖。唯有在这碗清淡的汤面之中，葱的味道才得以凸显出来。

饥肠得以充实，突然有种幸福的感觉。更重要的是，这碗面中，面、蛋、葱三种食材的味道各自独立，又相互渗透，如此凸显。

现在这个时代，物质并不缺乏，各家各户大鱼大肉已是寻常事。《道德经》中提到：“五色令人目盲；五音令人耳聋；五味令人口爽。”五彩缤纷的东西，很容易让人失去初心。在物质生活丰富的今天，人们追求口味之美，可以说是极尽手段。山珍海味，大鱼大肉，各种加工，各种做法，谓之美味，但是到头来，还是要回到原点，清清爽爽一碗汤面足矣。

信息化社会，消息传递迅速，每个人的心都被网络引导、牵着走，一刻不得安宁。躁动的心难以安静，反而需要更加离奇的东西来获得刺激，听觉、视觉、味觉的需求随之扩大或者变异，一切变得光怪陆离起来。世界，是内心的一种折射。原本我们需要的，仅仅是吃得饱、穿得暖而已，但整个世界都是为了吃得更饱、穿得更暖在变异地运转。

前段时间，在网上看到一条消息，马未都邀请李嘉诚到家里做客。吃饭时，马未都亲手给李嘉诚煮了一碗清水面条，李嘉诚一口气把面条全部吃光，然后意犹未尽地跟马未都说：“再来一碗。”

曾经沧海难为水。李嘉诚尝遍了世间奢华美味，但富商也是凡人，最后回到原点，对着一碗清汤面也情有独钟。

吃东西跟什么人吃，其实也是非常重要的。有时候在外面为了应酬，对着一桌山珍海味却如坐针毡，浑身不舒服，但是回到家里卸下社交负担，光着脚走在自家的地板，一碗清汤面也会吃得津津有味。李嘉诚的这碗清汤面是对着惺惺相惜的马未都吃的，若是对着其他人，也许就没有那么好味了。

世间美食，最好吃的就是在烹调的过程之中保持食材的原味。一位厨师朋友告诉我，所谓料理，“料”其实不是最重要的，“理”才是核心，烹调过程之中，最大限度地保持食材的原味，便是最大的“理”。料理料理，遵循物料原味之理，大约如此吧！

世人为了追求口腹之美，极尽一切方法。有时候一餐饭吃下来，甚至连米饭的香味都吃不出来。食不知味，大约也是可悲的，身体成了食物的临时停放点。

这碗清汤素面，白的蛋白，黄的蛋黄，淡黄的面，青翠的葱末，各种颜色都是独特的，但是这几种颜色搭配在一起，毫无违和感，甚至是赏心悦目的。

天生万物，我们有幸得到食物，延续我们的生命，应该用感恩的心，虔诚对待，感谢上天恩赐。古人说，心安茅屋稳，性定菜根香。世间万物，自有其特有味道，心静性定之人，自能品尝得到。

每到夜晚，都市的餐馆里人声鼎沸，灯红酒绿之下，推杯换盏，餐桌上大鱼大肉，食客饕餮，但又有几个能吃出食材的原味？

潮汕肠粉

肠粉深得潮汕人之爱，潮汕人回到家乡，第一时间会先“物”盘肠粉。薄薄的一层粉皮，包裹着丰富的馅料，各地根据地方饮食习惯，形成了品种多样而又体现地域特色的肠粉：普宁肠粉酱汁多，用可盛汤的盘子装，肠粉皮柔韧有弹性；澄海肠粉喜欢加豆芽，粉皮上撒油和爆过的菜脯粒，味道香浓；揭阳榕城的肠粉习惯放点卤汁，还会给食客配盅炖汤，多吃不腻；潮州肠粉喜欢用黏稠的花生酱和芝麻酱把肠粉淋透，芳香四溢……

汕头被誉为美食孤岛，这里有各种各样的精致美食，五彩缤纷，让人眼花缭乱。这里的肠粉有自己独特的风味。记得前几年，我应邀到汕头去出镜拍摄一个纪录片，导演阿青是本土的美食家，对饮食尤其讲究甚至可说是挑剔，对食材有着独特的见解。阿青肥嘟嘟的，戴着圆圆的黑框眼镜，目圆圆，脸圆圆，头圆圆，肚圆圆，整个人看起来也是圆圆的。

“今晚宵夜我带你去吃全汕头最好吃的肠粉。”夏日里拍完镜头，整个团队都大汗淋漓，为了配合镜头，我更是被折腾得筋疲力尽。虽然听说今晚有宵夜，依然未能提起精神。阿青见肠粉吸引不了我，继续向我解说：“‘肠粉西施’炊的啊，全汕头最好吃的肠粉。”

肠粉这款小食对于在外的潮汕游子是挺有吸引力的，我的家乡普宁也是肠粉之城，鸡蛋肠、猪肉肠、牛肉肠、布仔肠、簸箕肠……五花八门，有什么肠粉我没有吃过？我问阿青：“西施肠粉是不是放了龙肉？”

龙在现实世界里没有人见过，龙肉更没有人吃过。吃不到的东西永远是最好吃的，所以潮汕形容好吃的东西为“比龙肉还好吃”。

肠粉在潮汕一般作为早餐或者宵夜，种类繁多，馅料有猪肉、牛肉、虾仁、猪肝、鸡蛋等，有的还会加入白菜丝、竹笋丝、豆芽、香菇丁，甚至撒上潮汕土特产菜脯粒。（杨文宝/供图）

“那倒不是。”阿青神秘一笑：“今晚去试一下就知道，我既然推荐，肯定不会让你失望的。”阿青这么说，我突然心有所动。我知道阿青是美食家，能够让他看入眼并且推荐的，应该是有其特色的。阿青本来没有这么肥，也没有这么圆。他首先是个画家，在广州美术学院毕业后回到汕头开了一家文化传播公司，以他独特的审美以及刁钻的点子，在企业形象宣传片、广告片甚至文艺影视片方面做得风生水起。少年得志，当很多同龄人还在为了三餐在一线城市朝九晚五上班的时候，阿青已经基本实现了财务自由，在汕头买了两套豪宅，一辆豪车，事业有成，有了钱作为支撑，每天想去哪就去哪，想不去哪就不去哪。他整天打听哪里有特色的饮食，有时候不惜驱车半天，就是为了满足口腹之欲。连续几年放开肚皮吃，阿青的身材越吃越肥，圆溜溜的像个肉球。身材的变形依然阻止不了他到处寻味的步伐。越吃越肥，越肥越吃，不过真正让他自觉收敛的是汕头的海鲜。

作为海边出生的孩子，阿青尤其喜欢吃海鲜。以前吃海鲜是在酒楼或者大排档，有了钱之后的阿青，吃海鲜也吃出了自己的特色。他在澄海的海边挂钩了几家出海捕鱼的渔家，渔民下午出海，大约晚上十一点多回来。阿青知道这个时间点，每晚十点多的时候，他就约几个死党驱车来到海边沙滩上，从车后厢拿出一个煤气罐，架起铁锅，从海里舀上海水开煮。十一点时，渔家从海上回来，鱼、虾、蟹满仓，阿青上船亲自挑选，不作任何处理，一股脑丢到煮沸的海水锅里。然后三兄二弟几个伙伴嬉笑着，慢慢捞上来，剥壳去骨，蘸着芥末酱油或者辣椒、普宁豆酱，接着打开一箱箱用冰块冻着的青岛啤酒，开怀畅饮。高端的食材不用太复杂的烹调，这种海水现场活煮海鲜的吃法，历来为阿青所称道。“鲜！甜！”阿青一边回味一边向我讲述。

海鲜配啤酒虽然爽口，但是长期下来，阿青检出尿酸超高，得了“痛风”之病。“痛风”之痛，能够让阿青张开嘴巴大叫，也能够让阿青闭上嘴巴不敢随便乱吃。

我认识阿青的时候，他已经得了痛风有几年的时间了。正是因为痛风，所以我才没有机会跟他到海边用海水活煮海鲜。阿青为了弥补我，愿意宵夜的时候请我去吃“肠粉西施”的肠粉。将一盘肠粉与海鲜等同起来，可见这盘肠粉在阿青心目中的地位。同时也加深了我内心的疑惑：这肠粉难道会放什么特殊的料吗?

夜色渐沉，阿青驱车带我来到汕头老城区，将车停在停车场后，经过十曲八弯的几条破旧小巷，来到一座老骑楼下。沉沉的夜色笼罩着老汕头，这座建于民国时期的骑楼已然斑驳寥落。夜色掩盖了太多的破败，老骑楼下一户人家亮着灯，煤气灶呼呼地闪着蓝色的火焰，肠粉架一叠三盘，店主正在火急火燎地炊着肠粉。骑楼下乃至大街上都摆着折叠型的四方桌，密密麻麻地坐满了人。看来味道应该有其独特之处，才能吸引这么多食客。

店主是一对母女。母亲五十来岁，女儿十六七岁。当炉的是女儿，身材高挑，穿着汕头某中学的校服，扎着马尾，戴着口罩，忙得连头也没抬起来。“肠粉西施”这个绰号是阿青为她起的。暑假期间，还在读中学的女儿来妈妈的铺头帮忙，阿青见女孩长得俊美可人，再加上肠粉味道独特，因此给她起了“肠粉西施”的绰号。

现在的阿青，因为痛风，不敢乱吃东西。深夜里的一盘肠粉，让他饥肠满足，找到一种踏实。这种踏实的感觉胜过三兄二弟酒后的虚浮，因此他舍弃了海鲜与啤酒，每天都要来吃肠粉。能够担得起西施之名，应该很漂亮吧。灯光下，我发现炊肠粉的女孩脸圆圆的，眉毛弯弯，两只眼睛水灵灵，口罩遮住了大半张脸，眼睛之下、口罩之上的面部稀稀落落地布着几颗青春痘。这就是阿青心目中的“肠粉西施”。

阿青找了一张靠近铺头的小矮桌，叫了两盘鸡蛋瘦肉肠。母亲吆喝着：“两盘鸡蛋瘦肉肠！”女孩一声不吭，在铁盘里舀入米浆，撒入西洋菜、生菜、肉末、香菇，再打进两个鸡蛋，将铁盘推进肠粉蒸屉中。煤气呼呼响着，蒸汽迷蒙，一片缭绕。不一会儿，两盘肠粉炊好。女孩用两个扁平的铲子将肠粉铲出来，淋上特制的汁液配料。老板娘将肠粉端上来。我将一双筷子分给阿青。阿青却一动不动，抬着头认真地看着“肠粉西施”热火朝天地炊肠粉。

“吃啦！”我提醒他。“哦！”阿青醒悟过来，接过筷子，埋着头稀里呼噜的，一下子将一盘肠粉吃得干干净净。

回程途中，阿青问我：“感觉如何？”我以为他问我肠粉的味道，咂巴着嘴：“还好吧！都是鸡蛋瘦肉肠，味道基本大同小异啊！”

“啊，你就只顾着吃啊！”阿青拍了我的肩膀。

“到肠粉店来不是来吃肠粉的吗？”

“这你就不懂了。我在汕头生活了十几年，第一次有这么好吃的肠粉。其他肠粉店的老板非老即丑，有的还是男的。唯独这一家炊肠粉的老板是个妙龄的青春少女。”

“肠粉谁炊的还不一样吗？难道小姑娘炊的就特别好吃吗？”

“这你又不懂了。奥妙在于肠粉炊好出炉的一瞬间，蒸汽上升到女孩脸上，女孩的皮肤细腻，一触碰到蒸汽，立刻变得红彤彤起来，这种红，胜于淡施胭脂香粉，真是美极了！然后，摆在面前的这盘肠粉，出自眼前的美女之手，你吃起来不会觉得特别好吃吗？”

我听到这个怪异的言论，这才知道为何刚才阿青一直盯着女孩看得发呆，颇觉好笑：“那个女孩脸圆圆的，一个口罩就遮掉半边脸，我还真没有细看她长什么样子。”

“好吧！境界不同，你这是食饱，跟动物一样，只是为了生存。我这是食巧，吃出了食物之外的境界。须知，食色也是食！”阿青说完吹着口哨摸着圆圆的肚子大摇大摆地向前走。

我回广州后没几天，“肠粉西施”的店因为经常占用大街，被强制关闭了。

好久不见阿青，没有“肠粉西施”的宵夜，不知道他会不会瘦下来？

普宁面线

中秋前夕，萍姐给我寄来一盒月饼，拆开快递时，发现除了月饼，还有两捆普宁面线。我拿着面线发了一会儿呆，突然想起已经去世的发小B，内心一阵悲恸，泪水止不住掉了下来。

B已经去世一年了，我本以为可以比较平静地面对这件事，但是没想到看到这两捆普宁面线，还是情不自禁地掉泪。B是我的发小，但按族里的辈分，他是叔辈，虽是同班同学，在世俗观念浓郁的乡下，在某些场合他还是我的长辈。他住在村东，我住在村西，隔着一条洪阳河。他家里开一家制作面线的家庭作坊。一年前，B突发心梗离世，我生命之中开始有同龄人谢世，我仿佛看到一炷香燃烧近半，生死的无常在身边出现，不免有一种兔死狐悲的感觉。

B的身材又瘦又高，在一班同龄人中他是最高的，读初中时，他已经长到一米八几。我们一班同学结合他家里的面线生意给他起了个绰号“面条”，形容他瘦瘦高高的个子跟普宁面线一样细细长长；初中读到鲁迅的文章《故乡》中形容“豆腐西施”杨二嫂“凸颧骨，薄嘴唇，五十岁上下的女人站在我面前，两手搭在髀间，没有系裙，张着两脚，正像一个画图仪器里细脚伶仃的圆规”，我们获得灵感，给他起名“二脚规”；后来上物理课学到杠杆原理，我们又给他起名“杠杆”；上化学课做试验看到化学仪器，瘦瘦长长的玻璃棒极为有趣，又把他叫作“玻璃棒”。绰号很多，特点都是高瘦。对于这些绰号，他没有拒绝，但也不接纳。叫他，他不应，但也不恼。比如他喜欢打球，放学后招呼他：面条，打球去！他不会直接应你，但是会笑嘻嘻拿着球跟你走。这样想来，他真是有大智慧，名字不外是个符号，叫啥都没问题，应与不应之间选择忽视，倒是可以省却一番争执。

面线是我们家乡的特产。面粉调入适量的食盐与水，揉成面团，再拉扯成线，晒干成捆，可以长时间保留，逢年过节用来作为拜神祭祖的供品，尤其家中长辈寿诞的时候，更是少不了普宁面线。面线长长的，长面，谐音就是“长命”，普宁地区的长辈寿诞肯定会有一盘面线炒韭菜，面线“长长”，韭菜谐音“久久”，“长长久久”寄托着人们美好的祈求。

普宁面线与当地民俗紧密结合，逢年过节或者是神明诞辰，都需要用到面线，因此B家的面线生意非常旺。他家后来买了机器，不用揉面，不用扯面，面粉调入一定比例的盐，用机器搅拌再结合人工揉成团，再用机器碾轧成薄面，最后的工序就是薄薄的面皮被面条机切成丝线大小的面线，这时需要用一根根竹棍将长长的面线晾起来。普宁面线的制作非常费力气，即使是引入了机器，程序也极为烦琐，颇费时间。

小学六年，因为一个住东，一个住西，再加上他的性格比较外向，喜欢成群结队玩，与我慎独宁静的性格相悖，我跟他并没有太多交集。在校时，也没有时间交流，放学后，他回作坊帮忙做工，我则跟随父亲到地里劳作，谁也不得闲。偶尔碰到节日，家里要买面线，我到他家去买，他倒是会跟大人交代：“这是我同学。”大约可以便宜一点，临走时，他还会多塞一团面线头给我，这些面线头是面线制作过程中剩下的残品，但其实比成品更有嚼头。

初中时，我们一起考入镇里的广太中学。因为是同一所小学考上去的，又被分在同一班，彼此来往便多了一些。上学经过他家，骑着车在门口大吼：“面条！”他就推着单车笑嘻嘻地出来，一前一后骑车你追我赶前往镇里的中学。青春活泼，阳光开朗，无忧无虑，那样的时光真是美好。

B生性活泼，有点大大咧咧，很少去计较一些小节。他很喜欢打篮球，球技也很好。他的梦想是考体校，按照他的成绩与体魄，完全是体校的优秀苗子。相对B的活泼，我显得有点沉静，更加喜欢看书、做题，因为我有个大学梦，决心要考市里最好的高中，然后进大学。

命运真是坎坷，初三最后一学期，B的父亲不同意他继续读书，理由是读完初中已经懂得算数，可以在家里帮忙做生意，没有必要继续花钱读书。B一夜之间如鲜花遭受霜打，病恹恹的，见到我们没精打采，连头都抬不起来，自

卑得仿佛低人一等。我们得知情况之后，伙同几个伙伴上他家，准备劝说他父亲。B的母亲坐在灶前落泪，满脸愁容，显然为B的父亲阻挠儿子学业而担忧。B的父亲听说我们是为了B的学业而来，暴怒，对我们大声呵斥："读书读书！读书不用钱吗？我没闲钱，你们有本领就帮他交学费！还有，他去读书，我家里做面条就缺了人手，你们来帮忙吗……"B的父亲也是又高又瘦，脸型长条形，头发灰白，硬如牙签，他镶了一个金齿，讲话声音洪亮。眼前金光一闪一闪的，我们哪曾见过这种场面，全部落荒而逃。一个蛮横、霸道的父亲！

因为家里的阻力，B读完初三就不读书了。我考到了市里的重点高中，留校住宿。期间他曾到学校来看我，我带他逛了校园，请他到校外吃饭。他依然活泼，依然喜欢开玩笑，但眼角隐隐有一丝难以觉察的酸楚。听说我们每天六点就得起来做早操然后晨读，上了一天课之后，晚上还要上夜自修到十点，他幸灾乐祸地笑道："原来读书还惨过进监狱！"

此后，B去了深圳打工，期间辞职出来接手了一间社区里的五金电器小卖部，他的理工知识比较扎实，通过自学，能帮人安装水龙头、电器，但是生意平平，最后承受不了高昂的铺租，五金小卖部倒闭。其时，揭阳刚建市不久，他从深圳回来，在梅云镇的一个城乡接合部综合市场租了一间铺面，经营了家传的老本行——做面条。他家里的作坊缩小了规模，靠着父母与几个妹妹经营，B一个人撑起了一间面铺，极为辛劳。偶尔，我回家乡时就去看他，面铺的工作极为烦琐，每天很早就起来，和面，揉面，做成水面。水面比面线粗，有点像兰州拉面，不用晒，做完可以直接买回去煮。

很长一段时间我都跟他都没有联系。人生旅途，我们曾经同路，一同走过了小学与初中，在后来的分岔口，因为兴趣、爱好、理想、职业各方面的不同，我们走上了各自的道路。我定居在广州，他生活在潮汕，自此少有交集。

再次得到他的消息，是家乡另外一个朋友发来的信息：B去世了。这无异于一个惊雷，我们都还年轻啊，无常怎么就落到他的头上了！后来才知道了他的一些情况，结婚后他转让了面铺，生了小孩，尝试过其他职业，一直难以出息，最终夫妻不和，离了婚。他从梅云搬到普宁，开了一家卤水猪脚店，再娶了老婆，又生了孩子。为了家庭，经常起早贪黑，活得很累。后来又与二婚的妻子离了婚，一个人带着孩子，依靠卤水店生活。长年的苦累，落下了一些基础病，最终在一次上厕所时，突发心梗，倒在厕所里，再也没有醒来……

B的父母均已去世，几个妹妹也都外嫁，孩子被委托给了一位嫁得近一点的妹妹，至此，随着火葬场的一缕青烟，B告别了这个世界。

普宁的咸面线，寓意长长久久。谁还不是来人间走一遭！B的此生也是一根面线，可惜不长，也不久。这根面线啊，放多了盐，咸而苦！

潮州炒面节

每年4月23日是世界读书日，各地都要举办相关的阅读活动，鼓励大众阅读。我应潮州市图书馆邀请，连续几天到潮州举办阅读讲座，期间碰到安济圣王圣诞，满城一片热闹，举办炒面节为神明祝寿。之前写过一首《安济圣王颂》，我与安济圣王结下一个善缘，这次到潮州也被邀请参加炒面节。

过生日，要吃长寿面，这是潮汕人的文化习俗。安济圣王是潮州的大老爷，当地人亲切地称其为“老爷公”，每到他的诞辰，满城百姓喜气洋洋为神明祝寿，与神明共同分享一盘寿面，共庆福寿，这是一种特别的祈福，人们如此亲近神明，可见安济圣王在当地百姓心目中的亲切地位。

位于韩江边的安济圣王庙也叫青龙古庙。据《潮州府志》载，青龙古庙原本为祭祀青龙而建。宋代沈括《梦溪笔谈》中《彭蠡小龙》一文中记载，宋神宗熙宁年间，朝廷出兵南征渡江之时，江中曾经遇到风浪，后来风平浪静，安全渡江，原来是青蛇盘绕舟楫护卫。朝廷为青龙表功，下诏书赐封其为济顺灵王并给予祭祀。如果按照这个记载，青龙古庙的存在至少可以追溯到宋代。

安济圣王信仰后来由青龙转为历史人物是在明代。相传明朝时期，潮州城南门人谢少苍到云南永昌府为官时，遇到当地大旱，粮食失收，饿殍遍地。谢少苍为救灾民，未及请示朝廷，先开官仓赈济饥民，虽为善举，但是触犯律法，按律被治死罪。百姓感念谢少苍爱民如子，集体为之请愿，最终朝廷下令将谢少苍捆绑暴晒三日，若未死即赦免他。谢少苍奄奄一息之际，骤见天边飞

传统的潮州面条由优质面粉经手工揉制、擀面、切面制成，条条筋道。搭配的豆芽爽脆、仙洲韭菜鲜嫩、香腐丝醇厚，再加上特制甜豉油，大火快炒后，香味四溢。

来祥云，为他挡住烈日与风霜，恍惚间看到云端上坐着一位神明。

历经三天暴晒，谢少苍幸运地活了下来，如有神助。他在辞官回乡的路上，路经一庙，见庙中所供奉的塑像与云端里的神明一致。塑像为三国时的永昌太守王伉，他带领百姓守城抗敌，被当地百姓供奉于此。为了答谢神恩，谢少苍请人雕塑王伉像带回潮州供奉，后来入主青龙古庙，几百年来香火旺盛，成为潮州府城的大老爷。

无论是护卫朝廷大军渡江的青龙，或者是体恤百姓的王伉，安济圣王庙供奉的神都是保国爱民的正神，潮汕人在过番时，随身携带安济圣王香火，安济圣王的信仰随之传到海外。每年春节期间的安济圣王巡游，是潮州市最热闹的民俗盛事，人们抬着安济圣王的塑像以及香火，沿着府城主干道巡游，一路上，英歌起舞开路，锣鼓笙箫齐奏，彩旗飘荡，满城空巷，争看游神赛会，是一次综合性的民俗嘉年华，许多海外华侨不远万里，专门飞回来参加。

安济圣王的诞辰是在农历的三月廿七，旧时人们在神明诞辰这一天会准备面线作为供品。长长的面线就是长面，谐音就是“长命”，寄托着人们美好的祝愿。后来每到神明寿诞这一天，庙里开锅炒面，分给善男信女，寓意与神同庆，人们吃到炒面，沾沐神恩，切身感受到神明的加持，对未来生活充满了期盼。

炒面条其实很简单，是由当天敬神的“长寿面”，结合当地的豆生（豆芽）、仙洲韭菜和香腐丝、甜豉油等烹调而成，用猛火热油爆炒。厨师要不停地翻炒，确保炒面受热均匀，加入调料，同时准确把握火候，确保调料入味。

除了搭配豆芽、韭菜的炒面，还有直接下糖的炒甜面。大锅大鼎炒制的寿面，别有一番特别的口感。

吃一口炒面，感受面条的爽滑、配菜的丰富口感，以及甜豉油带来的独特甜香，每一口都是潮州味道的浓缩。物质缺乏的年代，能够吃到安济圣王庙分发的一碗香喷喷的炒面，是一件多么幸福的事啊！炒面节就是在这样的传统民俗基础上发展起来的，带有现代生活文化气息，迄今已经举办了三次，当天现场有英歌、潮剧、舞龙、舞狮等传统文化演出以及现代文创集市，一片热闹，继承与发展着数百年来青龙古庙公益慈善的赠送与分享，传递着人世间美好的祝愿，成为维系族群团结、和睦的文化纽带。

旧时潮州府城有句俗语："郡南食炒面，大街看亭字"，既有对应关系，读起来也朗朗上口。大街特指潮州的牌坊街，牌坊街上矗立着20来座中式石牌坊，这些牌坊或二柱一门，或四柱三门，皆为石结构，歇山顶。牌楼与匾额上，配以石刻镂雕的装饰，柱门两侧，或蹲坐着石狮，或摆放着石鼓，古色古香。而最吸引人的，当属牌坊上的亭字。这些亭字，无论是匾额上的题字，还是横梁上的对联，均出自名家手笔，楷、行、草、隶、篆，各种字体应有尽有。走在大街上，驻足在牌坊之下，细细品味这些书法作品，能感受到字体的飘逸灵动、雄浑大气，能够在这里树立牌坊的，都是潮州历史上的英豪人物，仰读这些文字，仿佛在与历史对话，从中窥探到坊主的辉煌功业、垂范懿德。

吃完炒面，填饱肚子，慢慢来到大街散步，观赏牌坊书法，这是从物质到精神的一种满足。我想到此行专为世界读书日而来，而"郡南食炒面，大街看亭字"何尝不是一种阅读，潮州人将历史、诗词、故事都刻画在大街之上，从一盘炒面到大街上的牌坊石刻，古城就是一本厚重的书籍，走到哪读到哪！

这份阅读的浪漫，独属于潮州人！

贰

香飘千里外

白云猪手

白云猪手是粤菜的一道经典菜式，酸甜、爽弹，一向深受广州人的喜爱。

一头猪有四只脚，潮汕人一般用前脚与后脚来区分，但是广州人比较形象化，将猪的前脚叫作猪手，猪的后脚叫作猪脚。白云猪手选用的就是猪的前脚。

猪手对半劈开，然后斩件，用水煮熟，捞出用冷水浸泡。猪手的部位主要是皮与筋骨，煮熟之后，可以轻易将皮从骨头上啃下，经过猛火冷水的冰火两重天之后，猪手变得皮爽肉滑筋脆，此时再淋上酸梅汁或者糖醋，更是酸中带甜、肥而不腻，细品慢嚼，口感与味觉都得到极大的满足。

又是猛火煮熟，又是冷水浸泡。这其实是粤菜之中猛火热炖与飞水烹调技艺的综合使用。是什么样的情况，才让这两种截然相反的烹调技艺同时使用？这与一个颇具传奇色彩的故事相关。

传说旧时白云山上的一座寺庙中，一位小和尚难以抑制对荤食的渴求，偷买了一个猪手，夜里暗自烹煮起来，眼见猪手已经煮熟，刚捞上盘，不料师父中途出现，小和尚情急之下将猪手从厨房后窗抛出，避免了一次佛门僧规的惩罚。第二天，小和尚依然挂念昨晚煮熟的猪手，独自来到窗外寻找。窗外是一条山涧，涧流泠泠流过，冷彻肌肤，那个猪手搁在山涧水草间浸泡了一夜。小和尚捞起猪手，见猪手浸泡后变得洁白，忍不住啃了一口，更觉脆爽，但缺乏滋味，于是偷偷带回厨房，调上糖醋，至此，一道粤式名菜就这样无意中横空出世。

故事极为传奇，场面感很强，可以想象到清规戒律之下，小和尚半夜偷煮猪手的紧张与欣喜，在师父骤然出现时的惊惶失措，寻到猪手时失而复得的兴奋，尝到美味猪手时的满足，一幕幕跃然眼前。

故事当然是民间杜撰，但是不得不佩服编撰这个故事的人，因为能将白云猪手烹调的几个要点都融合到故事里，讲起来又那么顺理成章。一般来说，煮熟的菜肴都是直接上桌的，如何打破思维的惯性，将煮熟的猪手放到冰冷山泉里浸泡，这需要一个合理的说法，于是编故事的人将情节置为小和尚偷吃遇见师父，这样猪手就顺理成章被丢到窗外的山涧中了。

白云猪手的成名全靠白云山。《礼记》载："山林、川谷、丘陵，能出云，为风雨，见怪物，皆曰神。"白云山是千古名山，一年四季雾笼云遮，满山葱葱郁郁，充满了仙气。山上飞涧流泉，奇花异草杂生。先秦时代，传说白云山有九节菖蒲，方士郑安期到此采药，乘鹤飞升，留下千古传奇。白云山泉水质更是一流，山下的政民路有一口自流井，井水源源不断从井口涌出。《广州城坊志》中记载，井中常有金色虾从石隙浮出，时有五色山鸡到此啄食，故名鸡爬井。明代学士黄谏品泉后，在他的《广州水记》中记载，认为此水是广州诸泉之冠，立"岭南第一泉"碑刻于井边，碑刻与泉眼现为广州市级文物保护单位。白云山泉的神奇，诞生了许多美食，比如白云山九龙泉豆腐、白云山沙河粉、白云猪手，这些冠以白云之名的美食，都与白云山有关，而且离开了白云山泉，这些食物都会失去原有的美味，一句话就是不可复制。这也是白云猪手名气很大，但是在其他地方难以吃到的一个重要原因。

白云山下的沙河大饭店，曾经重点推出白云山沙河粉与白云猪手，饭店停

夏天，煮熟的猪手经过冷水浸泡之后，因富含胶原蛋白，洁白晶润，一见之下真是让人食指大动。经过冷藏后，凉丝丝，酸甜可口，极为开胃。

业后，这两道美食也失去依托。后来沙河粉传统制作技艺成为国家级非物质文化遗产，倍受关注。白云猪手作为粤菜中的传统名菜在五星级的白云宾馆可以吃到，岭南第一泉井边的鹿鸣轩使用的依然是来自白云山的井泉，其出品的白云猪手也很正宗。白云宾馆作为高档酒楼，其制作会更加讲究，而鹿鸣轩则采用白云山泉，味道更地道。其他远离了白云山的一些饭店，失去了白云山泉作为依托，很难体现白云猪手的特别风味。

白云猪手是一道来自民间的风味美食，白云山周边的饭店应该说是独具先天优势的，遗憾的是基本难以吃到这道美食。2024年年底，听说白云猪手的制作技艺被列入非遗名录了，保护传承单位是新白云宾馆。这是好事，但是略带遗憾的是，保护单位是酒楼，是否以后要吃到正宗的白云猪手都得上酒楼？我觉得白云猪手的烹煮工艺应该普及到寻常百姓家才对。希望以后在寻常饭店、普通人家都能吃到这道粤式美食。

广府烧乳猪

前两天，在广府乳猪文化馆参观的时候，看到展出了一份珍贵的历史菜单，1986年10月18日英国女王伊丽莎白二世访华抵达广州时，在白天鹅宾馆宴会上女王品尝了广东名菜烧乳猪，根据菜单的信息，当时这道菜被称为“金红化皮猪”。

金红化皮猪，顾名思义，猪皮因烧制而呈现金红色，皮薄脆，入口即化，集中体现了广府烧乳猪的特色，是广府菜之中极为重要而又常见的菜式，在广州，无论是新店开张、婚庆嫁娶、大型影视剧开机或者是清明祭祖，都需要一道烧得金赤的乳猪。因为常见常吃，所以有时候反而忽略了其重要性与尊贵性。直到见了白天鹅宾馆接待英国女王的这张菜单，才明白这道富有地方民俗特色的美食原来可登大雅之堂。常见不是因为俗，也是一种尊贵身份的表征。身在其中，熟悉的地方没风景，也许说的就是这个道理。

烧乳猪的制作技艺历史悠久，操作起来更为烦琐。挑选的是一个月左右的本地土猪仔，经过宰杀、清洗、劈猪、腌制、晾干、上皮水等多道工序，最后用炭火烤焙而成。

在广州生活多年，参加了许多大型的宴会，烧乳猪一直都是宴会的头道菜。因为是头道菜，所以烧乳猪的上菜仪式极为隆重。先是全场灯光一齐暗下来，接着充满喜庆的开场音乐响起，穿着古装衣服的工作人员手持灯笼在前头引路，双手捧着乳猪托盘的服务员排成两行，在音乐声中分成两个方向紧跟上菜。上菜完毕，音乐声渐小，全场灯光齐亮，在万众期待的目光中，一只烤制

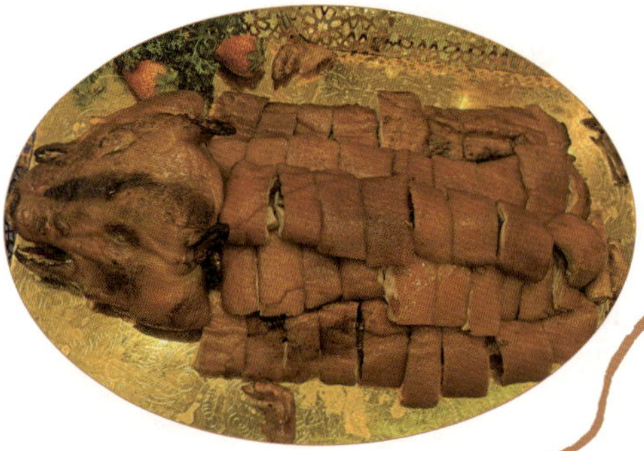

刚出炉的烧乳猪，色泽红润，表皮光滑，散发着炭火烤焙后猪肉与香料的混合味道。

的金赤乳猪趴在桌上，全场顿时一片欢声。

乳猪身被竖切四刀，横切八刀，象征四平八稳，切成三十二块，拼摆完整。轻轻夹起一块放进嘴里，猪皮酥脆无比，随着一声咔嚓声响，入口即化，猪皮下面的肉块纤维细腻，入口鲜嫩，肉质鲜甜，肥而不腻，与酥脆的猪皮形成了鲜明的对比，口感得到极大的满足。也难怪老广如此钟爱烧乳猪。

烧乳猪的习俗源远流长，根据相关的历史记载，可以追溯到西周时代的宫廷宴，《周礼·天官冢宰》记载，西周时代宫廷宴会一般会有八道菜式，称为八珍，其中一道叫炮豚，便是烧乳猪。后来烧乳猪的习俗逐渐传入岭南，广州的西汉南越王墓出土了当年南越王宫用于烧制乳猪的炉具与乳猪的残骨，说明烧乳猪在岭南地区的传承至少有两千来年的历史了，但反观北方及中原大地，烧乳猪的习俗反而已经湮灭。

我们梳理烧乳猪的历史渊源，发现这道菜在古代源于宫廷，是一道贵族菜，无论是食材或是烧制工艺，非寻常百姓家所能轻易做到。中原大地两千多年来，刀光剑影，王朝更替频仍，很多文化习俗都在战乱之中逐渐湮灭，反而是五岭之南的岭南，保持相对的稳定。五岭将战火阻在岭北，中原移民来到岭南，惊魂稍定之后，开始了新家园的建设，中原的文化习俗开始南迁并在此生根发芽，世代繁衍。

在古代，烧乳猪是一种贵重的食物，能够在岭南世代传承并走进今天的寻常百姓家，主要在于其与本地的文化生活习俗进行结合。广府人重祭祀，聚族而居，但凡开村创基，必建祠堂，然后以祠堂为中心进行村落的规划与繁衍。猪是祭祀之中重要的牲品，清明祭祀时节，岭南地区高温多雨，祭品不容易保鲜，但是经过烧烤后，肉类在岭南的天气里能够保存更长时间。在这种情况下，普通人家难以吃到的烧乳猪，通过合族祭祀的力量就能够实现，甚至从烧乳猪转为烧大猪。

广府人通过合族祭祀祖先，然后分食太公猪肉，增强了族群的凝聚力，促进了家庭的和谐。除了祭祀，烧乳猪还与本地的婚姻嫁娶习俗结合，广府女子出嫁时，嫁妆中必须有一只烧乳猪，带到夫家之后，切开乳猪分食。因为烧乳猪金赤色，广府人也将烧乳猪叫作金猪，满堂分食金猪，取谐音叫“金珠（猪）满堂”，有着非常好的兆头。新娘出嫁三天后回娘家，也必须带一只烧乳猪作为礼品，如果乳猪完整，代表新娘婚前守身如玉，表达了夫家对新娘的尊重。从祭祀到新娘出嫁以及回娘家，这些日常重要的习俗中，乳猪都占了重要的一席之位。此外，广府人遇到商家开业、乔迁之喜、重要项目开工或者落成、时年八节等等，都离不开烧乳猪。至此，烧乳猪来到岭南之后，也从王宫御宴走进寻常百姓家。

广府烧乳猪现在被列入广州市白云区第八批区级非物质文化遗产，传承人是白云区裕成乳猪定点屠宰场有限公司的黄钊成父子。黄钊成家世代在白云山下烧乳猪，旧时白云山有很多墓葬，每到清明时候，烧乳猪供不应求。白云山远离老城区，这里有足够的柴火以供应烧乳猪。黄钊成是广府烧乳猪的第三代传人，自小跟随父辈在白云山下的土坡挖窑烧猪，后来逐渐将柴火窑烧改为明火、炭火烧制。黄钊成的儿子黄铭德作为第四代传人，从海外留学归来，在传承传统技艺的基础上，借助现代化科技手段，让烧乳猪逐渐进入产业化的生产阶段。裕成烧乳猪，以皮脆肉嫩、色泽红赤、香而不腻为特点，珠三角地区星级酒店的烧乳猪基本是该公司在供应，创下年销售超20万头烧乳猪的业绩，是粤港澳最佳烧乳猪供应商。

脆皮嫩肉，最显广府烟火味。一只烧乳猪，承载着广府人世代相传的记忆与情感，深藏着岭南移民的时光密码。食得金猪味，方解岭南文化意趣！

封开油栗焖杏花鸡

味道是有记忆的，有的美食，一旦吃过，毕生回味。人生是一个圆，我们从一个地方离开，而后因为寻味或者寻根，最终又回到原点。每个人的一生都在各种圆里兜兜转转。2023年封开之行，油栗焖杏花鸡的香味还一直在脑海里飘荡。我想或许某一天我会再来封开，为了这一道美食。

那一年的八月底九月初，应肇庆市封开县文联邀请，我来到封开县开了一场关于岭南文化的讲座，同时跟当地的文学作者座谈交流。期间，参观了封开县的一些人文景观，并特地前往岭南第一状元莫宣卿故里采风。之前我以明代潮州状元林大钦的题材写成一个戏曲剧本，在新加坡演出，因此对莫宣卿的题材我也非常感兴趣，在朋友圈分享了现场采风的一些心得。

广州的高大哥通过朋友圈发现我在封开，立刻跟我打了电话。原来他曾受单位派遣前来封开驻点帮扶，在封开生活了三年的时间，虽然已经返回广州多年，但是一提到封开他依然倍感亲切："封开山好水好人更好，你先别回来，我现在就开车过来，我在这里生活了三年，算半个封开人，我要带你去尝一尝油栗焖杏花鸡！"

从广州开车到封开，差不多三小时的车程，我本来以为高大哥只是说说而已，不料他竟然真的践约驱车而来！我内心感动，虽然此刻我对油栗焖杏花鸡还没有什么概念，但是以后一吃到油栗焖鸡，就会想起从广州专程来封开的高大哥。高大哥说："虽然我们都住在广州，但是在封开这片我曾经生活过的土地相见，对于我来说更加有意义，况且我还想再尝一尝这油栗焖杏花鸡！"

封开境内大多为丘陵之地，属亚热带季风气候，阳光充足，雨水充沛，冬短夏长，这里盛产的油栗是中国板栗中的优良品种，尤其是当地长岗马欧村的油栗更是名闻四方。此刻正是九月，满山的油栗迎来了成熟的季节。杏花鸡是广东名鸡，以封开杏花镇出产的最为正宗，皮薄脆，肉质紧实，油栗焖杏花鸡，浓浓的封开滋味。

剥去外壳的油栗，一片金黄。杏花鸡斩件后跟油栗一起焖煮，熟透后两种食材本味相互渗透，尤其揭盖后烟散汁收，杏花鸡肉饱吸油栗的糯香与酱汁的咸鲜，鸡肉嫩滑，味道鲜香。油栗焖煮熟后，绵软细腻，入口软香。油栗吸收了鸡肉鲜甜的汁液，再加上自身的芳香，变得更加粉糯香甜。

虽已经入秋，但是封开当地依然阳光明晃晃的，一片炎热。饭饱后，我们漫步山林之间，从半山远眺山下的市容市貌，油栗树长得茂盛，撑开枝叶，地面一片凉爽。

油栗耐旱，喜欢高温。此刻我们满头大汗，但是这种天气却是油栗最喜欢的。油栗树低矮之处触手可碰，我看到了绿叶间结满了带着毛茸茸软刺的果

油栗的食用方法很多，可以焖煮，可以炖汤，可以糖炒，可以制作馅泥，可以高温烤制，各具风味，但用来焖杏花鸡最具特色。（李秀珍/供图）

实。油栗防护心极强，有两层壳。一般人看到浑身是刺的圆形果实兴趣不会太大，剥掉带刺的外壳之后，可以看到深褐色内壳的果实。但是此时的果实还不能直接吃，内壳非常难剥掉，需要用一把利刀将油栗内壳的蒂根处划破，然后放到高压锅里利用高压煮熟。煮熟后的油栗内里金黄的果肉膨胀，直接将油栗的破损内壳撑开，此时就容易将壳剥掉。去掉两层壳的油栗，才可以作为正式食材进入厨房。

封开是岭南文化的重要发祥地，早在先秦时，这里就是南下重要的交通枢纽，秦始皇为了统一岭南，命令秦军修建从湖南潇水直达封水源头的陆路通道，封开位于封水流域，封水现在称为贺江，这条通道就是后来的潇贺古道，封开成了连接岭南与中原的交通要道。秦军进入岭南，封开是必经之地，因此秦军在此设置了军事据点，驻扎军队，封开同时也成了秦军开发岭南的前沿阵地。因为有这样的历史，秦军开发岭南的故事也被当地人民融入油栗之中。现在我们剥开油栗带刺的外壳，可以发现里面是光滑的褐色硬壳。油栗的内壳为何如此光滑？封开有这样一个民间传说：秦朝，一位将军失足跌落白马山下，当地一位瑶族姑娘将他救起。在治伤过程之中，两人相互爱慕，临别依依不舍。将军为了军务必须离开，临走之时，他将一颗栗子送给瑶族姑娘作为信物，候待日后相会。将军离开后，姑娘日夜思念，泪水滴落板栗，板栗变得润滑，光可鉴人。姑娘将板栗种下，板栗发芽生根，长成了参天大树，结出了丰硕的果实。奇怪的是，与其他地方的板栗不同，这里的板栗经过姑娘思念的泪水浸润，结出来的每一颗果实都色泽油亮，富有光泽，炒熟之后，更是自带油脂香气，因此人们将之称为油栗。后来，将军回来，将瑶族姑娘接走，从此两人过上了幸福安宁的日子。这个故事虽然简单，但是不失浪漫，它立足本土，从一颗小小的油栗折射出了中央王朝对岭南的经营与跟当地民族的融合，小小油栗，是幸福之果、爱情之果，更是民族融合之果。

油栗既扎根路边小贩小摊，也可以冠冕堂皇直上高雅酒席。1958年，长岗镇马欧村的油栗参加了全国农副产品展览会，因其优良的品质，获得周总理亲笔签发的奖状，自此更加名扬四海，时隔三十年后的1988年，封开的油栗还被评为广东省优稀水果品种。

油栗带刺，一副冷傲、拒人于千里之外的样子，但是褪去刺与壳，露出脆弱的果肉，与杏花鸡在锅内相遇，两种食材惺惺相惜，彼此成全，最终完成了油栗焖杏花鸡这样一道名菜。

油栗焖杏花鸡这道菜，细品尝，像极了人生，像极了爱情。

河田白切鸡

不知道从什么时候开始，普宁市的河田村红起来了。这几年每次回到家乡，与朋友亲戚聚餐，都会不约而同地提到：“到河田吃农家走地鸡。”河田村作为曾经偏僻落后的山村，靠一只走地鸡带动了农家乐的旅游发展。

河田村地处广太镇东面的群山中，大山阻隔，向来少为人知。河田村离镇区大约六七公里，以前没有水泥路，出入山村踩单车要很长时间。山村建在海拔三百多米高的关爷山下，人口三四百人，世代靠山而居，以农业种植为主。我少年时代在广太镇成长，却从未去过河田村，感觉高山阻隔，极为遥远。近些年来，通往山村的水泥路修成，从镇上驱车十来分钟就可以到达。往日里山村的偏僻落后，到今天成了难能可贵的绿水青山。许多人来河田，只为放下现代化快节奏生活的尘嚣，呼吸山村的新鲜空气，听听鸟声，看看山林景色，哪怕抬头看看天、看看云，也会发现山里的天更蓝、云更白……当然，来到河田村最重要的还是品尝当地农家的走地鸡——河田鸡。

厨师刀工精细，一盘河田走地鸡，去骨，细切，认真摆盘。肉质紧实，嚼之，有韧性。肉汁鲜甜，食过耐人寻味。这就是河田村的农家鸡。广东人对鸡有着特殊的感情，俗称“无鸡不成宴”，可以说没有一只鸡能活着走出广东。各地均有地方特色的鸡：清远阳山鸡、湛江三黄鸡、惠州胡须鸡……远近闻名，烹制方法各种各样，有白切鸡、盐焗鸡、酱油鸡、花雕鸡、猪肚鸡、葱油鸡、豆酱鸡、椰子鸡……河田鸡的做法大约可以归入白切鸡，烹煮熟了，直接切块，蘸调料。但是河田鸡又与白切鸡略有不同，煮熟后不能直接切，其鸡肉也比其他地方的鸡更有嚼头，甜质更好。

清明期间，回家乡小住几天，接连几天跟不同的亲友聚餐，好几餐设宴的地方都是在河田农家菜馆，多次品尝了独具烹调风味的河田鸡肉之后，与厨师对谈，试图探究其奥秘。河田村是高山之中的山村，走地鸡都是放养的，必须选取养足八个月的河田鸡，这是进入厨房的先决条件。因为放养时间长，河田鸡的价格也会比外面市面上的鸡略贵。

在潮汕地区，逢年过节，或者是祭祖、拜神，都要备办三牲。猪肉、鸡肉、鸭肉等会在一锅煮熟，煮熟之后的汤汁混杂了各种肉质的味道，格外鲜甜。而在这一锅高汤里煮熟的肉块因为吸收了高汤，肉质更加可口。受到这个现象的启发，养足八个月的河田鸡在烹煮的时候，会特意放一些猪骨或者猪肉，让鸡肉在高汤里煮熟。煮熟之后的河田走地鸡要吊起来沥干汤汁，沥汤时间不少于三小时。基于这个原因，河田鸡不能煮熟后就即刻切块。放养时间长，保证了肉质的韧性，更有嚼头。经过高汤烹煮，而后又沥干汤汁，肉质更加鲜甜。最后，经过厨师的精细去骨切盘，一盘独具山野风味的河田鸡就摆在面前了。时间，再加上独具匠心的烹煮，是成就一盘美味河田鸡的奥秘。

奥秘虽然知晓了，但是谁能做得到呢？现在市面出售的大多是养鸡场成批喂养的饲料鸡，喂够三个月就可以上市，有的鸡从蛋壳里孵化到养大乃至最后被端上饭桌，一生都没有见过太阳。更有的无良商家为了牟利，在饲料中添加各种激

山里花开花谢，日落月升，有足够的时间与空间来满足一只河田鸡的成长。(大河农庄/供图)

素，缩短鸡的上市时间，以谋取更多的利润。很多鸡缩在笼子里其实就是将饲料与激素转化为鸡肉的过程，这种类型的鸡让人怎么吃得下呢？河田村地处高山茂林之中，同时又远离尘嚣，虽然有水泥路与外界连通，但是来到山里，步伐不知不觉放缓，仿佛时间也不知不觉停了下来。这也是为何河田村刚一通路，河田鸡的美味即刻享誉四方的原因。在与朋友的交流中，知道来自榕城、普宁乃至附近的揭西、潮阳金灶等地的食客，均纷纷慕名而来。

绿水青山就是金山银山，曾经被大山远隔的河田村，高山茂林的生态环境现在成了发展的最大资本。为了满足市场需求，河田村成立了河田鸡的养殖合作社，在广太镇的发展规划下，河田村农林养游经营项目也逐步启动。但愿河田鸡在走红之后，能守住初心，用心打造成当地的特色农家品牌，让广东的特色鸡再添新品种。天时与地利兼人和，时代发展的大局下，山鸡即将变凤凰，期待河田村这只鸡的蜕变。

客家盐焗鸡

广东人对鸡有着特殊的感情，可以说是“无鸡不成宴”。各地吃鸡的方式各不相同，来到广州，广州这边喜欢白切鸡，对一只鸡最高的评价是有“鸡味”。很多外地人一开始不知道“鸡味”是什么意思，在这边生活久了，逐渐明白广东人对原生态饲养的优质鸡的追求，这种鸡经过恰当的烹饪火候煮熟，不用其他的酱料，白切之后只需用简单的沙姜酱油或者葱油蘸着吃，那种鲜美筋道的口感，让每一个老广都为之陶醉！如果说白切鸡体现了老广对食材品质与原汁原味的追求，那么同处一省之内的客家人，对待鸡就不是这么简单了，必须用大量的盐来焗，让盐的鲜味进入鸡肉，又咸又香，这就是客家菜的特色菜盐焗鸡。

客家菜作为广东菜的重要一支，体现了浓郁的区域色彩，也富含着深厚的历史文化底蕴。客家盐焗鸡一般采用的是三黄鸡，为了让其入味，制作之前要先用米酒、姜、葱腌制半个小时，然后再用厨房专用的油纸包好，外面用一层锡纸密封起来。文火将一锅粗盐慢慢加热，不断翻炒，让粗盐均匀受热，一直到盐粒变得高温，此时可以将包好的鸡埋入盐堆之中，然后再用小火加温，这样热气会通过热盐源源不断地传递给锡纸内的鸡。锅里的盐上面跟下面有温度差，要时不时翻动鸡，让其能够更加均匀受热。四五十分钟后停火，但是停火之后，热气还会继续传给鸡，此时可以盖住，让热盐继续焗鸡。

将鸡密封起来盐焗，让我想起《射雕英雄传》之中洪七公最爱吃的叫花鸡。叫花鸡是用湿泥包住鸡，放到柴火里焗烧。这种密封起来焗的鸡，都有个共同特

盐焗鸡保留了鸡肉鲜美味道的同时，还增加了咸味。用热盐焗好的鸡，鸡肉Q弹鲜嫩爽滑，富有纤维性，又有韧性，细嚼之，咸香可口，风味独特。

点，肉香气完整保留，一点都不外溢。

在广州，走进任何一家客家菜馆，几乎都可以点到盐焗鸡。盐焗鸡也成了客家菜的代表菜。

客家菜相对于其他菜系，口味略咸，这是众多食客的共同感觉。在没有冰箱的古代，盐能够让食物保存更长时间。在旧时，客家地区的物资相比平原或者沿海地区较为缺乏，因此客家人会通过腌制让食物保存更长时间。这种方式，深深地渗入了客家菜的基因里。

客家人的祖先从中原地区迁移来到岭南，长路迢迢，一路上各种艰辛难以道尽。在南下的路上，拖家带口，保存食物、保存物资就是能活下去的保证。客家先人发现食物用盐腌制，既可以防腐又方便携带，来到岭南之后，以盐保鲜，食物偏咸也成了其饮食的一个特点。在东江盐场，很多盐工都是客家人，他们将腌制好的鸡埋到盐堆里，后来这一方式逐渐演变成为用盐来焗鸡的工艺，历经改进，最终成就了客家盐焗鸡这道美食。而美食的背后，是客家先人长路迢迢的迁徙辛酸与融入岭南的沧桑历史。

客家盐焗鸡不但是一道美食，也融入了当地的民俗之中。在客家人聚居的地方，人们婚嫁或者添丁，都要准备盐焗鸡，这道菜是客家人待客的最高礼遇，蕴含着大吉大利之意。清朝的美食家袁枚在《随园食单》之中这样记载：“腌鸡用盐一撮，擦鸡里外，放缸内，过一宿取出，置锅中，用酒一饭碗，水一饭碗，煮至十分烂，用葱、椒、姜拌之。”这种方式与当前的客家盐焗鸡略微相似。在古代，盐是重要的物资，普通人家要用一锅盐来焗鸡的可能性不大，只有在盐场附近才有这种可能性，所以客家盐焗鸡的发展是一个逐渐融合的过程。

客家盐焗鸡的饮食技艺，带动了客家饮食的发展，除了酒楼焗全鸡之外，市面上还有一些厂家，专门用客家盐焗鸡的技艺生产盐焗鸡翅、盐焗鸡脚等等，袋装后抽真空，作为零食远销世界各地。

客家人四海为客，但不管走到哪里，盐焗鸡就是家乡的味道，这种味道甚至渗透到基因里。不管客家人走到哪里，都会制作盐焗鸡来缅怀故土、思念家乡。可以说，盐焗鸡成了联结四海客家人乡愁的纽带。

太和烧鸡

烧腊是广州饮食文化的特色之一。广州北部的烧猪、烧肉、烧排骨都非常出名。帽峰山下的太和烧鸡更是名扬四方。帽峰山是广州继白云山之后的另一个“绿肺”，这里风光秀美，空气清新。位于帽峰山下的太和镇，每到周末，从市区前来农家乐消费的市民络绎不绝。他们在呼吸新鲜空气、参观自然生态的田园风光之余，还会在这里品尝太和特色美食——太和烧鸡。

太和烧鸡制作技艺现在已经被列入白云区非物质文化遗产名录，太和烧鸡成为区域性的地标美食了。其实，烧鸡不止太和镇独有，周边很多地方都有，甚至市区有些饭店也有推出这道美食，但是太和烧鸡最出名，是以冠上太和镇的名字。在帽峰山下的头陂村、穗丰村，道路两边有很多小饭店，几乎无一例外地打出主打菜——“太和烧鸡”的牌子。太和地区原本没有烧鸡的习惯，烧鸡的技艺是从邻近的增城传过来的，在当地得以光大。增城的烧鸡有一定历史，但是增城的当地鸡一直“烧”不出名。一直到了1993年，太和镇的兴丰村修建公路，给烧鸡落户太和带来了发展契机。当时，来自增城的一些餐馆为了专门做修路工人的生意，在帽峰山下搭建起简陋的饭店，燃起炉火，烧起鸡来。修路工人做的是体力活，每到放工的时候，都已经饥肠辘辘，他们通常是一碗白米饭，一盘烧鸡，一碟青菜，风卷残云般扫进肚子。当他们仔细回味的时候，发现烧鸡的味道真的好极了，于是，渐渐地，太和烧鸡的名气在当地就传开了。

修路工人在太和留下了平坦的道路，烧鸡师傅则在太和留下了烧鸡的手艺。若干年后，慕名者开着车，沿着平坦的公路来到太和，在品尝美味的烧鸡之后，再把烧鸡的美名传播到外地。太和镇辖内，单是帽峰山下，经营烧鸡的饭店高峰期曾达百家！太和的烧鸡何以如此出名呢？

首先，杀鸡之后要去除毛与内脏，鸡内脏不能随便丢弃，经过烧鸡师傅的精心制作可以成为美味的鸡杂饭。其次，整理干净的鸡吊起来沥干水分后，用一种特制的酱料腌制。据烧鸡师傅透露，各家饭店的烧鸡味道不同的原因就在秘制的酱料身上。腌制大约半个钟头之后，酱料的味道已经全部渗入鸡肉，再在鸡身涂上一层麦芽糖，至此，烧鸡的前期准备工作才告完毕。帽峰山下荔枝成林，当地人用荔枝柴来烧鸡。烧鸡时，荔枝柴会散发出独特的香味渗透进鸡肉之中，这也是太和烧鸡特别出名的一个原因吧。后来市区很多饭店都推出太和烧鸡，但都是用电烤炉烧烤出来的，失去了烧鸡应有的荔枝柴香味。太和烧鸡“烧”字出头，离不开“窑”。当地烧鸡的烤炉是一个大瓦缸，先用荔枝柴烧得通红之后，把腌制好的鸡吊在瓦缸中央，再盖上盖，以免香气外泄。这样烧制出来的烧鸡皮脆肉嫩，香而不腻，气味独特。一方水土养一方人，鸡是一样的鸡，师傅是一样的师傅，为什么在太和烧烧鸡就能够出名呢？据了解，这与帽峰山的山泉水也有着分不开的关系。

太和帽峰山的山泉水特别甘甜。经地质勘探专家考证，在帽峰山的洞旗峰到

市区很多市民到太和之后通常是点一盘烧鸡、一份鸡杂饭，再加上一碟青菜，便足以填饱肚子。

穗丰村一带，蕴藏着一条绵延30多公里的矿泉水带，可能是世界上最大的地下矿泉水带。在这条矿泉水带上，集中了广东省包括乐百氏、长寿村、益寿泉、宝露等十几家矿泉水生产企业。就这样，优质的水、芳香的荔枝木、独特的腌制秘方，为烧制香气横溢的烧鸡提供了前提条件。当地人将增城师傅的烧鸡技术与太和当地的烧肉技艺相结合，形成了独特的烧鸡手艺，遂吸引了四方客人前来消费。

近年来，太和镇全面推进东部乡村示范区振兴工作，开通广之旅现代都市农业精品游，值得一提的是，由广州正佳集团投资的帽峰湾旅游文化景区项目正式签约，该项目总投资约25亿元，坐落在帽峰山畔的太和镇穗丰村，是白云山水之间的重磅文旅项目之一，未来将致力于打造成为国家5A级旅游景区、世界级文化旅游目的地。在这样的背景下，小小一只烧鸡，在助力地方文旅发展方面也大有可为。

潮汕牛肉丸

牛肉丸是响誉海内外的潮汕小食，很多外地人一提到潮汕人，大多也会提到电影里牛肉丸掉地反弹而起“可以当乒乓”的一幕，可见潮汕牛肉丸知名度不亚于潮汕工夫茶，均成为潮汕饮食的文化标签。

牛肉丸何以潮汕？

据说牛肉丸最早起源于客家，客家人靠山而居，饲养黄牛，有用牛肉做丸的传统。汕头开埠之后，客家人顺江而下，来到汕头发展，也将牛肉丸的制作技艺带了过来。初期客家人制作牛肉丸的技艺比较粗糙，牛肉直接用刀背捶烂，揉捏成丸。习惯饮食精细化的潮汕人对此进行了多方面的改进。首先，食材方面选用牛身的不同部位，有牛筋丸与牛肉丸之分，牛肉丸还分爆浆与不爆浆；其次，捶牛肉丸使用专门的木锤与铁锤，工具的革新使得牛肉不仅是被剁碎或剁烂，而是被剁成肉浆，这样制成的牛肉丸口感更好。爆浆的牛肉丸是在牛肉之中调入适量的胸口膀，这样牛肉丸煮熟后，胸口膀融化为热油，一咬便爆出浆水，浆水充盈口腔，肉香浓郁芬芳，深受食客喜爱。

煮牛肉丸的火候也非常讲究，放入牛肉丸的时候汤水不能沸腾，否则会影响口感。在酱料方面，使用南洋传入的沙茶酱。沙茶酱是一种混合型调味品，这种酱料色泽淡褐，呈糊酱状，具有大蒜、洋葱、花生米等特殊的复合香味，虾米和生抽的复合鲜咸味，以及轻微的甜味和辣味。沙茶酱原本流行于南洋华人群体之中，后来借助开埠的契机通过华侨传入汕头。沙茶香而不辣，略带甜味，与牛肉丸真乃绝配。总之，潮汕人极尽可能地发挥了潮菜精细化的特点，使牛肉丸成为

真正好的牛肉丸不用精工细作，简单用白开水煮熟，便自成一道小菜，蘸着酱料直接吃，味道很正。

闻名遐迩的潮汕美食。这几年，潮汕牛肉火锅店在全国各地如雨后春笋般开起，牛肉丸更是打火锅必不可少的食材。从牛肉丸得到启发，聪明的潮汕人通过这种工艺，还继续衍生了墨鱼丸、鱼丸、猪肉丸等等。

对于习惯都市快节奏的上班一族来说，牛肉丸还是一道懒人菜，皆因简单烹调，便可成菜。

记得初到广州上班时，单位一帮同事常常在周末到我租住的地方来做饭聚餐，大家合伙到市场买菜，每人做一个拿手菜，合起来就是一餐汇集五湖四海风味的盛宴。我不喜欢太复杂的菜，因此选择将大白菜与牛肉丸合在一起白炖。这道菜最简单，做法是将大白菜撕碎，放入清水之中与牛肉丸一起炖熟，经过烂炖，牛肉丸膨胀得圆鼓鼓的，一口咬下去，富有肉感与弹性，白菜既释放甜味，又吸收牛丸的肉味，菜与丸的滋味相互融合，味道非常好吃。这道懒人菜，往往收获一大片掌声。因为这道菜太简单，我往往要把同事们赶出厨房，不让他们知道做法，却在餐桌上大讲这道菜要菜先放还是丸先放、冷水炖还是开水炖之类的所谓理论，显得神乎其神。

除了炖白菜，牛肉丸也可以用来煮汤，最经典的做法就是清水煮牛肉丸，煮熟后简单地放入紫菜，或生菜，或切碎的芹菜，均可以得到不同风味的牛肉丸汤，根据配料不同，美其名曰紫菜肉丸汤、生菜肉丸汤、芹菜肉丸汤等等。到了冬天，牛肉丸更是家庭打火锅的一级食品，广受欢迎。

都市的生活，受到时间与场地的制约，太烦琐的烹调是不太现实的。牛肉丸本身就是一种美味的食品，简单处理一下就可以成为家常的美味菜式，这道懒人菜越来越受不同地域食客的欢迎。身处快节奏的都市，吃完一餐火锅，顺便打包一包牛肉丸，放在冰箱里，想吃的时候简单烹调一下就可开吃，煮面、煮粿条均可，倒是方便，牛肉丸真是现代都市一道“懒人菜”。

这几年随着物流冷链的发达，很多人选择在网络上订购牛肉丸。一般当天下单，大约次日中午就可以收到来自潮汕的快递：牛肉丸真空包装，用白色泡沫箱加入冰块快递，即使在炎炎夏日，也足够保鲜，适合快递，吃不完可以放冰箱，有相对较长的保质期。据《中国食品报》报道，潮汕大大小小的牛肉丸企业有3000多家，潮汕当地牛肉丸产业产值超100亿元。

小小一颗牛肉丸，承载着潮菜的精细化理念，撬动了饮食大产业。

白糖花生炖猪脚

白糖花生炖猪脚，甜蜜、软糯、绵香。小时候的记忆里，一年只能吃一次。

每年农历七月初七，当牛郎与织女忙着鹊桥相会时，潮汕地区榕江流域的外嫁女在这一天都要用白糖、花生炖一个猪脚，然后拖夫带儿回娘家。白糖花生炖猪脚用来特别孝敬娘家的老母亲，感恩娘亲十月怀胎养育之恩。这个独特的习俗在潮汕地区只有在榕江流域才有。

我从懂事的时候，就知道每到农历七月，妈妈要事先到村里的肉档去预订一个猪脚。卖猪肉的每到这个时候总是焦头烂额，因为一头猪只有四只猪脚，而当地的外嫁女家家户户都要买猪脚，市面上哪有那么多的猪脚啊。一到七月初七，猪脚便特别畅销，有时候有钱还不一定买得到。

要在七月初六前买到猪脚，买回来的猪脚要认真清洗，母亲用一把锋利的小刀将猪脚毛刮净，然后放入花生与白糖，猛火烧开，文火慢炖。有高压锅后就省事多了，可以在较短的时间里用气压将猪脚压烂。然后第二天一早母亲就用一个铝制的小锅装着猪脚，带上其他的礼品，父亲用一辆旧式的五羊牌双杆自行车载着我们一起去外婆家。记忆里的这一天，大路上特别热闹，来来去去都是带着炖猪脚回娘家的人。那时道路还没有硬底化，泥土路崎岖颠簸，偶尔还会看到炖猪脚打翻在路上的场景。

这一天，家乡叫作“走仔会”。潮汕话中的“走仔”就是女儿，所有出嫁的女儿们回娘家孝敬父母，与其他姐妹们欢聚，甚为隆重。

猪脚原本坚硬，但是经过一定时间的文火慢炖之后，变得软软糯糯，用筷子轻轻一挑，马上就可骨肉分离，白糖甜丝丝，再加上花生浓郁的坚果味，绵软细腻，让人回味无穷。那时物资并不丰富，能吃到糖，是一件幸福的事。

猪脚虽然名义上是女儿带给母亲的，但是最终当然是全家人一起分食。女儿多的人家，收到的猪脚自然更多。潮汕的世俗礼仪繁多，讲究情来礼往。老母亲吃了女儿炖的猪脚，是要回礼的。农历的七月，在潮汕地区是水果陆续上市的好时节，这些水果正好用来回礼。如果女儿嫁出去已经生了男孩的，娘家会回礼一捆龙眼，寓意望孙成龙；如果只生了女儿的，娘家则会回礼一个菠萝，菠萝在潮汕话中叫作番梨，与“翻来”同音，意思是没有生到男孩，要重来。所以甜猪脚的回礼，其实是一个催生的暗示，这也是潮汕地区重视男丁与传宗接代的体现。

我记得南怀瑾先生说过一个观点——“人的衰老是从脚开始的”，为人父母者，一生养儿育女，当儿女长大成人各自成家的时候，他们大多已经年过中年，逐渐步向老年。而此时，长大了的儿女也开始为人父母，“养儿方知父母恩”，当他们懂得反哺父母的时候，发现岁月无情，带走了父母的青春年华，昔日健壮的父母，步履逐渐蹒跚。他们想挽留时光，以形补形，猪脚可以强筋壮骨，而父母年老，牙口渐疏，猪脚坚硬，是以文火慢炖。花生健脾益胃，有调节血脂作用，同时老年人喜甜，于是加入白糖，这样简单搭配，就成了白糖花生炖猪脚，期望以此补养父母身体，聊表后辈的孝顺之心。

这个习俗不知道什么时候开始在榕江流域流传，并流传至今。也因为这个

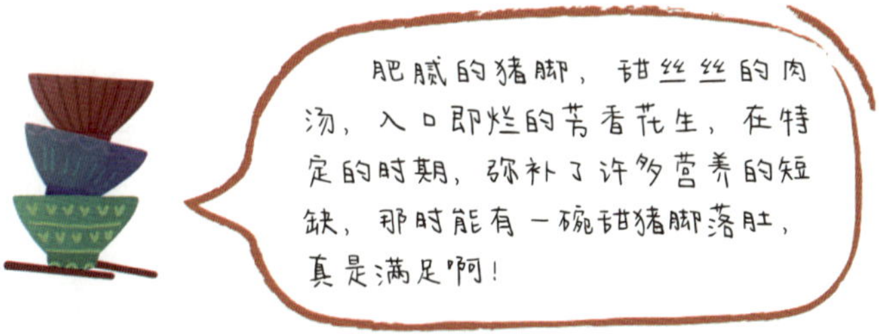

习俗，当地人一旦生了女儿都会说“生了个猪脚”，或者隐晦一点的“以后有猪脚吃了”。

一个猪脚，那可是娘家的脸面。有外嫁女的人家，到了七夕，做母亲的在街上走路，人们都会问：“女儿有炖猪脚回来没？”如果有，会非常有底气地回应：“有！”然后满脸洋溢着喜气，生儿育女的苦累在此刻仿佛得到了回报。当然，也有买不到猪脚的，买了猪的其他部位，比如猪肚，也同样炖了带回娘家，但效果可差多了。

到了如今，生活便利，物质丰富。炖猪脚其实已经不是稀罕物，甚至人们还会嫌弃猪脚高脂肪与高蛋白，同时为了控糖，减少对白糖的摄入，这道凝聚着特别孝心的美食逐渐式微，年轻一代会选择给父母封红包，聊表心意。

来到大城市，发现外面流行母亲节，在阳历五月的第二个星期天到来之际，人们会给母亲送鲜花、买衣服、封利是，带母亲出去餐馆消费一餐。其中的内蕴，与白糖花生炖猪脚有点类似，都是为人儿女对父母养育之恩的回报。

南洋肉骨茶

肉骨茶是风靡东南亚的一道特色美食，用猪骨肉与药材一起煲，可以当汤喝，也具有药效。这道汤源于马来西亚，在新加坡也随处可见。顾名思义，肉骨茶与肉和骨有联系，但是与茶却没有直接关系。

在去新加坡之前，曾多次听狮城的朋友介绍过这道菜，心中便留了意。到了新加坡，朋友招待，自然少不了要喝这道汤。说是肉骨茶，其实应该叫肉骨汤才对，因为这道美食以猪肉和骨头为主，放了一些香料与药材，喝起来又香又甜。一定要刚煲开的汤才好喝，凉了马上大打折扣。滚烫的肉汤一下肚，胃里暖暖的，十分舒服。估计是药材的药效，不一会儿，立刻有一股热腾腾的暖气从肚子里升腾而起，继而散发到全身，微微地出了一小阵汗，精神登时为之一振，旅途的倦意立时消除几分，感觉好极了。

肉骨茶里面的肉与骨是猪肉与猪骨，这在中国随处可见，新加坡人加入特定的药材，使之成为当地饮食中的特色汤。这道汤在南洋可以在早餐时用油条蘸着吃，也可以在午餐时作为米饭的配汤。

马来西亚有很多华人，肉骨茶就是华人发明的。肉骨茶的发源地在马来西亚吉隆坡巴生地区。清朝末年，很多华人不远万里来到马来西亚做苦力，有的在矿山当矿工，有的在码头当搬运工。他们身带一条水布，手提一个吊篮，怀着发家致富的梦想，离家来到南洋做着最苦最累的活。当地有一个叫巴生的地方，是一个深水港，停泊着许多外洋来的轮船，货物的装卸需要大量的搬运

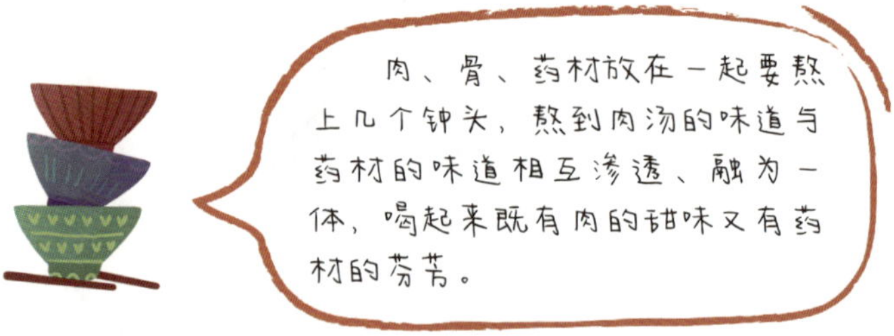

工，很多华人都在这个码头从事苦力工作。马来西亚是热带天气，全年没有四季，只有雨季与旱季之分。雨季雨水滂沱，到处湿漉漉，旱季阳光明晃晃照射，气候十分炎热。从中国南下的华工们为了适应马来西亚的热带气候以及沉重的体力消耗，将猪肉与猪骨连同一些私家中医秘方的中药材放在一起煲，这道汤由于营养、美味又有药效，很快在华工之间流传开来，并受到当地人的喜爱。

肉骨茶在南洋大致有两种类型，按照华工的地域划分，海南人偏重于胡椒，而福建人与潮州人则偏重于药材。肉骨茶明明是一道汤，为何要以茶来命名呢？外地人不好理解，我在新加坡华族文化中心看到一个解释是，这道汤比较油腻，福建人喜欢一边喝汤一边喝福建乌龙茶解腻，所以这道汤叫作肉骨茶。这个解释比较牵强，作为潮汕人，我喝到这道汤之后内心非常明了，为何要叫作肉骨茶。旧时潮汕老一辈煲中药会委婉地说是在煲茶汤，因为只有生病了才会煲药，凉茶则寻常人家四季均可煲。基于对生病的忌讳，老一辈人通常将药汤改称茶汤，在潮汕一些农村还保留着这种叫法。中华饮食文化，药膳同源，以食养病，因此肉骨茶实际是一道肉骨药汤。

遥想当年，华人远离故土，漂洋过海来到南洋。当地气候湿热，华人从事繁重的体力劳动，也许是水土不服，也许是积劳成疾，终于有一天病倒在床，医生开出这么一道治病滋养的药方。所谓的茶，其实都是中药，在不同的肉骨茶店，中药的搭配也有所不同，总结了一下，大约有当归、枸杞、玉竹、党参、桂皮、牛七、熟地、西洋参、甘草、川芎、八角、茴香、桂香、丁香、大蒜及胡椒等，与猪骨熬煮多个小时而成。通过对这些中药材的了解，可以发现，不管哪一家店铺的秘方，肉骨茶药材搭配的最终功效就是暖胃、活血、行气，滋补身体，恢复体力。这道汤曾经被认为是穷人汤，因为穷人靠出卖体力营生，只有穷人才需要靠此补充体力。富人们大腹便便，营养过剩，本来不需喝这道汤，但是后来发现肉骨茶对身体有滋补的保健作用，于是不分贵贱都喝起肉骨茶了。

在新加坡有很多家有名的肉骨茶店，比如老字号中峇鲁肉骨茶以及黄亚细肉骨茶，他们都有各自独特的药材秘方，吸引了很多明星及政要前来品尝。马英九到新加坡访问时，就曾经前往品尝。香港前特首曾荫权访问新加坡时，曾经想光顾当地一家肉骨茶店，但因访问行程耽搁，错过该肉骨茶店的营业时间，尽管有政府部门提前交代，但直接被该肉骨茶店拒绝了，这事后来还上了当地的新闻报纸，可以看出肉骨茶这道汤在新加坡的影响力。

现在肉骨茶已经风靡新加坡饮食界，由于新加坡是多族群组成的国家，当中有一部分回教徒是不吃猪肉、猪骨的，因此市面也出现了清真肉骨茶，即以鸡肉鸡骨代替猪肉猪骨，中药成分不变。在异国他乡，来一碗热气腾腾的肉骨茶，鲜甜，是肉的汤汁；芳香，是药的气味。但在了解早期华工与肉骨茶的故事后再仔细品味，感觉还有一丝淡淡的酸苦在心头萦绕……

叁

舌尖一口鲜

顺德拆鱼羹

昨晚去吃顺德菜，当中有一个拆鱼羹，每人一盅。揭开盖子，鱼羹中有鱼肉、茸菇、花生米等等。羹汤之中，不多不少，飘着两条细若毛发的青翠叶丝，如同两条青龙在沧海中遨游，作为点缀，视觉效果非常明显。因为调入马蹄粉的缘故，羹汤黏稠若浓粥水，入口爽滑，倒是增加了几分口感。第一次吃拆鱼羹，细品感觉鱼肉鲜甜细腻。突然，一股清新而芳香的味道直达神府，整个人顿时精神为之一振，仿佛浊世间一股清流迎面滚滚而来。原来羹汤中两条细若毛发的青丝竟然是切细的柠檬叶，不由为厨师的刀工而赞叹。柠檬叶可以去掉鱼羹的腥味，至此，一碗被端上桌的拆鱼羹圆满完成了它鲜甜而不生腥的使命。

五岭之南的百越之地，自古江河交错，鱼塘随处可见。百越民族吃鱼有特别的厨艺，清蒸鱼腹、油炸鱼柳、热煎鱼骨、鱼肠煎蛋、凉拌鱼皮、薄切鱼生、清蒸鱼头等等，一条鱼从里到外，连鱼骨都没得剩，拆鱼羹就是顺德菜中一鱼多食中的一种吃法。

鱼肉虽然鲜美，但烦在骨刺多，老人与小孩最易被鱼骨所伤。顺德人为了照顾老人小孩，发明了营养可口而又没有鱼骨之危的拆鱼羹。鱼肉用热油煎熟，便可轻易将肉与骨拆离、拆散，拆下的鱼骨不能浪费，油煎后熬成鱼骨汤，滤去骨渣，一道拆鱼羹最基本的原料就做成了。至于配料，各家各户都有秘方，人们大多是应时应节就地取材，有的加入瓜丝、冬菇、蛋丝、腐皮丝、炸花生米等；有的会调入藕粉或者马蹄粉，使羹汤变成流质，更加方便老人小孩吃。

看似简单的一道小菜，其中涉及了十来种食材的准备，十分烦琐。这是一道温情的菜羹，它鲜美、有营养、易消化，古代是专门做来孝敬老人的，洋溢着浓浓的孝道精神。

顾名思义，拆鱼羹，就是将鱼肉从鱼骨拆离，做成羹汤。广府话“拆”字读起来很有力度，世间物，很多拆开或者拆下之后，都还可以装回去，但是鱼肉拆了就装不回去了。拆鱼羹是一道有孝心与温情的菜羹，家人之间，只问付出，不问回报。其中不可逆的道理是相通的。爱心付出不求回报，这是人类文明之光，作为文化却是可以传承的。祖先这样尊敬老人，后代也跟着效仿，“为家里老人做道拆鱼羹”——承载着孝道文化的拆鱼羹便一代一代传到如今。

鱼肉有腥味，所以很多人都会同时切入姜丝、陈皮、芫荽或者紫苏进行调和。而最特别的是用柠檬叶切丝，柠檬叶具有芳香，同样也具有去腥的功能，在食鱼生时经常用到。柠檬叶的芳香很有穿透力，无论是切后的余味留存或者是入口之后直通神府的芳香，都让人回味无穷。柠檬叶是调味品，不知道厨师是不是有意，一盅只放入两根叶丝。第一根叶丝调味，入口通神府，让人惊艳。第二根叶丝让人回味，余味无穷。不用第三根，再来一根就俗了。想起《红楼梦》中妙玉所讲的茶道：“一杯为品，二杯即是解渴的蠢物，三杯便是饮牛饮骡了。”柠檬叶丝之于拆鱼羹，大致也是如此吧。

拆鱼羹用料多，做法烦琐，但为心爱的家人做这道菜，不但不觉繁复，反而更觉人世烟火的温情。

潮州鱼生

潮汕三市，饮食习惯大同小异。在追求清淡与食材原味的基础上，各县市都有自己的特色美食，比如澄海的卤水狮头鹅、汕头的牛肉丸以及潮州的鱼生。然，世间美味万千，最是销魂者，潮州鱼生也！

来潮州古城，大街小巷入眼皆是鱼生与生腌的招牌。熟客欣然而来，有的甚至不远千里驱车前来，为的就是这口生鲜。生客则战战兢兢，望而生畏，但最终还是忍不住叫一份尝个鲜。这种情况倒也应了一句潮汕俗语——“小孩点炮，又惊又好！”许多人第一次品尝鱼生前都打过一次矛盾的心理战，但经此一战，此后大多成为资深的鱼生食客。

现在的潮州，一年四季都能吃到鱼生，但对于本地人来说，吃鱼生是有季节的，最好是秋冬季节。凉爽的秋风吹起，历经了春夏两季的生长，此时韩江里的鱼肉质紧实、鲜美。古城很多鱼生店前面都会冠上“官塘”两个字，官塘其实是潮州的一个镇，潮州鱼生最出名的当推官塘。

千里韩江，从潮州穿城而过，是潮州人的母亲河。作为重要交通动脉，旧时潮州人沿着韩江顺流而下直通大海，到海外开辟另外一个天地。韩江水滔滔，水质优良，为鱼类等水生生物提供了良好的生存环境，韩江里的草鱼、鳙鱼、河虾、河蟹等河鲜是潮州菜的重要食材。官塘地处韩江中下游平原，旧时这里河网密布，水质优良，为淡水鱼生长提供了良好环境，尤其是草鱼、鳙鱼等肉质鲜嫩细腻、无泥腥味的淡水鱼是制作鱼生的上佳食材。官塘旧时是沼泽地，鱼塘遍布，鹳鸟、鹤、鹭等水鸟成群栖息，曾经叫作鹳塘，后来取谐音为官塘。官塘人靠水而居，对水产品的烹调向来有独特的技艺，将鱼切为生鱼片就是其独有的特色。每年中秋时节，官塘人还有制作鱼生拜月，然后合家共吃鱼生的习俗，因此中秋节对于官塘人来说也叫鱼生节。

官塘的鱼生如此出名，甚至代表了潮州，我觉得与其刀工有关。同样在官塘，除了鱼生，牛肉火锅也特别出名。用来打边炉的牛肉，非常讲究刀工，讲究肉的部位、肉的纹理，刀工极为精细。官塘鱼生的刀工也非常讲究，有切丝、切薄片与切小块之分，各有风味。

来潮州之前，我只知道日本有鱼生，从没想到潮州本地有如此盛行的鱼生。我从小成长于榕江边，但是鱼向来都是熟食，因此一开始接触鱼生，也带着畏惧的心理，但还是在当地朋友的引导下品尝了鱼生，此后鱼生的美味便在味蕾留下了深刻的记忆。

那一年深秋，我来到潮州城，当地朋友小明兄带我去吃鱼生。潮州古城的鱼生店星罗棋布，非常多，我们在古城外一个路边档吃鱼生。秋风瑟瑟，一片清寒。鱼生档人挨着人，一片热闹，让人在清寒的季节里感受到一点点人世间的温暖。鱼生店用玻璃隔开一个鱼生制作间，穿着白色服饰、戴着白色帽子与口罩的刀工师傅忙碌地制作鱼生。

制作鱼生有一个连贯的程序，为鱼放血后，去鳞、去皮、去骨，几乎一气呵成，一条鱼在刀工师傅的解剖下，瞬间就变成两大片鱼肉，这两片鱼肉立刻

潮州鱼生多用四五斤重的韩江草鱼制作，这种鱼肉质鲜嫩、无泥腥味，这个规格的鱼制作成鱼生，鱼肉口感和质地最佳。

拿出来挂到外面，在寒冷的秋风中晾晒。鱼肉在寒风中晾晒之后变得干爽，这时负责切肉的师傅将鱼肉切成薄如蝉翼的片状，然后一片一片铺平在一个通透竹编匾上。

一匾鱼生端上来，搭配的还有一盘丰富的配料，如酸杨桃、油柑、橄榄、蒜片、香芹、金不换、花生碎、芫荽、辣椒、柠檬叶丝、酱油等。这些配料不仅能去腥增香，还能丰富口感，使鱼生的味道层次更加丰富。

鱼片夹到碗里，再搭配配料，淋上酱与油，用筷子搅拌。鱼生入口，凉丝丝的，没有腥味，咀嚼起来，有一种胶黏的口感，各种配料的香味、酱料的咸、生鱼片的鲜甜混在一起，别有一番滋味。只需第一口，最初的担心与忐忑便消失了，认真享用美味。

吃鱼生要讲究大口快吃，我看当地的朋友将鱼生片调配之后，大口扒进嘴里，认真咀嚼品味，那一种饱口的感觉，让人有一种满足感。这是一种当机立断、快刀斩乱麻的吃法，干脆利落。如果是小心翼翼地、一小片一小片地吃，不但吃不到鲜美，倒是越吃越腥，乃至最后一口都吃不下去了。鱼生要快吃，反之，烈酒要慢酌，一杯一小口，闲聊慢谈。烈酒与鱼生乃是绝配，烈酒口感醇厚浓烈，鱼生鲜嫩甜滑，两相搭配，更能感觉口感味觉的丰富，而更重要的是，烈酒能杀菌，掩盖鱼生的腥味，杜绝了吃鱼生的后顾之忧。

喜欢吃鱼生的，会有一种上瘾的感觉。曾经有一位外省的朋友，来潮州打工，原本对鱼生极为抗拒，零星吃过几次，后来离开潮州回到北方老家，几年后重回潮州，第一时间竟然就要去吃鱼生！潮州鱼生的美味在他舌尖味蕾留下了印记，几年后为了这个美味专程来潮州。

我不知道鱼生吸引他的是什么魔力，但我也是潮州鱼生的忠实拥趸，对潮州鱼生的美味有自己的深刻体会。其实第一次吃鱼生的感觉倒不是非常特别，但是鱼生在味蕾留下的印记非常深刻。胶黏、鲜甜！这是我每次想起鱼生的感觉。

制作鱼生的时候，是万万不能碰到水的，即使是去鳞起皮时产生的血水，也不能冲洗，只能用干布吸走。经过秋夜寒凉之风吹晾的鱼肉，有一种柔韧性，这样的鱼肉切出来，吃到嘴里，很有嚼劲，咀嚼时与唾液相混，产生的那种胶黏可以用如胶似漆来形容，极为销魂。这也是潮州鱼生最吸引我的地方。回到广州，广州有一些客家特色的鱼生，但是我接受不了客家鱼生在吃之前要用白醋浸泡一下，说这样可以杀菌，但是经过白醋浸泡的鱼片失去了那种胶黏感，没有灵魂，味同嚼蜡。

切鱼生要快，制作配料要慢；吃鱼生要快，烈酒要慢饮。鱼生寒凉，属阴，烈酒性烈，属阳。一快一慢，一阴一阳，一餐鱼生，红尘俗世，为人处世的道理，尽在其中。想起官塘人中秋节赏月吃鱼生，合家团聚，把酒举杯，明月清风相邀，真是无限惬意！

荔枝菌

《诗经》中写到一种叫蜉蝣的生物，它早上生，晚上死，称为朝生暮死。短短的一天，对蜉蝣来说却是一生。在菌类之中，有一种比蜉蝣还短命的，俗名叫荔枝菌。这种菌在午夜时悄然生长，等到太阳出来，荔枝菌撑开菌伞，其一生也宣告结束。仿佛是来赴一场生命的约会，荔枝菌从出生到生命谢幕，只有几个钟头而已。

荔枝成熟的夏日，阳光明亮，晒得人眼前发晕，知了在枝头声声啼唱，更添几分烦闷，驱车入帽峰山避暑，一路上林木蔽日遮天，一片阴凉。打开车窗，山风阵阵吹进来，感觉非常舒服，偶尔看到窗外农家种植的荔枝，硕果累累，随风晃动。正是中午时候，去帽峰山南麓一家农家菜馆吃饭。店主笑嘻嘻地迎上来："你们来得正是时候，今天有荔枝菌。上周一斤卖到400多元，客人来电话预订都订不到，刚好昨天下了一场雨，今早委托附近的村民四处寻找采摘了一些，你们来得好及时！"

荔枝熟时，也是荔枝菌生长的时候。曾经以为荔枝菌是长在荔枝树上的，后来才知道不是。荔枝菌只在荔枝成熟的时间出现，这段时间阳光强烈、雨水充足，高温多雨是荔枝菌出现的重要条件，过了这个时期，荔枝菌不会出现。一年之中，荔枝菌大约出现一个月，而这一个月之中，荔枝菌也不是每天都有。物以稀为贵。荔枝菌是如此的矜贵，必须在特定的气候、环境、位置、时节里头，才能长出来，再加上经过烹调后，荔枝菌清脆、清甜、无渣，深受食客青睐，因此价格不菲。每天天未亮时，采摘荔枝菌的村民打着电筒到田头地尾或者荔枝林里到处寻找荔枝菌。荔枝菌是上天恩赐的美味食材，但是不易采摘，其生长没有太多规律，采摘者停留的地方此刻没有看到荔枝菌，但是说不定一转身荔枝菌就在那里长出来，跟一场捉迷藏游戏一样。采摘荔枝菌非常需要缘分与运气，多数人从凌晨到清早还摘不到一斤。

店家从冰柜里拿出一个小篮，篮子里放着清早周围村民采集回来的荔枝菌。荔枝菌一般在午夜生长，略呈纺纱缍形状，长度达十几厘米，菌尖似一把收紧的小雨伞。荔枝菌入口鲜脆，极具口感，嚼之，鲜甜爽口无渣，闭上眼睛仔细回味，仿佛整个盛夏的况味汇集在这一丛鲜菌之上。采摘荔枝菌必须在太阳出来之前，如果遇到阳光，荔枝菌的小伞就会撑开，会导致其价格大跌。清晨五六点采摘到的荔枝菌是最鲜美的，因为太阳一出，其撑开的菌伞就会令水分蒸发，口感大打折扣，白色的菌伞一旦打开色泽便会变黑。高温多雨的季节，枯枝败叶之中会滋生白蚁，荔枝菌大多生长在荔枝林潮湿的白蚁窝上，荔枝菌长出后不及时采摘的话，会立即被白蚁啃掉，成为白蚁口中的美食。有经验的村民会很小心，采摘荔枝菌的同时也完整保留白蚁窝，只要白蚁窝不毁坏，过几天荔枝菌会继续长出来，很多村民寻找荔枝菌的秘诀就是寻找白蚁窝。荔枝菌的贵重之处还在于不能用人工培育，曾经有人尝试使用人工技术培育，但均告失败。采摘下来的荔枝菌时效非常短，即使是及时存放在冰柜中，其保质期也不过两天。农历五月至六月这一个月高温多雨的时期过去后，荔枝菌也就销声匿迹了。

“荔枝菌的烹调非常简单，一般用来与鸡块一起清蒸或者与肉片一起清炒。”店家说。由于采摘回来的荔枝菌沾有泥迹，必须用一把小刷子轻轻刷

一口荔枝菌，风味十足，烈日、夏雨、蝉声、荔枝甜、泥土气息等夏日相关的风物，都在闭上眼回味的时候一一涌上心头。

去。荔枝菌的神奇还在于其味道的新鲜，特别是与肉类结合清炒，既能保证肉类的鲜甜，又能使其融入菌类的新鲜，所以历来受欢迎，相传明代状元杨慎品尝之后，甚至把它比作仙境中的“琼汁玉液”。荔枝菌是广东人的叫法，这种菌因有类似鸡肉的甜味，学名叫鸡枞菌，是著名的野生食用菌，被誉为“菌中之王”。荔枝菌不但有食用价值，还有药用价值，其性平味甘，有补益肠胃、疗痔止血的功效。这种野生菌，并非广东独有，在云南、广西、贵州，甚至福建、台湾都有出产，但唯独广东叫“荔枝菌”。六月正是荔枝菌上市的大好季节，要吃的食客须赶紧了！

金不换炒薄壳

每年入秋之后，是薄壳最肥美的时候，潮汕的墟市，随处都能买到薄壳。买薄壳，卖主还会附送一小把青翠清香的金不换，作为炒薄壳用的调味品。薄壳鲜甜，金不换能去除腥味。吃完薄壳，舌尖还隐隐回荡金不换的独特芳香，引人回味。金不换是整盘炒薄壳的灵魂，可以说，没有金不换，炒薄壳顿觉乏味。潮汕是滨海之地，薄壳非常多，炒薄壳是潮汕人喜欢的一道美味，因此家家户户都有种植金不换，随处可见。金不换因广种而通俗，但因其有用而不贱。金不换，用金子都不换，从它的名字可以看出，潮汕人对这种植物的喜爱。

金不换的原名叫罗勒，而在潮汕，这个名字很少有人叫，不同区域有不同叫法，人们都是叫其别名，比如金不换、香菜仔、鱼生菜等等，由于金不换开花时呈多层塔状，因此也有人将它称为“九层塔”。

金不换进入潮汕寻常百姓家，因其普遍，很多人都以为它是本土的植物，但其原籍在印度，书面名字“罗勒”就是印度语的音译。

如果人们知道了我的国王的宫殿在哪里，
它就会消失在空气中的。
墙壁是白色的银，屋顶是耀眼的黄金。
皇后住在有七个庭院的宫苑里；

金不换味道香馥，中医认为其有疏风行气、化湿消食、活血解毒的功效，很多家庭都以盆栽种植，潮汕人用得最多的就是用它来炒田螺、炒薄壳。

她戴的一串珠宝，值得整整七个王国的全部财富。

不过，让我悄悄地告诉你，妈妈，我的国王的宫殿究竟在哪里。

它就在我们阳台的角上，在那栽着杜尔茜花的花盆放着的地方。

——泰戈尔《仙人世界》

印度著名诗人泰戈尔在他的诗歌《仙人世界》之中，提到的“杜尔茜花”就是罗勒，也就是我们潮汕人常见的金不换。在泰戈尔的诗歌之中，金不换藏着一个孩童心中的仙人世界。在其原产地印度，罗勒是香草之王，印度人将它视为神圣之物，当地人也相信死者胸前必须放上罗勒才能进入天堂。看来，罗勒不但具有驱邪作用，而且可以作为人类进入天堂的通关印信。

“我的弟兄们，最要紧的是不可起誓；不可指着天起誓，也不可指着地起誓，无论何誓都不可起；你们说话，是就说是，不是就说不是，免得你们落在审判之下。”这话出自耶稣的《山上宝训》，耶稣警诫信徒应当说诚实的话，“是就说是，不是就说不是”。欧美的法庭之上，证人、陪审员或当事人若为基督徒，则要举起右手，左手按着《圣经》起誓保证所言属实。印度沦为英国殖民地时，按照英国人的规矩，在法庭上必须按着《圣经》起誓，表示决心和诚实，但是印度人不是基督徒，不可能按着《圣经》起誓，而英国人也不可能让印度人带着印度教的典籍进入法庭，最终选中了被印度人举国崇敬的香草罗勒代替《圣经》。于是我们不难想象，庄严的法庭之上，印度人手按一丛金不换郑重宣誓，这在我们潮汕人看来，未免是一个滑稽的场面。我想，大多数潮汕人看到金不换，更多想起的是炒薄壳或者炒田螺。而在印度，这一幕则代表了民族的自尊——国家虽然沦落，但是民族的信仰依然在。

英国人认可印度人选择金不换来宣誓，不但是一种折中，更是一种共识。原来，金不换不仅在印度被视为神圣，在欧美国家也是具有特别的宗教意义的，传说耶稣复活之后，他复生后的墓地上长满了香草罗勒，罗勒除了被认为有神性外，更强调其生命力的强韧。欧美一些教堂会在祭坛上准备的圣水，就是罗勒水。罗勒在欧美与印度都具有神圣的宗教意义，所以法庭之上，手按罗勒，印度人有印度人的信仰，英国人有英国人的虔诚。不同宗教，通过罗勒进行沟通，达成了共识。

在中国，罗勒脱去了其宗教意义，在这个中医药文化深厚的国度，罗勒更多时候被拿来做药。据记载，罗勒具有疏风解表、化湿和中、行气活血、解毒消肿之效。《本草纲目》对罗勒的记载："北人避石勒讳，呼罗勒为兰香。"《本草纲目》引《邺中记》云："石虎讳言勒，改罗勒为香菜。""今俗人呼为翳子草，以其子治翳也。"罗勒为轮伞花序，花果层层而上，亦称"九层塔""千层塔"。

由于罗勒能够释放一种芬芳香味，这种味道能够驱除蚊虫，所以家庭种植一盆罗勒盆栽，不但可以用来做菜，还可以环保驱蚊。

去吃西餐，发现很多菜式与罗勒有关，比如青酱罗勒意大利面、罗勒炒青口、罗勒海鲜炒意面、罗勒酱、罗勒蟹……不用晕头转向，作为潮汕人，直接将罗勒替为金不换，是不是感觉西餐顿时变中餐了？

腌蟛蜞

孩提时代，母亲会腌蟛蜞来做杂咸，用以佐餐。

蟛蜞长得像小体型的螃蟹，小时候总是分不清楚。母亲告诉我辨认的方法，螃蟹的蟹脚是光的，蟛蜞的则长着毛茸茸的绒毛，个子也比较小，根据这个特点就很容易区分。

买回来的蟛蜞活力很盛，一倒出来就到处爬。用清水清洗处理干净，母亲找出一个玻璃罐，将蟛蜞装进去，再倒入白盐、八角、姜、蒜、酱油、料酒等配料，然后密封起来，两三天后，这些配料的味道渗透入蟛蜞体内，这时就可以食用了。

那时潮汕地区江河交错，河里水满，碧波荡漾，鱼、虾、蟹、龟、鳖、田螺、蚬等水生物特别多。蟛蜞生活在滩涂地或者河边的泥洞里，捕捉者身带一个小竹篓，在退潮后的滩涂地或者石堆中，可以看到横着爬行的一只只蟛蜞，只需张开食指与拇指，轻轻捏住蟛蜞一左一右的两侧，此时蟛蜞纵有再大的力气也挣脱不开，一对锋利的螯足顿时失去了作用。蛇的七寸、牛的鼻子、蟛蜞硬壳的两边，天生万物，各有其优势，也有其弱点，没有一物是全能的。平时，蟛蜞都藏在河岸边草丛里的洞穴。掠蟛蜞的拨开水草，仔细观察洞穴，一旦发现，便用一种特制的工具开撬，因此掠蟛蜞在我的家乡也叫撬蟛蜞。

潮汕地区小江小河很多，最终都分别汇入韩江、练江与榕江，三大江又再奔流入海。而蟛蜞自古以来便是潮汕人赖以生存的一种物资。

清军入关之后，逐渐实现了对华夏大地的统治。大明残存的力量逐渐退到南方，隐藏在民间，南方也成了抗击清军的大本营。在清廷的高压之下，大明大势已去，抗清力量纷纷退向海外。清朝为了抑制海外的反清复明力量，在康熙年间实行了海禁政策，要求沿海人民无条件向内地迁移五十里。

潮汕地区原本是依山面海的平原，依山吃山，靠海吃海，出海捕掠与海外经济往来是当地人民重要的经济命脉，在海禁的政策下，沿海地区硬生生变成了内陆，百姓苦不堪言。清军在远离大海五十里处，画地为界，竖起标语，不许百姓越界。人们看到告示，大多不敢逾越。有一个不识字的人，以掠蟛蜞为生，某一天，为了掠（捉）蟛蜞，不经意越过了界限。警戒线之外的区域，一般人不敢逾越，没有人来相争，这个人捉了满满一竹筐，而同一天出去的很多人都捉不到蟛蜞。问及原因，却是因为不识字不受限制，反而满载而归。人们不由哑然失笑，后来潮汕地区流行一句话叫“识字掠无蟛蜞”。

一个民间的笑话，但是在潮汕却广泛流传。人们用来嘲笑那些食古不化、死守规矩、不懂变通的人。小时候觉得好笑，长大后，再次品尝到腌蟛蜞时，咸咸的，突然感觉一种悲苦。小小的一只蟛蜞，身上竟然承载着族群如此沉重的历史故事。

蟛蜞与螃蟹一样，浑身都是硬壳。如果说螃蟹有蟹肉，可以成为美食。遗憾的是，蟛蜞几乎没有什么肉，但胜在味道鲜美，因此潮汕人一般都是用来做生腌，借助腌制后的咸香来配粥，有时候一只小蟛蜞就可以用来配一餐的白粥。离开潮汕后，我来到外面，发现东莞对蟛蜞的处理方式更加多样化，当地人有的用来煲粥，做成蟛蜞粥，有的与其他食材一起用来煲汤，还有的将其捣

腌制好的蟛蜞，吃起来又咸又甘香。无论是螯腿还是身，轻轻咬一小口，仔细咀嚼，咸而甘香的味道在口腔里回荡，此刻要赶紧吃上几口白粥，极好配粥。

碎加入调料后发酵，制作成蟛蜞酱。据说东莞道滘在评选十大美食的时候，其中有三道跟蟛蜞有关系，分别是蟛蜞粥、蟛蜞汤与蟛蜞酱，这三种食用方法倒是最大化地利用了蟛蜞的鲜美滋味。

现在的潮汕，依然还有人腌蟛蜞，但是仅出现在一些白粥大排档里，民间家庭腌制已经很少见了。其实，不止腌蟛蜞，以前家家户户晒冬菜、腌咸菜、腌萝卜，各种杂咸都是自己动手去做。现在条件好了，一般家庭不用再做这些了，可以在市场上直接买到。人们的生活条件好了，蟛蜞却逐渐少了，因为蟛蜞对水质要求很高，很多河流的水质达不到蟛蜞生存的条件，导致蟛蜞逐渐消失，这真是一件遗憾的事。

白沙湖『男女』

2010年，我跟广东省作家协会的几位作家到汕尾采风，时任汕尾日报社社长王万然带我们去吃午餐，席间，端上了一盘像白蛤一样的贝壳。这些贝壳产自当地的白沙湖，一个个圆圆的，有点像念珠，经过猛火热油爆炒之后，张开了两扇半圆形的贝壳，露出肥美白嫩的蛤肉，入口淡淡的咸，鲜嫩甜美，这是一种来自海洋的咸腥气味。当地人管这种壳类生物叫“男女”。

这个名字很奇怪，很多人都不明白这个名字的意思，但是到汕尾城区随便一问，都知道“男女”。因为“男女”在当地非常普遍，价格也很低廉，家家户户都食用。

白沙湖的湖面有一块巨石，状如一只浮在湖面的母鸭，当地人称其为“鸭母石”。传说古代的时候，有一只鸭子总是偷吃当地人的粮食，后来被观音菩萨点化成石，变成现在的鸭母石。为了弥补老百姓的损失，鸭子的蛋落到白沙湖里，变成一粒一粒的圆白色贝壳，这就是“男女”。在这个故事里，人们将白沙湖的景观与物产相互联系，颇有意思，但终究没有讲清楚“男女”名字的来历。而另外一个故事隐约说出了“男女”的来历。故事的主角依然是救苦救难大慈大悲的观世音菩萨。传说有一年，海陆丰发生了饥荒，饿死了很多人，观音菩萨为了拯救百姓，大发慈悲心，将手中的念珠撒进白沙湖，化成了一大

自沙湖与红海湾相通，是一个咸水湖，据说离开白沙湖“男女”就难以存活，“男女”也就成了白沙湖的特产。

片的贝壳生物。观音菩萨施法在沙滩上写了几个字“男女可食”，于是借助这种贝壳，当地百姓度过了饥荒。菩萨是想普罗大众男女皆可食用，老百姓却以为这种新出现的贝壳叫作“男女”，于是这个名字就这样沿袭了下来。细看“男女”，圆圆的，还真的像一粒一粒的念珠。

结合第二个故事传说，“男女”这种生物，颇具佛性，似乎专门为秉承观音菩萨的佛旨而生，以拯救百姓苍生为己任。这种贝壳，在退潮后的滩涂可以捡到。在水中，它喜闹不喜静，凡是有船经过的航道，都可以捕捞到，甚至可以理解为，它就是专门等待在船行的航道上来完成它此生的使命的，更奇怪的是，今天在这里捕捞到，明天在同样的地方，依然可以捕捞到，而且产量丰富，取之不尽、用之不竭。

故事里的饥荒颇具传奇色彩，似乎离我们很遥远。而距今半个多世纪的1943年，海陆丰还真的发生过一场严重的饥荒，当地人民就是靠“男女”挨过了饥荒。1941年，日本占领香港之后，对内地实行封锁，致使海运断绝。海陆丰地区的大米依靠进口，这样一来，外洋大米进不来，粮食即刻短缺。1942年，当地遭受了水灾与潮灾，致使本地的水稻失收，粮食短缺更加严重，地方奸商见此情况，囤积粮食，操纵粮食市场，致使米价猛涨，市场上有钱都买不到米。就这样，到1943年，海陆丰爆发了大饥荒，真是饿殍遍地，惨不忍睹。在这种凄惨的情况下，白沙湖中的“男女”成了苦难百姓的救命粮。“男女”取之不竭，又是海产品，用水煮开，连盐都不用下，许多穷苦人家每日三餐就是依靠“男女”度日，才挨过了饥荒的时日。

听完这些故事，对着一盘“男女”不由肃然起敬，将它们与故事传说中的观音菩萨念珠关联起来，一粒一粒，散发着普度众生的神圣光辉。突然之间，我想起佛陀割肉喂鹰的故事。佛经故事中讲到，一只鸽子遭老鹰追捕，佛陀为救鸽子，割肉喂给老鹰，换下鸽子，佛陀因之成正果。这小小的珍珠贝，繁衍子孙千千万，专为百姓充饥，它有着与佛祖一样舍身救人的慈悲胸怀。善哉，“男女”！

时隔十几年，再次来到汕尾，朋友在酒店设宴，我突然提到了“男女”这道菜。当地朋友说，因为现代工业化的发展，且白沙湖里的“男女”对水质要求比较高，现在越来越少了。酒店里原本没有“男女”这道菜，但是朋友特意交代酒店去市场买了“男女”。当“男女”端上来的时候，他却一眼看出不是产自白沙湖的“男女”，因为白沙湖的“男女”外壳有一抹淡淡的绯红，这也是其作为白沙湖特产的一个标志。

现在社会发展，物质丰富，没有饥荒，也许“男女”完成了使命，都要回去了吧！希望人类能爱护环境，好好留住“男女”。以前饥荒有“男女”充饥，如果“男女”消失，万一以后发生天灾人祸，人们又该依靠什么呢？

唯有风调雨顺，唯有国泰民安，那是千百年来普罗大众最朴素的祈愿。

肆

四海味悠长

臭屁醋

俗话说，开门七件事，柴米油盐酱醋茶。可见醋是日常生活中必不可少的调味品。作为潮汕人，平时比较少吃醋，印象中，白醋、浙醋、山西老陈醋等都是用来作为蘸料的，但是珠三角地区流行一种臭烘烘的醋，这种醋甚至用来代替日常的饮料，从而衍生出了一些与醋有关的美食。

到帽峰山下寻常的饭店，刚下车，便隐隐闻到了一股酸臭之味，味道类似隔夜菜的酸馊之味，有人将这种醋称为“臭屁醋”，因为很臭，也有人将它与榴莲类比，称之为“液体榴莲”。进入乡村饭店，里面空旷，摆满了桌椅准备迎宾。来到后院，一眼便看到100多坛醋罐密密麻麻地摆满了院子，揭开盖子，醋酸味四溢。酸馊味闻起来不太好闻，但是煮成汤之后便消失了，反而为食材增添独特的味道，是以经常有人不嫌山村偏僻，专门从市区驱车前来品尝。

这些醋都是店家自已酿的。选取优质的大米，用铁鼎炒熟，以变成焦赤色为标准，按照比例倒入帽峰山的山泉水使之进行发酵，密封静置在庭院里，发酵两三个月，揭开盖口便可以看到罐内的液体已经转变成为米白色醋，流程简单，时间略长。帽峰山下居住的大多是客家人，当地人一直有酿醋、喝醋的习惯。

将新米炒香再放进醋坛酿制，如果在夏天高温季节酿醋，仅需两个月时间，如果是秋后，则需要酿足三个月。当地人常年酿醋，已经有心得，认为在夏秋交接的时节，所酿的醋最为香口。

旧时没有饮料，帽峰山下的客家人便酿醋作饮料。早上外出劳作，午间饥渴之时，回家先来一瓢醋，“咕咕咕”灌下肚，聊解饥渴。是以家家户户都酿醋、喝醋，成为一种习俗。2003年，广州发生非典疫情，当时传闻醋可以预防病毒，市区商场里的白醋被高价抢购一空，而帽峰山下的客家人对此淡然处之，因为家家户户都酿有几坛醋。

酿醋，在我国有着悠久的历史。相传醋由古代酿酒大师杜康的儿子黑塔发明，黑塔学会酿酒技术后，觉得酒糟也是粮食所剩，直接扔掉可惜，后在酒糟的基础上无意间酿成了“醋”。全国很多地方都有出名并形成品牌的醋，比如山西老陈醋、镇江香醋、保宁醋及红曲米醋等等，市面上都可以买得到。

很多时候，醋都是作为蘸料，直接喝会很酸。传说唐代的时候，宰相房玄龄很怕老婆，唐太宗听说之后，专门赐给房玄龄一个小妾，遭到了房夫人的强烈反对。唐太宗为了试探房夫人，让房夫人在一壶“毒酒”与小妾之间选择，要么选择让房玄龄纳妾，要么选择喝毒酒自杀。房夫人烈性，宁死也不愿意让丈夫纳妾，拿起“毒酒”一饮而尽。谁知毒酒入口，竟然是醋。后世遂将“吃醋”作为“嫉妒”的比喻语，其中最典型的便是成语“争风吃醋”。嫉妒不好，但在现实中，吃醋确实有益健康。

按照珠三角的习俗，以臭屁醋作为汤水，放入猪脚或者其他肉骨一起煲汤是最常见的做法。当地人专门为刚生完孩子的产妇制作“猪脚姜”——用猪脚与姜、醋、红糖一起煲汤，有祛风活血的作用，最适合产妇吃，也因此，广州话里有一个词“吃姜”，如果广州人说“请你吃姜”，意思就是他家生了小

醋本身就有去腥去异味的功效，当地人以臭屁醋作为主打特色，在保持食材原味的同时，也使食物更加绿色环保。

孩，准备请你吃猪脚姜了。

这种简单酿制的农家米醋，当地人还喜欢用来制作“开胃汤”。所谓的开胃汤是以醋作为汤水，将用特殊原料腌制过的整只鸡以及黄豆、姜等配料放进瓦煲里，先大火煮开，而后小火焖煮一个钟头，揭开瓦煲盖子，香气四溢。这道菜还有个特点，就是一菜两吃。瓦煲里的鸡捞出，原只斩块，拼盘上菜，这就是醋鸡。但这时先别急着吃鸡，而是来一碗醋鸡汤，这醋煲开之后，吸收了食材的甜，变得酸酸甜甜的，非常可口，当地人称之为开胃汤。一道开胃汤下肚，食客们均胃口大开，回头再来吃醋鸡，这鸡肉在醋里炖了一个多钟头，经过滚醋的作用，鸡肉变得又滑又嫩，夹一块鸡肉，蘸上红葱头豉油，入口啖之但觉清、脆、滑、爽！醋酸软化了肉纤维，肉不显老且不带半点肥腻。由于白米醋鸡汤的去油功效，吃完虽觉得饱，却一点都不觉油腻，开胃补气。

除了醋鸡，还有醋鱼，将鲫鱼放在醋里煲，形成醋鲫鱼汤，也非常有特色。此外，其他一些涉及汤的，均用醋代替，形成当地以醋为主打的饮食特色。

旧时珠三角地区本地人都很喜欢喝臭屁醋，还将其称为长寿醋，但是随着城市化的发展，由于臭屁醋自身的异味，市区渐渐地很少闻到臭屁醋的特殊味道，除了郊外，比如帽峰山周边的客家人聚居地，周边的钟落潭镇、人和镇等地，因为处在郊外，有更多的空间来酿制臭屁醋，很多人依然保留喝醋的习惯，这些由醋衍生的美食，其实可以单独形成一个系列，加以研究开发，必能为粤菜增添一道亮丽的风景线。

酸鱼冻

旧时没有冰箱，酸鱼冻只有冬天才有。潮阳、潮南以及普宁南径等地的人们会制作酸鱼冻祭祖，鱼冻用盘装着，与猪肉、鸡、鸭以及水果点心等一起摆放。后来有了冰箱，酸鱼冻不再只出现在祭祖的仪式上，而是作为美食，随时都可以制作了。

2025年4月23日世界读书日，应普宁民德中学邀请，我从广州来到普宁，进校园做了一场阅读分享。讲座做完，朋友说学校所在地南径镇有特色美食酸鱼冻，于是晚餐期间，特意点了这道菜。

酸鱼冻的主要食材是当地的草鱼，将其煎煮后，加汤，调入酸梅，熟透后，连汤装入大碗，放进冰箱冷冻，鱼汤融合了鱼皮与鱼鳞的胶原蛋白，很快就凝结起来。鱼汤凝结后成了固体啫喱一样的鱼冻，入口时凉丝丝、酸溜溜的，这道菜无论是夏天还是冬天吃，都有独特的风味。

鱼冻为何要加入酸梅呢？一句话就是去腥。众所周知，鱼做成菜之后都要趁热吃，一旦冷了，鱼就会变腥。为了去腥，聪明的人们除了放酸梅之外，还会加入姜、葱等其他配料，同时会对鱼作一些特别的处理。

做酸鱼冻的鱼一般选用两三斤重的草鱼或者其他肉质较厚的淡水鱼，去鳞去腮处理干净后，切成三四厘米厚的大块，放入瓷盆，接着加入姜、葱、料酒，略微搅拌，目的是让鱼块入味，同时去腥。

油锅热油后，将腌制了大约20分钟的鱼块用慢火煎到两面变赤，此时的鱼块外表虽然已经焦赤，但是内里还未完全熟透，必须加入清水，酸梅也在此刻捣碎放入，中火让其焖煮至熟透，然后调入调味品。熟透之后的鱼块，将鲜甜的肉汁释放到乳白色的汤里，与酸梅的酸汁混合，这样鲜甜的鱼汤带有一些酸

酸鱼冻制成之后，呈现乳白胶状，鱼肉凝固在其中，用刀切成小片，撒上几根芫荽，绿白映衬，更是养眼。

溜溜的味道，是酸鱼冻好吃的保证，等到鱼汤凝结成冻之后，更是十分可口，有开胃的功效。因为鱼鳞富含胶原蛋白，有的大厨特别用心，将原本去掉的鱼鳞收集起来，清洗干净，熬成鱼鳞汤，过滤干净后，用鱼鳞汤代替清水，这样制作出来的酸鱼冻更加Q弹可口。

鱼冻因为胶原蛋白凝结，可以用筷子夹起，入口Q弹，微微嚼之，略有韧性，但很快，鱼冻在口腔的温度下融化，在将融未化的时候，如丝绸般顺滑溜入喉咙，凉丝丝，酸溜溜，搭配鱼肉的鲜美，让人在享受舌尖美味的同时，顿觉胃口大开。

这道菜让我想起了侗族盛大的吃冬。有一年冬天，我来到广西三江侗族自治县，碰到当地侗族同胞过侗年。吃冬是侗族同胞一个盛大的习俗，侗族过这个节日要吃冻菜。侗族人会提前将豆腐、鱼虾、猪脚、黄豆等用酸汤煮成菜肴，此时已经是寒冬，各种菜式放置一夜之后就会冻上，侗族人用这些冻菜来祭祀祖先，表达对祖先的缅怀与感恩，同时也通过祭祀祈求祖先的保佑。每到吃冬的时候，侗族人会着盛装、唱侗歌、吹芦笙，载歌载舞，各个村寨以鼓楼为中心欢聚吃长桌宴。

侗族人的吃冬，除了鱼冻还有猪脚冻、虾冻、鸡冻、鸭冻等冻菜，他们的鱼冻也是酸的，只不过酸汤用的是发酵的米汤。

侗族人分布在广西、贵州、云南以及湖南、湖北等地。我不知道潮汕地区的酸鱼冻与侗族的吃冬有没有相关的联系，这两种鱼冻大同小异，都是立足本土食材与饮食习惯制作而成的，体现了各自的饮食特色，初始也是作为祭祖的祭品出现，而后剥离祭祖的特定仪式，蜕变成一道日常美食。

对比这两道美食，潮汕地区的鱼冻采用本地的淡水鱼与本地的特产腌青梅，而侗族同胞的鱼冻主要采用当地的鲤鱼、鲫鱼以及草鱼，同时发挥其酸汤的制作技艺，融合而成。可谓是异曲同工，殊途同归。两种鱼冻，各具美味，真正是一方水土孕育一方的美食。

普宁南径的一些饭店购置了很多大型冰箱，厨房每天会提前制作鱼冻，存放在冰箱里冷藏，制作鱼冻的食材除了鱼肉之外，还有鱼肠、鱼鳔，每天供不应求，深受食客欢迎。随着潮汕人的迁徙，鱼冻作为美食也传到了广州，位于广州客村的金成潮州酒楼，老板来自南径，因此该店也将酸鱼冻当作店里的一道特色菜推出，颇受食客欢迎。

冬阴功汤

粤语中的“阴功”有凄凉与凄惨的意思，因此未喝冬阴功汤前，对这道汤先存几分畏惧。

第一次喝冬阴功汤是2008年，在广州的一家泰国菜馆，充满泰国风情的装修风格，让人仿佛置身异国他乡。汤水入口之后，淡淡的酸、浅浅的辣、幽幽的芬芳，在嘴里交汇成一阵轻轻的酸爽。

时隔数年，再到泰国，喝了当地的冬阴功汤，才知道在广州喝的其实是根据广东人口味改良过的。泰国的冬阴功汤更酸更辣，口味更重，以致同行者喝了之后肠胃承受不了，连夜上了几次洗手间。而后在近半个月的行程里，我真正见识了冬阴功汤在泰国的国民度，上至高档宴席，下到街头巷尾的小食店，都可以看到冬阴功汤的身影。甚至有一次在泰国的酒吧，在点送酒小食的时候，赫然也来了一道冬阴功汤。我不由对这道汤刮目相看。

冬阴功汤作为泰国名汤，因其典型的泰国风味，被列为世界十大名汤之一。在泰语中，“冬阴”是酸辣的意思，“功”则是虾，从名字来解释，冬阴功汤其实就是酸辣虾汤。冬阴功汤的汤料大同小异，一般来说，汤的主料为基围虾、蛤蜊、菇、番茄，这些主料非常普通常见，但是能够将其搭配一锅则不普通。而真正有特色的是其辅料，细数一下，约略有香茅、青柠檬、幼茄、九层塔、薄荷叶、姜、小红椒、香菜、柠檬叶、椰浆、淡奶油、鱼露、橄榄油等。一道汤之中，竟然有十几种料，通过搭配，先煮开，然后再用明火慢慢煲出独特的泰国风味。

冬阴功汤在泰国是“国汤”。作为潮汕人来到泰国，在遍访当地潮汕文化遗存之后，发现这道汤其实与潮汕人也有密切关系。泰国历代国王之中，有一位国王是潮汕人后裔，这位国王的中文名叫郑信。1763年，缅甸军入侵暹罗（今泰国），郑信奉命率部反抗，1767年4月，大势已去，缅甸军攻陷大城府，大城王朝宣告灭亡。郑信逃出大城府，继续以东南沿海地区为基地，号召暹罗人抵抗外来侵略，得到了暹罗人的响应，在郑信的率领下收复了吞武里府，郑信被拥立为王，建立吞武里王朝。随后郑信消灭暹罗各地割据势力，1770年统一了全国。驱逐侵略者，光复暹罗，消灭割据，统一暹罗，郑信对泰国的贡献是彪炳史册的，他在位时爱民仁德，被尊为泰国最伟大的五位大帝之一。

郑信的父亲郑镛是现汕头市澄海区华富村人，在清雍正年间南渡暹罗，在大城经商，他娶了泰国女子为妻，生下郑信。郑信身上其实有着中泰两国的血缘。郑信执政，对潮籍乡亲实行优惠政策，促使潮汕大批移民来到泰国，加快了泰国的发展与开发。

冬阴功汤是如何与郑信有关的呢？原来郑信当了泰国国王之后，其女儿淼运公主生病，食欲不振，各种珍馐难以入口，御医诊断之后，与御厨商量，研发出了一道开胃的酸辣汤，这就是后来的冬阴功汤。淼运公主喝了这道汤之后，连夸好喝，她感觉通体舒畅，病情减轻。郑信欣喜过望，品尝冬阴功汤之

冬阴功汤因为搭配有香料，喝起来馥郁可口，同时辣度十足，调动了胃口，适合四季常喝，冬寒时节可以暖胃。炎炎夏日，来一煲冬阴功汤，可以出汗消暑。

后，将其定为“国汤”。

回头来再认真来品味这道汤，酸辣芬芳的口感交融出一阵酸爽的滋味，这道汤让人喝出了生机勃勃的自然希望。清澈的河流，鱼虾跳跃，辽阔的原野，香草芬芳，红的辣椒与番茄，绿的薄荷与青柠，各种颜色赏心悦目，树荫下，草菇悄悄撑起小伞，大自然充满生机活力，一切都那么让人心动，给人带来了希望。

郑信后来在一次宫廷政变之后被杀，篡位者叫昭丕耶却克里，史称“拉玛一世”，他将首都从吞武里迁到了对岸的曼谷，如今的泰国国王就是昭丕耶却克里的后代。

郑信祖籍中国，昭丕耶却克里害怕郑信之死会惹来中国插手这次政变，于1790年（乾隆五十五年）遣使入贡清朝，为请求敕封，自称是郑信之子“郑华”，以期寻找继位的合法性。根据史料记载，此后，1809年（嘉庆十四年），拉玛二世登基后到清廷进贡称“郑佛”，其后的三世王、四世王在入贡清朝时的表文中各自称“郑福”“郑明”，现在泰国还流传有四世王时铸的“郑明通宝”。

在泰国，即使王朝更换，前朝的功劳也不容抹杀。郑信虽然被后来者推翻，但是依然被尊为民族英雄，时至今日，走在泰国，时刻可以感受到郑信存在的痕迹。当地人对郑信非常崇敬，建有郑王庙供人缅怀，在曼谷的繁华地带，也建有郑王广场以及郑信塑像，最隆重的是泰国政府每年举办的郑王节，自上至下以各种形式纪念郑信。

走在泰国，各个重要的文化景点都有售卖泰国历代国王的塑像。在曼谷皇宫广场，我特地买了一尊挥刀跃马的郑信王塑像，带回广州，摆在书房。公道自在民心，郑信在泰国民间的威望非常高，这得益于他的惠政。在大城王朝后期，郑信曾任巡抚官，代表国王到泰北各城巡察，判决有关案件，为民申冤，在民间建立了良好的声誉，收获了民心。而最重要的是，在国家存亡之际，他毅然揭竿而起，驱逐侵略者，光复泰国。

某一日行走到了泰国的罗勇府，这里是当年大城被缅甸人攻破后郑信率领随从逃出大城建立的抗战基地，他以罗勇府为中心，重新组织力量，半年后大举反攻，一举攻破了曼谷的西岸吞武里。在罗勇府，我喝着冬阴功汤，外面烈日炎炎，冬阴功汤酸辣芬芳，喝下去在心中泛起各种各样的人生况味。喝一道汤，怀念一个人。是非成败转头空，青山依旧在，冬阴功汤依然酸辣芬芳。一个念头突然萌生，我想，冬阴功汤是泰国的“国汤”，在泰国如此家喻户晓，因为这道汤与郑信有关，人们喝一道汤，其实是在纪念郑信吧。至少，此刻我是。

贵州牛瘪

十多年后，我不敢确定再面对一盆深绿色散发着阵阵屎臭的牛瘪汤是否还张得开口。

那一年的国庆节，自助游方兴未艾，我们在网络上发帖组建了一个四人的小团队，准备假期到黔东南自助游。出发前，我们从网络上看了许多旅游博主的帖子，综合了四人的意见，制作出一份旅游攻略。

年轻意气，青春做伴。按照攻略与网络的指导，我们去了肇兴侗寨参观侗族大鼓，欣赏侗族大歌；在夕阳西下的时候来到中国最后的枪手部落岜沙苗寨，漫步在空寂的深山老林，仰看参天的老枫树；在西江苗寨，我们吃了当地的长桌宴，集体欢呼高叫；夜晚坐在千户苗寨半山腰，仰望漫天星斗，眺望对面万家灯火的吊脚楼夜景……凯里的酸汤鱼喝了，蕨菜炒腊肉吃了，榕江卷粉也尝了。一路欢乐一路歌，来到榕江县，同行的小P突然神秘兮兮地说："我们今晚去吃牛瘪！"小P是我们整条旅游线路设计的灵魂人物，去什么地方，看什么景观，品尝什么美食，都是她在安排，很明显，牛瘪原本没有列入本次的旅程，我们其他三人也不知道牛瘪是什么。

"牛瘪在网上推荐的呼声很高，但这道食物真的太黑暗，我不敢列入本次行程的美食名单，但是博客下面很多人都给我留言，推荐我们品尝一下榕江县的牛瘪。"原来小P每天都将自己的旅行经历写成博客，吸引了很多的粉丝。

"可是，牛瘪到底是什么东西？"我睁大眼睛问。看到小P说得神秘兮兮的，再结合这个陌生的名词，一开始我误以为是牛的隐私部位。

"简单告诉你，这东西嘛，留在牛的胃里就是牛瘪，排出体外就是牛屎！”小P捏着鼻子笑嘻嘻地说。

“好恶心啊，这东西怎么能吃？”我皱着眉说。

“我也觉得不能吃，但是网络上推荐呼声这么高，应该有一定道理，而且我查了，地方官方网站也有介绍这道黑暗料理。”小P说。

见我还在犹豫。其他两位驴友鼓动我：“出来旅游就是来尝试新鲜事物开开眼界的！”

我转念一想，觉得有道理，就同意了，但留了一步：“待会如果不合适，你们吃就好，不用管我的！”

我们住在半山腰上的民宿，要吃牛瘪必须下山，到山下集市的饭店。小P根据网上的推荐，带着我们下山而来。来到山下，经过当地一个小墟市的时候，我看到了当地人现场摆卖的牛瘪，牛胃剖开，里面是尚未消化的青草，大铁盆里牛的胃液混着青草汁，一片深绿色，散发着阵阵异味。说牛瘪主要就是这些绿色的汁液，我看得头皮阵阵发麻，心里嘀咕：“这怎么吃得了！”

在江边的一家农家菜馆，我们包了一间包厢。服务员来写菜，我们点了几个当地特色的小炒，最后点了一个牛瘪。服务员停下写菜单的手，抬头看了我们一眼：“你们是哪里人？”当听说我们来自广东时，她摇了摇头：“广东人不卖。”

这倒出乎我的意料，商品经济时代，谁都在拼命推销自己的产品，这家菜馆却不卖自己的产品，真是岂有此理。

“你们广东人吃不了牛瘪的，还是不要浪费了！”服务员补上一句。

“我们就是闻名前来尝试牛瘪的。”小P认真地对服务员说。服务员对我

牛瘪是牛的胃液加未消化的草汁，可以作为火锅汤料或是炒牛肉牛内脏的配料，也有人直接用来作为牛肉的蘸料。

们看了又看，接着走了出去。我们面面相觑，但是内心对牛瘪的好奇却再次被激发起来。这到底是一道什么样的美食？

不一会儿，服务员再次进来：“我跟厨房的大厨说了，可以给你们上牛瘪，但是你们要保证不浪费！”

小P连忙点头：“我们一定会吃光光的！”

后来，小P为她的这句话后悔了。因为当牛瘪端上来的时候，整个包厢顿时笼罩在一股茅厕般的臭味中。

我掩着鼻子，认真看着端上来的牛瘪：深绿色的铁锅中有牛肉、芫荽以及其他香料，但是再多的香料都掩盖不住这阵阵令人上头的臭味。小P捂着嘴巴朝厕所冲去，其他两位也皱着眉，捂着鼻子，连连摇头。

服务员笑说：“早就说你们不习惯的啦。其实没有想象中那么恐怖，既然端上来了，何不试一下？”

没办法，一切都是自找的，而且刚才各种大话都说了，我用筷子夹了一块牛肉，慢慢咀嚼。还好，倒也没有那么难吃，牛肉是用油炒过的，外表有点焦脆，吸收了牛瘪的汁液，在嘴巴里有点微微的苦，然后缓缓泛甘。而且最重要的是，闻着臭，吃到嘴里倒没有臭味。在我的带动下，其他人也陆续举筷，不一会儿，整盆牛瘪汤都被我们吃完了。

四人不由相视一笑。

牛瘪，当地人称为百草汤。顾名思义，牛宰杀后，挤压牛肠及牛胃提取尚未完全消化的各种草液，加入牛胆汁及佐料花椒、生姜、陈皮、香草等，放入锅内煮沸，文火慢熬，整锅汤呈深绿色，将汤表面的泡沫及杂质除掉，过滤回锅加入食盐、葱蒜、辣椒即成。外地人初次接触牛瘪大多难以接受，但是由于其有药用价值，牛瘪在黔东南被当地少数民族视为待客上品。

如果只是作为一道食品，牛瘪也许跟其他美食一样，品尝之后可能就被忘记了。但是这道菜给我留下深刻印象的是它的功效。那时我们住在半山腰上的民宿里，连日奔波，略有疲惫，况且时近深秋，高山上的天气越来越冷，每到晚上，我的两条小腿都很冰冷，再厚的被子也盖不暖。但是吃了牛瘪的当天晚上，回到民宿之后，晚上睡得很沉，两条小腿仿佛突然气行血通，暖烘烘的。我感觉特别惊奇，当地人告诉我，牛瘪真的具有一定的药效。

并不是每一头牛都可以做出牛瘪，当地苗、侗等少数民族要杀牛前，先让牛饿肚子，让其肚内排空，然后再给牛喂特定的中草药，如果是自由放养的牛那更好，老牛仿佛一位老中医，专挑好药材吃。贵州大山，盛产各种名贵草药，比如首乌、葛根、当归、防风、金荞麦等或者一些新鲜的鲜草，都是牛喜爱吃的，喂了半小时左右，大约草料进入牛胃了，牛胃为了消化肚里的食物，分泌出大量的胃液，此刻把牛杀了，取出尚未消化的草料，挤出汁液，这就是具有药效的牛瘪。

贵州的牛瘪虽有异味，却是干净的。离开贵州，内陆省份因为城市化的发展，很多地方的环境都被污染了，甚至连水都不能喝，养的牛吃的是杂草饲料，这样环境养出来的牛，牛瘪又怎么能吃呢？是以广东虽是牛肉的消费大省，但基本没有听说有人吃牛瘪，原因大约也在这里吧。

翻看十几年前贵州行的照片，一切历历在目。当年的四位旅伴，每个人都走上了自己选择并为之坚持的道路。我们有过共同的旅途最后分道扬镳。这一路而来，崎岖曲折，有泪有歌。如一盆牛瘪，不耐仔细回味，臭烘烘，有苦涩，也有回甘。人生很多事，大多也是如此。

菊花豆腐

跟朋友聚餐，席间端上来一个汤。每人一盅，揭开盖子，是一朵用豆腐切成的菊花，洁白晶莹，盛开在清黄的肉汤里，汤面飘着一根青菜，青与白搭配，煞是显眼。

豆腐是细嫩之物，一不小心就会破碎，厨师却能用精细的刀工，将其切成一条一条。洁白的豆腐丝在汤水的荡漾下，如白菊怒放。

用汤匙舀起，豆腐入口，舌头搅动。舌头是人体最敏感的器官之一，上面遍布味蕾，食物的酸甜苦辣都是通过舌尖最先感知。菊花豆腐一入口，舌头与之在口腔里扭转打滚，柔软的舌头真切地感受到了豆腐的嫩腻。软滑的豆腐丝，如一群顺流而下的鱼儿，纷纷在舌头的驱赶下，滑落喉咙进入肠胃。然后把清甜的肉汤喝下，仿佛给喝下肚的花儿浇水，一股暖意自心而生，十分舒服。

如此用心细品，才不负厨师一番精细刀工。

这就是扬州地区的名菜——菊花豆腐。

这道菜的食材其实非常简单，不外是白豆腐与鸡骨汤，任何一个菜市场都能够买到原料，不简单的是厨师的刀工与匠心。

做法并不复杂，将鸡肉、鸡骨与排骨熬成高汤备用。

白豆腐一块，横切与竖切，使之形成一丝丝的豆腐丝。

如何切则非常讲究技巧。厨师会在豆腐块四周垫上萝卜块，使利刀切豆腐的时候不会切到底部，也就是说，豆腐切成丝，但是底部都还是相连的。

一块菊花豆腐，横竖相切，需要切一百多下，切好的豆腐轻轻放到水盆里，用清水荡去多余的豆腐丝，然后整块放入炖盅，舀入高汤，豆腐丝在汤水的滋润下，如菊花般慢慢盛开。菊花豆腐本身是生的，又过了一次清水，因此必须放到蒸锅里蒸熟，同时让肉汤的甜味进入豆腐。大约几分钟后，一道别出心裁的菊花豆腐就做成了。

所有的辛劳付出，在揭开炖盅的一瞬间，看到食客的舒心笑容，便都值了。脸上笑容与炖盅里的菊花豆腐两相映照，那是烟火尘世美丽的一景，可惜厨师通常看不到。

在尘世间，许多人为了生计每天来去匆匆，风尘仆仆，甚至是食不知味。难得三餐时候安坐下来，那就暂且撇开一切，用心享用一道美味的菊花豆腐吧。

好的美食，也需要懂得品味的食客。

食不厌精。菊花豆腐这道菜的特点在于高汤的清甜与豆腐细腻的爽滑。食材倒是不贵，贵在工夫的精细，需要用心用情去做，才能做得好。

东北杀猪菜

东北杀猪菜，“杀”字开头，使这道菜充满了粗犷与杀气。对于冬天冰天雪地里的东北人来说，这道菜却充满了暖暖的人间烟火温情。

不到东北，想象不出其冷。前些年北上的时候，看到天气预报说哈尔滨零下二十一摄氏度，这个气温对于从未到过北国的南方人来说，完全想象不出有多冷。我准备了帽子、手套、围巾等装备，东北的朋友则为我准备了在南方买不到的雪地靴。对东北，我脑海里充满了诗意浪漫的幻想，我想到的是漫天飞舞的白雪，以及《雪天飞狐》里雪中飞行的诗意场面。不料深夜到了哈尔滨机场时，却发现一点雪也没有。虽然没有雪，但是一点都不妨碍室外的气温冰冷，走出机场的一刹那，只觉得冷气迎面袭来，仿佛置身一个大冰窖，站不了几分钟，就冻得不行。

北方的冷，冷的是室外，冷得一刻都不想停留。哈尔滨的酒店大门有一种旋转门，一堆人排队进旋转门，室外的冷，冷得让我感觉旋转门转得有点慢。但进入室内就好了，室内有供暖，感觉不到半点寒意。甚至，在室内穿单薄的衣服也是可以的，室内与室外，形成了冰火两重天。室内因为供暖，空气非常干燥。衣服水洗完毕，挂在浴室里，第二天起来便干了。对于从小生活在南方的我来说，这种气候是很让人难受的，我整夜睡不好觉，感觉胸闷，甚至有窒息之感，此外是喉咙干痒，眼睛也发涩。

一整夜都精神萎靡不振，第二天一早勉强在酒店的餐厅吃了点自助餐。中午时候，我们到外面一家东北菜馆吃饭。主人点了一桌菜，勉强吃了几口，胃口不是太好。及至杀猪菜上来，这才顿时来了精神。酸白菜与猪杂明炉一起炖，显得粗犷而彪悍，倒是符合东北的人文气息，别人吃肉吃菜，我舀了一碗酸菜汤，几口喝下去，汤水微酸，味道甜美，一碗下去，顿觉喉咙舒畅，干痒的感觉顿消，汤水到了肚里，十分开胃，泛起一丝暖意，这股暖意还随着经络气血的运行，让全身暖烘烘的，眉宇间隐隐便渗出汗珠。很多人对这道菜视而不见，但是经过我的提醒之后，大家发现这个功效，纷纷舀汤润喉，于是破天荒地一桌连续上了两道杀猪菜……

杀猪菜原本是东北农村每年接近年关杀年猪时所吃的一种炖菜，因为这道菜确实很美味，于是不再局限于年关，只要有新鲜猪肉便可随时做。以前在乡下，一头猪从年头养到年尾，到年尾杀猪是大事，会有很多亲戚邻居来帮忙，整头猪的大部分肉卖出去，剩下的猪血、猪肠、猪心等猪内脏就会分给邻里乡亲。

最近网络上有一首很火的歌曲："你家杀猪要喊我，我来帮你家按猪脚，烧火煮饭我都会，只要排骨一小坨……"大概意思也是反映农村"一家杀猪，各家出动帮忙"的热闹场面，邻里乡亲帮忙后，分到一点肉或骨或内脏，主人家还会摆宴请客。对于猪来说，无异于杀气腾腾的灭顶之灾，但是对于人类来说却充满了齐心协力、分工合作、分而食之的人世烟火温情。这一桌菜选自猪的各个部

酸白菜是东北杀猪菜的灵魂配菜，让猪肉肥而不腻，肉汤热腾腾喝下去，开胃、出汗，让人感觉舒畅。

位，其中最有特色的是一道炖菜，猪骨、头肉、手撕肉、五花肉、猪血肠等与东北腌制的酸菜白肉一锅炖。杀猪菜原本是一桌菜，后来浓缩成一道具有地域特色的菜式。现在一般提到的杀猪菜是一道明炉炖菜。

酸白菜是东北非常普遍的带有地域色彩的一种泡菜，家家户户都有，可以做成多种美食，酸菜饺、酸菜炖粉条丸子、酸菜芋头汤……

疫情肆虐、一地鸡毛的2022年冬日，零下二十一摄氏度的哈尔滨，这一道热腾腾的东北杀猪菜，让干涸的喉咙得到了滋润。感冒没有固定的用药，民间有许多的偏方都能治感冒。当其他人在使用泡柠檬水、蒸梨、蒸咸橙等偏方时，这一道东北杀猪菜，其实也具有类似的功效，它带着腾腾杀气，杀向病毒……

盆菜宴

盆菜，顾名思义，就是用一个大盆，将食材按照特质装起来的菜。由于吃盆菜的时候要用炭炉，食客一边加热一边吃，这种方式与火锅类似，因此有人将盆菜说成是一种特殊的火锅。广府地区的客家人逢年过节或者是在一些喜庆日子，都有合族同吃盆菜宴的习俗。不同地区的盆菜，形式近似，风味略有不同。

广州市白云区的科甲水村杨氏宗祠入伙，该村按照传统，摆下百来桌盆菜宴，宴请合族父老以及四方来宾。我也是受邀的宾客，现场感受了一顿独具特色的盆菜宴。

简易的煤气炉代替了传统的炭炉，架着一口不锈钢的盆子，盆子里按照层次堆放了各种食材，这就是客家盆菜。每桌均有一大盆盆菜。一百来桌在科甲水村摆下去，蔚为壮观。客人入座第一件事就是先扭开煤气炉的开关，将盆菜加热。

相对于传统摆桌一道一道上菜的宴客，盆菜宴显得有点简单。相传吃盆菜与南宋末代皇帝有关。南宋末年，蒙古人攻破了宋都临安，小皇帝从浙江杭州沿海仓皇进入福建，再从福建来到广东。兵荒马乱时期，食物跟餐具匮乏，危难之中，随从们将能找到的各种食物堆在一个盆子里吃，据说这是盆菜的最初来源。由于岭南地区的客家人先祖很多与南宋末期移民有关，为了纪念这段历史，盆菜逐渐演变，逐渐讲究，被赋予了新的文化内涵，最终成为今天广府地区客家人的特色饮食。

大盆菜有盆满钵满的寓意，因此吃盆菜也有团聚的喜庆含义。广府的客家人每到盛大节日或者是乔迁入伙等喜庆事情的时候，都要吃盆菜宴。随着社会的发展，盆菜也随着现代人的口味有所调整。

盆菜宴的特色在于百物百味汇于一盆，尤其适合天气寒冷多人的聚餐。人们围坐吃盆菜，欢聚畅聊。

一般来说，盆菜的食材用料没有特别的要求，有钱人家食材会高档点，普通人家食材则简单一点，可说是丰俭由人。一般的盆菜包括萝卜、支竹、鱿鱼、猪皮、冬菇、鸡、鲮鱼丸和猪肉这些基本的食材。不管是贵重的食材或者是普通的食材，盆菜要吃出好味道，重点在于食材的摆放次序。

盆菜的每一件食材都必须先经过烹煮，这样保证客人入座的时候就可以直接吃。烹煮好的食材按照一定的顺序摆放，这个过程叫作打盆。打盆最讲究，必须把容易吸收汁液又耐火的东西摆在最下层，比如炸猪皮或者萝卜块等，而把名贵的肉菜比如鸡肉或者鸭肉摆放在上层，这样客人可以逐层吃下去。

盆菜端放在火炉上，经过火力的烹煮之后，上层的肉汁会逐层往下渗透，食客层层往下吃，会觉得层层好味道，即使是吃到了最后，锅底剩下很普通的萝卜块，也会因为吸收了其他食材的味道而变得更加美味。剩下的汤汁，还可以再加水当成火锅底，放点粉丝或者青菜，尽享盆菜的精华之余，同时进行营养的均衡。

传统盆菜的烹饪与食材的选择，体现了客家菜的特点。客家人住在山区，原始的盆菜是没有海鲜的，但是随着商业化的发展，现代的物质丰富，盆菜食材的搭配也更加讲究营养均衡。据介绍，传统盆菜的材料相当丰富，最少有八样，包括萝卜、支竹、鱿鱼、猪皮、冬菇、鸡、鲮鱼丸和猪肉。近代的用料更是多不胜数，主要材料包括：猪、鸡、鸭、鹅、鲍、参、翅、肚、鱼、虾、蟹、冬菇、鲮鱼丸等；配料则有鱿鱼、鳝鱼、虾、猪皮、支竹、萝卜等。广州的一些餐厅为了满足食客，也推出了客家盆菜宴，盆菜内容不但有山珍，更有海味。至此，盆菜宴除了在客家人传统的民俗聚餐可以吃到，在酒楼餐厅也能随意吃到。

不过，不同的餐厅，不同的师傅，所推出盆菜搭配各有不同，一些酒楼甚至主打海味盆菜宴。2025年，广州市海味干果行业商会为了规范市场，推出全国首个《粤式海味大盆菜团体标准》，规定了粤式海味大盆菜需使用鲍参翅肚贝干货，以干海参、鱼胶、干鱼翅、干鲍鱼、干贝柱、干鱿鱼、虾干等动物性海产干制品为主要原料，可添加干螺肉、花菇、鸡爪、鸡块等辅料，经泡发处理，佐以高汤、黄酒和蚝油等调味料，经烹调、包装、冷冻等工序制成。该标准还规定了海参、鱼胶、鱼翅、鲍鱼和贝柱的总含量，保证盆菜产品的质量与档次，以提高盆菜产品附加值和行业效益，规范市场行为。

盆菜宴最适宜在冬天吃。冬天的天气冷，传统的上菜方式很容易让菜变凉，越吃越冷，而盆菜因为有炭炉的保温，可以说是越吃越热乎。当然，其有优势也会有短板，比如南方高温的夏天，就不适合吃盆菜。

龙舟饭

每年端午节到来之时，广州城最热闹的事就是扒龙舟。即使有的乡村已经完全城市化，如广州的猎德村，也依然保留着扒龙舟的习俗。扒龙舟是传统农耕家园城市化发展进程中的一脉乡愁。

看龙舟，扒龙舟，当然还要吃龙舟饭。广州俗语“睇龙舟，食龙舟饭”将龙舟与龙舟饭捆绑在一起。扒龙舟当天，各村各户都要做饭款待龙舟健儿以及外地前来观看的嘉宾，这餐饭通常摆在祠堂，其菜式与端午节赛龙舟的习俗息息相关，颇具地域特色，人们称之为“龙舟饭”。

传统龙舟饭的主菜有豆角、冬瓜、猪肉、腊肉、鱿鱼等。到了现在，龙舟饭的菜式也发生了变化，鱼、虾、鸡肉、猪肉、蔬菜、水果一应俱全，与平时去餐馆无异。因为会有很多随机的外地客人到来，所以龙舟饭“预多不预少”，扒龙舟的“扒仔”们吃不完，老人们便把剩下的龙舟饭分给各家各户的小孩子吃，希望孩子们吃过以后健康成长，将来都能为家乡尽心尽力，增光添彩。

如果说过年吃年夜饭是自家人团聚，那么吃龙舟饭便是宗族的大聚会，来自四面八方的乡亲欢聚一堂，同吃龙舟饭，是宗族兴旺发达的体现。龙舟饭热闹与否，是村中龙舟节是否隆重、兴旺的标志，村民们甚至把吃好龙舟饭看得比吃年夜饭更重要。因此，每年的龙舟饭，全村上下都齐心协力，做足工夫，为的是使菜肴更丰富，广邀宾客，让大家吃饱、吃好。

龙舟饭其实从“起龙”开始就在祠堂开伙了。因为组织龙舟节活动，宗亲父老们有许多事需要商量，如龙舟的修理维护、头旗手的投标、头尾艄公的安排及亲朋邀请、比赛规则制定等，各村的龙舟饭从每年“起龙”那一刻开始，就在本氏族祠堂供食。只不过刚开始那些天，龙舟饭规模较小，少则几桌，多则数十围，一直到端午节结束。比如广州市白云区人和镇人和村的骆氏宗祠，会提前在祠堂门口贴出红纸，邀请热心村民参与，征集龙舟饭菜谱等，然后从村民中挑选一些能烹会炒的掌勺高手，通常多为男子，妇女则协助洗菜、打杂等。在祠堂中，专门辟出一块地方，将工作人员分成几组，分别负责洗菜、宰鱼、杀鸡等。用砖垒起大灶头，烧大木柴，煮大锅饭，炒大锅菜，热气腾腾。

如今，有些祠堂将龙舟饭外包给外面专门做伙食的人，从食材到碗筷，从烹饪到卫生，以及食品安全的责任等也一并外包了，可即便这样，龙舟饭中的白米饭，还是由村民亲手做，他们认为这样可保佑来年五谷丰登，各家各户平平安安。

最热闹的龙舟饭要算端午扒龙舟的这一天，村中车水马龙，人来人往，隐隐传来江边龙舟鼓的咚咚声以及健儿呐喊声，此刻祠堂里负责龙舟饭的乡亲们正忙得不亦乐乎，每个祠堂摆开数十围甚至是数百围，招待各地而来的亲戚朋友。如果座位不够，有的祠堂还安排亲朋好友分成几轮吃。人和镇的人和村和高增村均有村民七八千人，村中有骆氏、戴氏等宗祠。农历五月初七是人和镇传统龙舟景[1]高增景，各大宗祠少则二三十围，多则七八十围，还有祠堂也摆上百来围招待宾客，畅叙旧情，联络感情。一张八仙桌，配四张板凳，每围坐八人，随机到齐一围人就开饭。

吃龙舟饭的安排，各村有各村的俗例。有的是龙舟景之日吃，有的是斗龙

海外华侨不惜千里迢迢赶回家乡参加扒龙舟活动，与村里的乡亲热热闹闹地吃上一餐龙舟饭，感受浓浓的端午节节日氛围。

① “龙舟景”指的是龙舟比赛或龙舟巡游的“场景”，是当地人对赛龙舟民俗活动的描述和称呼，也叫“趁景”。

前吃，有的是散标之日开筵，有的是连吃几日。如人和镇鸦湖村和人和村，龙舟饭连摆六天，天天摆满一百围，不但村中的人吃，还欢迎外地客人来吃。在村民看来，来人越多，人气越旺，本村就越有面子，就越吉利。因此，面对满桌的美味佳肴，酒水饮料，不论是谁，只管开怀去吃去喝便是。

端午期间，到底办了多少围龙舟饭，村里人也很难统计。因为除了在宗族祠堂摆的龙舟饭，还有不少人家私下也会办龙舟饭。尤其是改革开放后，珠江三角洲一带的村民都富裕起来了，在本村龙舟景之日，邀请亲戚朋友、生意伙伴到自己的家乡看看扒龙舟，凑凑热闹，吃吃龙舟饭，借此联谊交友，因此，不少人家会自掏腰包摆上十围八围龙舟饭。早些年，私人家的龙舟饭多在自己家中摆，后来干脆到酒楼摆，少则几围，多则几十围。钱是花了不少，但村民觉得值，因为自己为家族争了光，所以每每说起当年自己摆了多少围龙舟饭时，那种自豪感溢于言表。

传统的乡村龙舟饭非常有讲究，菜式多以“五菜一汤”合成“六”字为标准，意为“六六大顺”，扒龙舟顺风顺水。如今，经济发展，物质丰富，龙舟饭的菜式增加了，八个菜的“八”字寓意“发”，九个菜的“九”字寓意“长长久久”，十个菜的“十”字寓意“十足收成”。

吃龙舟饭是一件非常吉利的事情，扣肉、辣椒炒榨菜、节瓜焖猪肉、烧肉、烧鸡、冬瓜汤是传统龙舟饭的必备。这些菜式的安排都是有科学饮食的依据的，比如，辣椒炒榨菜不仅可以祛湿，还能补充龙舟健儿身体流失的盐分；烧肉和烧鸡的皮都是红色的，补充蛋白质与脂肪；冬瓜汤则可以消暑……

端午节是我国一个重要的民俗节日，扒龙舟也有特别的民俗意义，因此龙舟饭也被视为“圣食”，村民对它特别珍爱。端午节那几天，为了沾些“龙气”，那些没有参与扒龙舟的村民都会到祠堂讨碗龙舟饭，拿回家与自己家煮的饭混在一起吃。祠堂负责分饭的人则来者不拒，无论谁来“讨”都给。平常讨饭是件不大光彩的事，而端午节那几天，村民讨“龙舟饭”不会觉得不光彩，因为据说吃过龙舟饭会龙精虎猛、吉利平安，大家都想讨个好兆头。

龙舟饭不仅是一顿美食，更是乡亲们情感的纽带。它的每一道菜都寄托着人们对美好生活的向往，世代传承着团结协作、奋勇拼搏的精神。

英歌饭

英歌饭其实是一种百家饭。

旧时，各村的英歌队队员皆从村里的青少年中挑选，为了专注训练，大家集体训练、集体吃饭，甚至晚上不回家，集体在统一的地方休息。每天训练的时候，统一请厨师在祠堂做饭。

英歌舞的训练非常耗体力，因此伙食的保障非常重要。米饭、肉、菜、汤是最基本的保障。在物质缺乏的年代，这些今天看来很寻常的物资都不容易满足，必须通过“众筹”来筹集。

英歌队最繁忙的时候就是春节游神赛会期间，春节前一个多月就要开始进行英歌舞的集训。潮汕地区各村的游神赛会有专门的理事会负责，理事会派出一个人挑着竹篮从村头走到村尾，各家各户看见挑竹篮的，便知道是来筹英歌饭的，乡亲们都会自觉地凑钱与凑米。以前物质缺乏，经济也比较落后，因此村民中有钱的出点钱，有米的出点米。通过这种方式筹集了钱与米，接着再派一个人挑着竹篮走进菜地里，这家的菜地拔几颗，那家的菜地再拔几颗，拔菜不用经过菜地主人同意，但是原则上在一家的菜地不能多拔，大家看到是英歌

英歌饭是百家饭，英歌菜也是百家菜。民间认为这样做出来的饭菜吃了能保身体健康、出入平安。

队来取菜，不但不会将对方当贼，反而会积极配合，因为自家的菜能被英歌队选到，也是一种好的彩头。

春节的游神赛会，训练一般在年底，这个季节没有丰富的青菜，征集到最多的就是萝卜（潮汕话叫菜头），菜头经常用来做汤。英歌饭搭配菜头汤是绝配。英歌锣鼓一敲打起来就发出“隆隆咚锵咚锵，隆隆咚锵咚锵”的节奏声响，这个节奏声响听起来跟潮汕话“英歌饭菜头汤，英歌饭菜头汤”谐音。

每当英歌饭开饭时，村里的爷爷奶奶会带着小孙子拿着碗前来，专门讨一碗英歌饭吃，希望小孩子吃了英歌饭之后，健康成长，以后也能成为一名精壮勇猛的英歌队员。

现在，经济发展起来，不再用这样的原始方式筹备英歌饭。但是，跳英歌舞耗体力，英歌饭的肉、菜、汤以营养均衡、耐饥饿为原则，还是有一点讲究的。

伍

最喜烟火气

普宁剁豆干

浮豆干是潮汕的一种特色小吃，普宁的浮豆干比较有名，各乡村小镇都可以见到。“浮豆干”是潮汕的口语，写成书面语是油炸豆干。在潮汕话之中，浮，有油炸的意思，比如炸油条，通常说“浮油条”。普宁豆干用大豆、薯粉、石膏、卤水、清水等原料制成，颜色洁白，经过油炸之后色泽金黄。

从我记事起，尾老叔就一直在村口的大榕树下浮豆干：几块石头支撑着一个大油锅，松柏柴把一鼎油烧得滚烫，洁白的豆干顺着鼎沿缓慢地溜放进去，油锅泛起阵阵油泡，发出渣渣渣的阵阵响声。不一会儿，嫩白的豆干在油锅里涅槃般地变成了金黄色，尾老叔用一只铁笊篱捞起豆干，倒在安装在鼎沿的铁丝架上，余油便从豆干身上滴落在油锅里，等待热油沥干，尾老叔一手抓过豆干，放在一块木砧上，另一只手执起一把刀，手起刀落，将四方形的豆干剁成四小块，放在一个白色瓷盘上，然后送到食客面前。剁豆干的时候，可以听见锋利的刀面与豆干接触，豆干分开的“刹刹”声响，也正因此，吃油炸豆干在我们家乡也叫“剁豆干”。很喜欢这个“剁”字，显得很有力度，干脆又利落。

后来，我吃过一种事先切成小块然后再油炸的豆干，因为事先切了，豆干的刀口经过油炸之后结了“痂”，豆干也不用再剁，失去这个环节，吃起来感觉豆干失去了灵魂。豆干一定要剁，剁开后，看到外焦黄、内嫩白，然后蘸上葱盐水或者韭菜盐水，焦与嫩在口腔里交汇，两种不同的口感，让人尽享口福。世间万物，一刚一柔，一阴一阳，一张一弛，都是相对的。这块普宁油炸豆干，外脆里嫩，也得阴阳之道。

各地的油炸豆干呈现不同的特色。比如潮州凤凰的豆干，搭配薄荷蘸盐水吃，也很有意思。有一年，我邀请潮剧大师姚璇秋来到普宁，她说以前来普宁吃的豆干是蘸乌糖（红糖）的。豆干油炸后，内里滑嫩，没有什么味道，因此搭配乌糖，在物质缺乏的年代，味道更明显。

油炸豆干物美价廉，在乡下很受欢迎，以前普宁各地几乎都有人在路边或村口架个柴火炉，搭建临时豆干摊。豆干原本是属于民间的小食，上不了宴席的大雅之堂，后来扬名四方，都市里的酒楼也开始引入普宁油炸豆干。酒楼里煤气鼎下的蓝色火焰呼呼闪亮，但终究炸不出乡下路边摊柴火炉的韵味。都市的酒楼带走了普宁豆干的形，带不走普宁豆干独特的韵味。要吃正宗的普宁豆干，就得回到乡下的路边摊。

尾老叔的豆干摊一摆就是十几年，风雨无阻，奇怪的是，有时候下雨生意会更好。大榕树枝繁叶茂，本身就是天然的避雨之处，尾老叔怕雨水滴到油锅，用一把大雨伞支撑着，村口又是人们出入的黄金地带，所以尾老叔的豆干生意不用招呼照样热闹。

我记忆之中，村里的安城伯经常带他的宝贝儿子铁佛来“剁豆干”。安城伯是个酒鬼，每次来都自带酒，一瓶米酒，几块豆干，他吃得很开心。安城伯家里还有两个女儿，但是他每次只带铁佛出来。铁佛是他家里唯一的男丁，瘦

咬开黄脆的外皮，里面是洁白细腻的豆干肉，脆嫩结合，蘸上葱盐水，风味独特，让人回味无穷。

瘦弱弱的，却故意要起名铁佛，大约有着身体跟铁佛一样坚固，能经得起各种困厄的寄望吧。豆干摊上的铁佛显然比同龄人多了一种优越感，每次都大模大样地在父亲的对面坐下，在众人羡慕的眼光中，伸出脏兮兮的小手去拿豆干。安城伯则一边喝酒一边得意地看着对面的宝贝儿子。人们都感叹安城伯对儿子的溺爱，安城伯则哈哈大笑："我的香炉碗以后指望他来端呢！"是的，潮汕的葬俗，人死了之后，出殡之日，供奉死者的香炉需要由大儿子来端。有些地方生了男丁，叫作生了"香炉耳"。因为这样，铁佛明显比两个姐姐更加有身份的优越感。

这句话大约是十五年前说的，前些年，十九岁的铁佛在外地打工，走在大街上，被一辆迎面而来的轿车当场撞死，安城伯满脸憔悴，满头苍发，横躺在停尸房门口，用一口外地人听不懂的潮汕话哭喊着："我个香炉碗扣破了……"唉！安城伯那些年带铁佛去吃的豆干大约也白吃了吧。我突然想，其实安城伯也不是重男轻女，他看中的是铁佛能够帮他料理后事的身份，如果女孩子也可以端香炉碗，大约安城伯也会带她们去吃豆干吧。

尾老叔的豆干生意照样在做，安城伯依然去吃。失去了铁佛，他似乎去得更加频繁，每次去都喝得大醉，有时候还必须由乡亲送他回家，连豆干钱都没给。

不久前，我回了一趟家乡。还没有走到村口，便闻到一阵油香，不由大喜，迅速来到尾老叔的豆干摊前，他正在张罗自己的生意。我要了五块豆干。放下行李，坐在榕树下的小椅子上的那一刻，突然感觉时光倒流，我重新成了十五年前那个看着铁佛吃豆干的小屁孩。时光如流水，铁佛如一片落叶，飘落水面，缓缓流去，不再回来。十五年了，榕树还是那么高大，树下的油锅照样在滚，豆干照样在浮，尾老叔满脸油烟气，似乎也不见老，他一手从鼎沿的铁丝网上抓起几块豆干，一手挥舞油亮闪光的利刀。哐哐两声，一块豆干变成四小块。

我夹着豆干，蘸着葱盐水，还是那个熟悉的味道。昔日的乡间小吃，现在已经成了地方的非物质文化遗产。在广州，很多酒楼都有引入普宁豆干这道菜，地方小食登上了大雅之堂，但是终究炸不出乡间小摊的味道。

普宁豆干，要刷！名扬四海，但味在乡下！

潮汕人的粿

潮汕小食，品种繁多，单是粿品，不同形状，不同粿馅，让人眼花缭乱，叹为观止。在外人眼里，粿只是食品，而对于潮汕人来说，粿还是祭品，在供奉神明或者祭拜祖先的时候，粿品蕴含着对生育与发展的祈求。

粿是潮汕人用米粉、面粉、薯粉等精细加工制成的，有各种各样的形状，搭配各式各样的调味，包入不同的馅，是色、香、味俱全的食品。粿的叫法大约只有潮汕或者闽南一带才有。在外面与北方人交流，北方人都听不太懂粿的意思。潮汕粿品的类别大约相当于外面的糕点类食品，比如萝卜糕，潮汕人叫作“菜头粿”，蒸年糕叫作“炊甜粿”“炊发粿”……

粿，按照用途可以分为两种，一种是祭拜用的，如酵粿、红桃粿等，一种是家常食用的，如薯粉粿、水晶粿、无米粿等。祭拜用的粿品，不是说想做就做，需要在一定节日走一定的流程。记得小时候在家，每到年节，家里就要做粿。做粿之前有很多筹备工作，首先要提前将家里的炊具以及“笼椅”等竹编的做粿器具拿到江边去清洗晒干，然后将米或麦磨成粉，接着准备粿馅，一家老小忙得不亦乐乎。那时的忙，觉得艰辛，现在回想起来，正是这种忙碌，忙出了一种节日的氛围。

做粿基本是女人的活。家族里一群女人聚在一起，分工又合作，将面粉或者米粉倒入一个大的陶盆，调入一定比例的热水，用一个叫作“搅粿捶”的棍子不停地搅拌，当水与面粉交融形成面堆时，便将其用力地揉成团，面团揉得越是均匀，粿就越好吃。包馅后的粿捏成大致形状，放到粿模之中印出规范模型与花纹，最后放到蒸笼里蒸熟，这些流程都非常讲究手艺与匠心，潮汕有句俗语叫作“歪髻女人做无雅粿”，意思是，一个大大咧咧连自己发髻都打理不好的女人，做不出好看的粿。

按照馅料分，粿有菜头粿、芋粿、菜粿、豆粿、笋粿。在整个潮汕族群之中影响力最大的应该是红桃粿、面头粿与甜粿，这三种粿代表了潮汕族群对繁衍及发展的祈求。

红桃粿，不同区域有不同的称呼，有的叫红粿，有的叫红壳桃。其形状是一个抽象化的桃形，粿胚制作时调入红色的食用色素而呈桃红色，故名。在潮汕地区，红桃粿是非常普遍的，不仅是食品，更是祭品。但凡时年八节，家家户户都要做红桃粿祭拜神明。红桃粿的内馅由糯米、香菇、虾米等调配而成，也有单纯由韭菜、包菜、芋头包制的韭菜粿、包菜粿、芋丝粿。红桃粿在潮汕人心目中具有特殊的饮食和文化地位，其“寿桃”的外形，寓意长寿、吉祥，红色象征兴旺、喜庆。

除此之外，潮汕的粿也内蕴着对生育的祈求。在潮汕地区有一句俗语叫“咬粿尖生阿弟”。记得小时候，要吃粿的时候，长辈便调侃说先吃尖尖的粿头，以后就生男孩；先吃后面三角座的部位，以后就生女孩。这大约是潮汕人对红桃粿与生育最形象的解读，在一些地方的祭祀活动之中，还有“红桃粿求丁”的风俗。与红桃粿一样内蕴生育祈求的还有面头粿，红桃粿是呈三角抽象

桃形，而面头粿则为圆形，很多时候红桃粿与面头粿都是成对出现。在潮汕方言之中，“面头”与“奶头”谐音，圆形的面头粿外形酷似女性乳房，象征着强大的生育能力，能哺育子女茁壮成长。潮汕澄海东里正月的祭祀活动中，若有新人供奉面头粿，便是在祈求生儿育女。

再说甜粿。潮汕有一句俗语叫“无可奈何炊甜粿”，表示迫不得已。只因甜粿的制作需要大量的时间、人力与物力，旧时普通家庭没有一定的财力很难支持。甜粿以糯米为原料，将糯米洗净后用清水浸泡，滤去水分阴干，放进石臼用人工舂成糯米糕，舂糯米糕很费工夫，至少要过筛两三遍，粉末越细微越好。糯米糕过筛后，按一定比例掺入白砂糖或红糖，并加水搅拌均匀成为糯米浆糊，盛放入专用粿帕，放在圆形的粿箕上装入蒸笼，用炉火加热蒸熟。这是一个苦累的过程，旧时农村一般按点燃一至二炷香时间，视粿浆厚度充分蒸熟而成。蒸熟之后的甜粿经久耐放，旧时物质缺乏，没有保鲜措施，甜粿可以作为干粮，出远门的人身上会携带甜粿充饥。

旧时潮汕地区地少人多，飘洋过海的人很多，先人过番，都是在澄海坐红头船出洋，红头船是简易原始的木质帆船，行驶大多依靠人力，利用风帆顺着潮水和风势行驶，有时会在海上长时间漂流，生命的安全无保障，要多久才到目的地，没有定数。一块耐存放的甜粿，支撑着潮汕人漂洋过海，为潮汕人果腹，让潮汕人得以渡海到达彼岸。时至今日，散布在海外的一千多万潮汕人中，可以说，他们的血脉里，仍流淌着甜粿的甜味。

甜粿制作费时费力，一般家庭支撑不起，而一般家庭也是到了山穷水尽才会动离乡漂洋过海之心，要过番则必须做甜粿，旧时如果看见贫穷人家在炊甜粿，不用说，这家有人要过番了，是以有“无可奈何炊甜粿”之说。

潮汕地区依山面海，这里是农耕文化与海洋文化的交汇之地，处于大陆的边缘地带，远离政治中心，但凡乱世，这里均能保持相对安宁，是以自古至今，移民不断。人口暴增使潮汕地区成为全国人口密度最大的地区之一。

农耕时代，如何使有限的粮食发挥最大用途，潮汕人是有贡献的，比如鸡脚鸭爪，一些地方认为其只有皮包骨而弃之不食用，但是潮汕人采用卤的方式使之入味成为可口食材，一样的米与麦，潮汕人将其磨成粉，与馅搭配，制作成各种形状、各种口味的粿。这些精美可口的粿品用来供奉神明祭拜祖先，潮汕人通过其外形制作，寄予了祈求。

现在，随着时代的发展，食品五花八门，再加上机械化的发展，做粿的环节已经方便了很多。因为方便与简化，很多人反而不再亲手去做了，市面上有专门做粿售卖的门店，逢年过节除了农村少部分人自己做粿，大部分人都到市场买，买来拜神，或者买来自家吃。以前要吃一个粿，只能在时年八节，现在随时都能买得到。以前粿要一群人按照一系列的工序制作，大家带着信仰与祈求做粿，吃起来有滋有味。现在市面上买回来的粿品虽然方便，但缺乏了信仰，缺乏了祈求，缺乏了制作过程的各种辛劳以及辛劳之后享受的乐趣，此刻的粿，不过是果腹食品而已。

时代终究是在向前发展的，现在的我们不敢奢求像以前一样去做粿，在逝去的时光风烟之中回望，小小一个粿，凝结着潮人先辈的聪慧与虔诚的寄望，是族群繁衍与发展的见证。

潮汕浮朥饼

每年中秋佳节到来之际，广州的月饼市场就会旺盛起来，公交车、电视、报纸或者手机APP，铺天盖地都是月饼广告。而在我的故乡潮汕，中秋正是浮朥饼的时候。老一辈的潮汕人将月饼叫作朥饼。浮，是潮汕口语，有油炸的意思，比如炸豆干，潮汕话叫作浮豆干。朥，是猪油。“浮朥饼”意思是用猪油炸的一种饼，现在也有人用植物油炸，但用猪油比较香。

朥饼分为饼皮和饼馅两部分，饼皮用猪油、面粉、糖混合制成，馅则是用绿豆沙、白糖、猪油拌成。

记忆里，每到中秋来临之前的半个月，妈妈会将家里的炊具拿到村前的榕江干渠去洗刷。那时的榕江水清澈可人，倒映着蓝天白云，江边石埠头，一群洗着炊具的潮汕妇女叽叽喳喳地聊着家务事，那是记忆里最为深刻的一幕。洗完炊具，妈妈会将脱去皮壳的绿豆（或者红豆）蒸煮熟透，拌上白糖和猪油，然后捣烂成豆泥，这些豆泥就是朥饼的馅。准备好馅之后，开始和面，和好的面用一个酒瓶碾成薄面坯，专门用来做朥饼皮。饼皮包住绿豆馅，团成圆球状，压扁，成为饼状，然后下热油锅油炸。浮朥饼一定要用猪油，否则炸不出朥饼的香气。及至饼皮略变赤色再捞出，此时朥饼就浮好了。浮好的朥饼大小比碗口略小。

朥饼浮好之后，首先要用来供拜神明与祭奠祖先，然后匀出一部分，等到中秋晚上用来拜月娘。拜完月娘，这个中秋节才算过完。此时，我们也才可以

用小刀将饼切成小块，饼皮瓣瓣如莲花裂开，放入口中，饼皮与饼馅入口即化，吞咽下去，喉底一片清甜。此刻，来一杯香浓的凤凰单丛，齿颊留香，真乃人生快事！（曾桓/供图）

敞开肚皮大吃朥饼。饼皮经过油炸之后略脆，饼馅甜爽，再来一杯热气腾腾的工夫茶，甜而不腻，好吃极了！

当然，朥饼一口气是吃不完的。中秋节后的第二天，就要走亲戚了，外公外婆、舅舅舅妈、姑姑姑丈、阿姨姨丈，自是必不可少，要经常来往的。走亲戚最好的手信就是朥饼。中秋佳节，家家户户都有浮朥饼，于是象征性地收了四个朥饼，合着“成双成对”或者“四四（世世）好”的含义，然后，来而不往非礼也，再回给你四个朥饼，让你尝尝不同手艺制作的朥饼。一来二去，走完亲戚，朥饼数量依然，但亲戚感情更加深厚了。

浮朥饼、拜月娘、走亲戚的习俗一直在潮汕地区轮回，这个习俗包含了潮汕人的生活习惯、民间信仰以及对宗族亲情的维系，是潮汕人节俗生活之中不可缺少的一部分，世世代代流传。

妈妈说，不管潮汕人遭遇什么生活困苦，祖先传下来的传统一般都不改。在妈妈还未出阁时，有一年中秋，潮汕地区发大水，大水淹没了田地，淹没了庄稼，接着又把房子淹了大半，即便是在这样的特殊环境下，中秋依然要浮朥饼。为了浮朥饼，当时外公外婆跟舅舅们干脆把油锅搬到屋顶。那一年，妈妈一家在屋顶上浮朥饼过中秋。

我长大后，妈妈微笑着给我讲这个故事，语气不悲也不喜，相反，妈妈为在物质缺乏的年代能够吃上朥饼而感恩。我一直也在感悟妈妈经历的这件事，我想，生活之中，一切的悲与喜都会过去，经过时间的洗礼，剩下美好的回忆，我们应该敞开胸怀，接纳生活给予的一切，不管成功或失败。

来到广州之后，发现广州人中秋节不用浮朥饼，都是直接到商店购买月饼，这固然省了很多事，但也少了很多有趣的过程。每年中秋，我都会跟家乡的亲友通电话，得知潮汕现在很少有人做朥饼了，人们为了方便省事，都是直接购买外面的月饼，年轻一代也逐渐用月饼来称呼朥饼。而更让人揪心的是，随着榕江的污染程度加重，江边埠头已经没有人去洗东西了。想想逢年过节，原本一片热闹的埠头现在变得一片死寂，不由一声长叹。

前几天，朋友从潮汕来广州，给我带来潮州意溪的朥饼，让我欣喜，想不到在这个快速发展的时代，还有人愿意尊古法制作这种传统工艺的朥饼。

造物有情。从面粉到馅料再到朥饼成形，每一道工序都离不开人工的揉、搓、拌、捏、辗、压，赋予了人工的温度与力度，是以做出来的朥饼脆而甜润，极具尘世的温情。

朥饼的美味，全在手工制作的调控，是以饼皮与饼馅酥松，这与市面所卖的月饼有所不同。现在市面用机器工序制作的月饼坚硬得像砖块，几乎可以用来砸人，而且为了延长保鲜期，调入了添加剂与保鲜剂。每次拆开月饼的薄膜袋，想起这些月饼已经是几个月前就做好的，顿时大失胃口。

我想，食物还是应该有其温柔的一面。传统手工的朥饼易碎，旧时为了存储，一般用陶钵来装。意溪的朥饼是烤制出来的，放到陶钵，饼与钵共呼吸，慢慢地降朥饼的火气。这种手工的朥饼，仿佛一个鲜活的个体，不用保鲜剂与添加剂，利用物理的方法，依然可以存放一段时间。朥饼的这种酥松，是其优点，但是在现代物流时代，却成为一个缺点，使其不耐长途颠簸的快递。想来，世间好物都是这样吧，彩云易散，琉璃易碎，都是不长久的，而世间万事万物有其时间界限，何曾有过永恒？一方水土一方风物，北京烤鸭必须在北京现烤现吃，打包带离北京则风味顿失，沙湾古镇的双皮奶也是这样，谢绝打包。

年年中秋，岁岁月饼。中秋夜，冲泡香浓的工夫茶，来几块甜润的手工朥饼？

潮州腐乳饼

潮州腐乳饼是当地著名的小吃，冠上“潮州”两字，主要是因为这种小吃诞生在潮州，并扬名四方。潮州作为中国著名的旅游城市，天南地北的过客到此旅游，离开时大多会携带一盒腐乳饼作为手信。

潮州人嗜茶，尤喜当地凤凰山出产的单丛茶，家家户户，一有空坐下，便是烧水烹茶，几杯茶落肚，除了齿颊留香，还将肠肚清洗一空，这时来块腐乳饼，甜润爽口，既能充饥，偶尔还有茶香的余甘在舌尖泛起，好不惬意，腐乳饼与工夫茶真乃绝配。很多外地人奇怪潮州人为何可以喝一整天茶而面不改色，我想原因就是有腐乳饼之类的小吃作为茶配吧。

腐乳饼小巧玲珑，大约两指宽的饼干状，顾名思义，是在潮州的饼食之中调入腐乳而出名。食材有面粉、糯米、花生、芝麻、白肉丁、蒜头茸、腐乳、大米酒、糖粉、瓜册（冬瓜糖）。拈起一块腐乳饼，未入口，蒜味、酒味与腐乳味迎面袭来，这三种食材都是气味浓烈的，尤其蒜味与腐乳加上酒气的挥发，整个房间顿时飘荡着一股特殊的味道，应该说，初吃腐乳饼之人闻到这个味道是会有疑惑的：“怎么腐乳饼的味道是这样的？”但是一旦入口，顿觉腐乳饼柔润清香，口感极为温顺，口腔的咀嚼带动味蕾，糖的甜味加上蒜头、米酒、腐乳以及芝麻、花生的香味，混合成一种特殊的香味，让人胃口大开，连声称赞。这几种食材从营养学来说，搭配均衡，营养结构合理，历来备受称道，这使腐乳饼成为潮州饼食之中的佼佼者。

潮州腐乳饼的出现，是一个打破常规的奇迹。几种食材气味都是独特的，蒜味辛辣浓烈，腐乳则是发酵食品，自身也带着特殊气味，按常规是不会将它们混合在一起的，腐乳饼的神奇之处在于一个偶然的契机让这几种食材无意间混合，催生出新的食品，撬动了舌尖上的味蕾。

腐乳饼出现的时间是一百多年前，坊间流传的传说大同小异，大约是说清末潮州府一位饼坊的老板拖欠员工工资，工人为了泄私愤，临走前将厨房里剩下的各种食材甚至调料混在一起，本意是让老板做出难吃的饼食，砸了招牌，不料这几种食材与调料混合发酵之后，竟然散发出独特的香味，后来做成饼食，更是受到食客追捧，一种新的饼食便横空出世。

腐乳按照颜色分有白腐乳、青腐乳与红腐乳，腐乳饼中用的是红腐乳。红腐乳气味芳香，我少年时代在潮汕生活，每天下午放学回家，第一件事就是来一碗中午剩下的冷饭。冷饭佐以红腐乳，虽然简单但带着腐乳香的饱足，陪我度过饥饿的童年。味蕾是有记忆的，有时候回想起少年时代，腐乳的香味也会跟着泛起。

我只知道腐乳可以用来配饭，万万没有想到精明能干的潮州人将其做成名闻四方的腐乳饼。腐乳是我国传承了数千年的食品，在全国各地均有生产，但唯独潮州人独辟蹊径，将其做成饼食，享誉一方。

这种新式的饼食，得益于各种食材气味的发酵，原本应该叫杂味饼才对，但是诸种食材之中，腐乳的比例虽然不高，气味却尤为突出，因此以其冠名，称腐乳饼。（沈映漫/供图）

有时候吃腐乳饼，在感受其独特气味带来的芳香的同时，不由为一百多年前一个失意工人阴差阳错的举措感叹。若非如此，也许至今都不会有人想过用腐乳来作为饼食的调料。中国是一个历史悠久的大国，有许多约定俗成的传承。习俗的形成是为了让人们更好地生活，但是习俗一旦形成便很难打破。曾经螃蟹是没有人敢吃的，第一个吃螃蟹的便成了勇士，西红柿原本只是一种观赏性植物，第一个吃西红柿的，同样也是勇士。腐乳无意做成了饼，第一个敢于去吃并发现其美味的，大约也可以称为勇士吧。

约定俗成的传统是为了让生活更加美好，但是一旦固化容易对生活形成限制，打破常规的世俗，勇于创新，从一块腐乳饼开始！

潮汕海石花

很多潮汕人都吃过海石花。白色透明的胶状物，切成片块或者丝状，依据口味调入酸、甜、辣调料或者搭配酸杨桃、枣、银耳等配料，经过冷冻后，入口凉哩酸甜，十分可口，让人回味无穷，是炎炎夏日消暑的美味食品。

然而，不是每一个潮汕人都知道海石花。潮汕地区依山面海，人们有的生活在山区，有的生活在平原，有的生活在海边。海石花产于海边礁石之上，犹如坚硬的石头开出的绿色温柔花朵。旧时信息闭塞，即便同一地区同一族群，靠山的人们对海石花也是陌生的。

海石花这个名字真好听，充满了想象的意境：浩瀚大海，礁石嶙峋，海浪撞击，浪花喷溅。记得中学的时候，我写过一首小诗："浪花撞击礁石/越痛/花便开得越大越美/朋友啊/如果你正遭受沉痛的磨难/不用悲哀/那是你生命之花怒放的时候"。那时的我，从未见过现实中的大海，海石花在我的想象中是大海与礁石用生命相互碰撞绽放的浪花。

长大后，才知道海石花其实是一种长在礁石上的海藻，经过熬制后萃取胶质，可以做成一种消暑的食品。

海石花这种海藻生长在海边的礁石上，但不是所有的礁石都可以生长海石花。海石花需要阳光，也需要海水。礁石要刚好有海水浸到，但又不能被浸得太深，否则阳光照耀不到，这真是一种苛求。受过污染的海水也长不出海石花。这种繁殖环境人工难以营造，是以海石花基本是天然产品。

白瓷碗装着银耳、腌制过的杨桃片、红豆、红枣，搭配透明的海石花，调入冰糖，经过冷藏之后，凉凉的，酸酸甜甜，各种滋味在舌尖交融。只吃过一次，但是时刻想念。（陈斯鑫/供图）

采集优质的海石花，要到一些人迹罕至的荒岛，有时候船只无法靠近这些荒岛，需要借助接驳的小木船才能靠近。采摘者要掌握好时机，当潮水退下，长着海石花的礁石露出水面时，采摘的人用一把铁刨将翠绿色的海石花藻刮下来。海石花长在石缝以及贝壳上，因此采集之后，为了长时间保存，必须将其晒干。晒干后的海石花呈现金黄色，毛茸茸的，仿佛金色的狗毛，是以海石花熬制成胶状物之后，有的地方也叫狗毛膏。海石花难以养殖且采摘艰难，因此其在市场上价格不菲，质量好的海石花，有时候一斤卖到三四百元。

海石花长在礁石上，要对抗海浪的冲击，因此长得非常扎实，几乎与礁石融为一体，被利器刮刨下来之后，带着砂石碎屑，必须清洗干净。海石花要食用的时候，必须先用清水浸泡，经过浸泡的海石花会膨胀，焕发出生前的模样。只是，远离了大海，远离了礁石，远离了海风，青葱顿失，海石花呈现一种晕黄色，人世变幻，背井离乡，一切再也回不去了。

海石花要经过五六次的冲洗，才能比较彻底地清洗干净，熬制的时候，按照一定比例倒入清水，有时也可以放点醋，醋有利于海石花胶质的释放，同时也可以去除海石花的海腥味。

我从小生活在大山的怀抱里，对大海的一切全凭想象，对海石花原本也是一无所知。有一年我在潮州府城，听见街巷有人叫卖海石花，我不知道海石花是一种什么花，问了身边同行的朋友，很多人也说不出个所以然，大家都吃过海石花，但是从未见过海石花原始的真容。如果用前世今生来比喻，很多人见到的是海石花制作成饮品的今生，其长在大海的前世很少有人了解过。

回到广州，我从未见到有人卖海石花。有一天晚上，跟朋友在天河吃完牛肉火锅，口中泛咸，路经宏发大厦楼下，看见有一家铺面专门在卖海石花，心花为之盛开。我想，这是潮汕人在卖吧？过去一问，果然！

海石花这种海藻在沿海各地都有，但是一方水土滋养一方口味，潮汕人制作的海石花独具特色，为酸甜口味，而山东等地喜欢调入蒜头、辣椒、酱油，口味偏咸重辣，这些都是地方口味及地方饮食文化的体现。

潮汕乡下的特色饮品开到广州商业氛围浓厚的地区，单卖海石花，生意能做得下去吗？潮汕人善于经营，险中求胜。天河乃是商业重地，海石花作为地方特色饮品，正好供白领茶余饭后消遣，更何况海石花本身还具有止渴清肺化痰等药用价值。

海浪冲刷，礁石上尚能生长。海石花，久经磨炼，只要有着落之地，有什么不能发展？

潮州老香橼

每次到潮州古城，大街小巷均可见“潮州三宝”的招牌，尤其是府城牌坊街几乎家家店铺都摆放着“潮州三宝”，被称为“潮州三宝街”！这里是古城旅游的旺地，来到潮州的游客大多会来这里游玩，临走之时，大多会将“潮州三宝”作为手信带走。

所谓的“潮州三宝”指的是老香橼、老药桔、黄皮豉这三种驰名海内外的凉果，其中，老香橼被列为“潮州三宝”之首。

老香橼在制作前被叫作佛手柑、福寿柑，是柑橘属芸香科植物佛手的果实。这种植物是热带植物，喜欢阳光充足、温暖湿润的丘陵地区。广东省内以肇庆、潮州两地出产的为上品，潮州的佛手主要产自凤凰山。佛手是一种常绿的小灌木，果实成熟的时候，果心与外层果皮分离，形成细长弯曲的果瓣，有的向外翘起，若指，有的如拳握住，形态各异，其状若优雅的佛指，故名佛手。李时珍的《本草纲目》记载：“虽味短而香芬大胜，置笥中，则数日香不歇。”

佛手形状独特，赏心悦目，再加上成熟的时候散发出一种挥发性的柠檬烯芳香，适合长期摆放，因此很多寺庙将其当作吉祥果用来供养菩萨。中国自古以来，文人墨客案头都有清供的习惯，有时是数枝花卉，有时是三两块石头，有时摆放一两个水果，可怡养性情。佛手适合久放，尤其成熟后，颜色金黄，形状优雅，气味芬芳，是文人墨客清供的不二之选，常被作为素材创作成诗文、画成画。北宋大文豪苏东坡曾以佛手撰联：“沁入诗脾，清流环抱；香分佛果，曲径通幽。”佛手的谐音为“福寿”，经常与石榴、寿桃一起摆放或者入画，寓意为多福、多子、多寿，寄托人们美好的愿望，尤其在一些书画、木雕、瓷器、砖雕等工艺作品之中，也可见到佛手的影子。

佛手在广东、福建、浙江等地均有种植，但是外地大多将佛手当作观赏品或者药品，潮汕人则利用一定的制作技艺将其做成药食两用的手信特产，享誉海内外，成为潮汕最著名的凉果。

潮汕人的腌制手艺向来有着优良传统，萝卜腌制成菜脯，大菜腌制成咸菜，柑皮腌制成陈皮……至于腌冬菜、腌橄榄菜、腌桃、腌李甚至腌海鲜等等，腌制手艺驰名四方。佛手果加上潮汕人的腌制智慧，最终修炼成为著名的特产。

一个佛手变作老香橼成品，不是靠简单的腌制，需要经过一个繁复的工艺，民间称之为“九制”。佛手从最初的清洗、盐腌、脱盐、漂洗、糖浸、锅蒸软化及至最后的成品，其中何止经过“九制”。只不过中国自古以来，数字以九为大，“九制”只是形容工艺繁复。据记载，在潮汕地区，老香橼的制作从明代以来就已经成为独特的技艺，而且大多是家庭作坊式生产，制作技艺世代相传，时至今日，老香橼的制作技艺已经被列为广东省非物质文化遗产了。

潮汕人以乌显老，乌老乌老，越乌越老。市面所见的老香橼成品，其色泽乌黑得油亮。老香橼的“老”，在于其制作时间，时间越长，香橼就越老，越老就越值钱，据说一块存放十年以上的老香橼价格能值上百。

成品老香橼大多用玻璃瓶或者塑料罐装，食用时用汤匙从瓶子里挖出来，开水冲泡，味道酸酸甜甜，非常可口。尤其盛夏，老香橼的汤水可以解渴，平

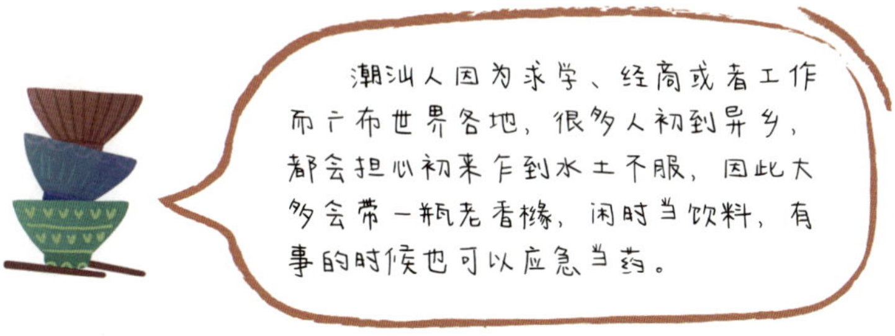

时可以作为家常保健饮料，因为老香橼具有开胃消积的功效，也经常被当作化痰理气的中药。

如果没有经过“九制”磨炼，佛手大约只适合摆放在案头，而经过水火并济的制作，再历经时间的积淀，佛手成了老香橼。物犹如此，人何以堪。人在他乡的潮汕游子，喝着一杯来自故乡酸酸甜甜的老香橼汤，喝到的何止是乡情，更有内心辛酸的人生感悟吧！

紫苏炒田螺

中秋将到，紫苏又贵了。爸爸说市场一斤卖到40元。当然，家用紫苏只需一小把，用来调味，一小把通常卖2元。市场上，很多商家将紫苏分成一小把一小把的，按把来卖。尽管贵，紫苏还是要买的，因为广州每逢中秋都要炒田螺，离不了这调味品。

广州流传一种说法，中秋吃田螺可以明眼，因此每到中秋时节，田螺都卖得火热，作为炒田螺的调味品，紫苏也跟着水涨船高，价格飙升。中秋季节，秋高气爽，正是田螺空怀的时候，此时的田螺腹内无螺子，螺肉肥美，是人们饭桌的美味。老广州人在中秋夜习惯炒一盘田螺，在天台一边赏月一边啜田螺，一家天伦，其乐融融。

中秋吃田螺明眼是民间习俗，田螺肉中含有眼睛视色素需要的重要物质，因此吃田螺明眼具有一定科学道理。田螺肉甜美，美中不足是泥土腥味太浓。以前广州人尝试用辣椒、蒜头、豆豉等重口味的调味品来爆炒田螺，但依然掩盖不了其泥腥味。直到后来，广州泮塘一个农夫无意中发现用紫苏叶来炒田螺可以去除田螺本身的泥腥味，这个方法很快在街坊之间流传开来。

一省之内，风俗有所不同。比如在炒田螺的调味上，广州人习惯用紫苏，潮汕地区则用金不换，其同样气味芬芳，能去除泥腥味。来到广州之后，金不换不常见，家里人学会入乡随俗，每年中秋都用紫苏炒田螺。后来，母亲嫌紫苏贵，自己在阳台种了一盆，只需每天定时浇水，便长得很旺盛，可见紫苏并

紫苏炒田螺是广州人喜爱的一道特色美食，特别是到了中秋，真可谓是家家炒田螺，户户啜吸声。

不娇气。炒田螺所用的紫苏叶子正面绿色，背面紫色，掐开叶子，可闻到叶片断面散发出的清香气息。家里每次要炒田螺的时候，就到阳台去摘，摘完又吐新叶，倒是省了不少钱。

紫苏自古以来便是家常植物，味辛性温，具有发表、散寒、理气、和营的功效，作为食用调味品，与田螺乃是绝配。明代李时珍曾记载："紫苏嫩时有叶，和蔬茹之，或盐及梅卤作菹食甚香，夏月作熟汤饮之。"可见紫苏在中国人的饮食中很常见。最容易做的紫苏鸡蛋汤，将鸡蛋打散煮成汤，放入紫苏叶与生姜丝，可以治疗风寒感冒所致的流鼻涕、打喷嚏以及鼻塞咳嗽等症状。

紫苏在中国大多是药用，而在日本更多是用于饮食。日本人喜欢刺身，吃生鱼片时必定用到紫苏，他们将切片的金枪鱼、鲑鱼及鲤鱼等鱼片放入盘中，再放萝卜丝、紫苏叶和海草，又把芥末、白萝卜末和紫苏花放入酱油中作为佐料，然后蘸着佐料吃生鱼片。这些佐料之中，萝卜丝清脆，紫苏叶芬芳，除了有爽口去腥作用外，紫苏叶还可清生鱼片的阴湿之毒。

几年前，我应广州市农业农村局之邀，到广州郊外采风，在流溪河边一个专门种紫苏的基地发现一种大叶紫苏。这种紫苏与炒田螺的紫苏有所不同，炒田螺所用的紫苏一面紫色一面青色，大叶紫苏则叶片更大，双面为纯青色。我平时只是面对家里阳台一小盆紫苏，到现场看到棚架内成片绿葱葱的紫苏，不由感觉眼界大开。这种大叶紫苏专门供应日本料理使用，每年生产的大叶紫苏达150吨，其中销售到日本的紫苏叶达两亿张，可见日本人对大叶紫苏的依赖性。大叶紫苏种植基地负责人说销往日本的紫苏叶是按张来计价的，由于紫苏叶是用来垫食物的，所以要求非常严格，叶片大小必须达到一定标准，同时杜绝农药残存。

不管哪个品种的紫苏，其芬芳气味以及发表、行气、驱寒的作用是共同的，在日常烹调之中，紫苏与鱼蟹食用，烹制的菜肴有紫苏烧鱼、紫苏鸭、紫苏炒田螺、紫苏百合炒羊肉、紫苏蒸乳羊等等，南方地区的泡菜坛子里放入紫苏叶，可以防止泡菜液中产生病菌。紫苏的应用非常广泛，传说其药用功效是华佗发现的，他发现水獭吃鱼之后会嚼些紫苏，后来有一次重阳节，很多人赏菊花吃螃蟹，结果有人中毒，捂着肚子叫疼，华佗找来紫苏熬水为他们治疗，很多人喝了紫苏水之后，寒毒散去，肚子不疼了。后来有人问华佗这些青草叫何名字，华佗说，既然大家都觉得舒服，这种植物的叶子一面是紫色，那就叫紫舒吧，后来口口相传，紫舒逐渐成了紫苏。

传说归传说，但是传说往往有一定生活依据，紫苏确实是让人舒服，它掩盖腥味，驱寒散气，保护人们身体健康，是人们日常生活必不可少的家用植物，特别是到了秋天，人们喜欢吃田螺、螃蟹、鱼生等食材，紫苏更是少不了。身体不舒服，紫苏可以舒缓。内心难受了，可就难寻妙药了。佛说，放下可得解脱。唯有放下，放下一切，难受就消失了。放下，其实是一叶看不见的紫苏。

广州罡罘酒

很多人对作家有刻板印象，认为他们抽烟喝酒都很厉害。抽烟如鲁迅，喝酒似李白，烟酒似乎能给作家带来创作的灵感。我是个例外，基本不沾烟酒。后来出来工作，因为一些应酬需要，勉强也会小酌几杯，然后回家倒头大睡。我喝完酒不但找不到灵感，酒对我而言反而是催眠剂。

2018年，罡罘酒被列为广州十大手信之一，我开始接触这款酒，逐渐扭转了对于喝酒的被动局面。那是一个寒夜，朋友相约到他家中小聚，同时受邀的有七八人，有的认识，有的首次见面。我们准备打边炉，广州市水产商会秘书长王挺带了几份海鲜，无非鱼、虾、蟹，其中还有一大盘现切的深海鱼生，用碎冰镇着。广州的水产品都是由水产商会的各会员单位供应，此刻摆在我们桌面的是最新鲜的深海水产食材。有海鲜，有鱼生，感觉氛围到了，怎可没酒？王挺笑嘻嘻地从包里掏出两瓶罡罘酒。这时我才知道，今晚这位新朋友，不但是水产商会的秘书长，而且还是罡罘酒业的总经理。

罡罘酒是酱香型白酒，在座很多都是第一次接触。因有“广州十大手信”的光环背书，我们都对这款白酒怀着期望，未等锅里的肉菜熟，每个人都倒了一杯端起来，相互致敬，相互祝贺，然后一口饮尽。这一场酒席，原本只是几位相熟的朋友欢聚，接着朋友又带朋友，新朋友与老朋友相互介绍，彼此寒暄，相互客套。大家都住在广州，来自五湖四海。人如浮萍，在外有缘相聚，彼此惜缘，此后成为好友，这也是饭局应酬的意义。当然也有的彼此矜持，戒备心强，或者意气不投，各自筑起心理防线，则不过相逢一笑，纵有添加微信，不外乎擦肩而过。这种场合，酒往往是催化剂，因此应酬场合选择合适的酒非常重要。三杯两盏下肚，捶胸搭肩，吐尽心声，新的人脉就这样建立，生意往来也从此开始。这样的场合，有的人喜欢，有的人不喜欢，但是毫不阻碍两千多年来中国人酒桌文化发展得淋漓尽致。

在外聚会与应酬，一般情况下，能不喝酒我都不喝，但是那天晚上一闻酒香，我竟然毫不推辞，一口喝干。我一直记得初品罡罘酒的时刻：酒液入口，但觉醇厚绵柔细腻，酱香味浓，未下咽，舌头在口腔里打转，下咽时，顺滑流畅，没有料想中白酒的辛辣，可谓落口清爽，接着舌头竟然渐渐泛甜，给味蕾带来了极为舒适的体验。一杯酒落肚，一股暖意自肚里升腾而起，口中留香持久，回味悠长，让人感觉余韵无穷。

此后，因为罡罘酒，我跟王挺兄也成了好朋友。罡罘酒不是单纯的白酒，更准确地说是一种养生药酒，它由王挺的父亲——中医药养生食品开发研究院院长王应隆于1999年带领团队研发而成，历经14年，于2013年获得国家发明专利并成立公司生产。谈起这款酒，颇具传奇色彩。王应隆是一位退役转业的军人，一次体检被检查出心肌肥大，医生建议他戒酒。王应隆闲来喜欢小酌，一听戒酒，顿时感觉生活失去了色彩。不过他向来深谙养生之道，自此之后，他

“罡罘”两个字拆开，就是四正四不：补气血，调阴阳，是四正，合起来就是罡；祛风寒，排湿毒，是四不，合起来为罘。（广州罡罘酒业/供图）

尝试用药材泡酒，希望浸泡出一种适合自己小饮的养生酒。

有一年，王应隆回到家乡南澳，偶然发现当地的老人都非常长寿。南澳岛民健康长寿的原因有很多，除了海岛气候宜人、生态环境好之外，当地老人还经常用偏方浸泡一种药酒，喝了这种药酒的老人，很多都牙齿坚固，头发乌黑。王应隆发现这种情况之后，跟家乡父老进行了深入交流，后来发现这张药酒偏方竟然直追南宋，泡酒的文化在当地民间世代传承已经上千年。南宋末年，蒙古兵南下，攻破都城临安，流亡朝廷进入潮汕，来到南澳，留下了许多神奇的传说。

时至今日，南澳岛上面的宋井、太子楼遗址、陆秀夫墓等，都是南宋朝廷在南澳岛时的遗迹。刀光剑影远逝，大海碧波依然荡漾，今日的南澳已经成了潮汕地区一个风光旖旎的度假胜地。海岛秀丽，如一颗明珠，深藏了多少千年前的故事。当年的战火熄灭之后，许多跟随朝廷流亡的人员选择留在南澳，罡罘酒的原始配方来自南宋宫廷，这款养生酒配方，与八段锦一起作为南宋养生的两大贡献，长期在民间流传使用。

王应隆带领团队对古老的养生酒配方进行研究并调整改进，使之更适合现代人。这款药酒可以补气血、调阴阳、祛风寒、排湿毒，既是美酒又可养生，能够使人体始终保持气血旺盛、阴阳平衡的状态，因此起名“罡罘”。罡罘酒的名字就这样横空出世，单凭其奇特的名字就吸引了很多人。

2013年，罡罘酒配方获得国家知识产权局颁发的发明专利证书。当前，白酒市场五花八门，而针对养生酒配方的专利审查较为严格，申请流程也十分复杂，再加上市场激烈的竞争，如果配方没有创新性与实用性，要通过专利审查可谓难比登天。罡罘酒配方能获得国家专利认证，引起了媒体的广泛关注。先不说配方，罡罘酒选用茅台核心产区特优级酱香型原浆为基酒，本身就是好酒。再用专利配方和特殊工艺精心制作，褪去了药材的颜色与气味，但保留了药材的功效。清亮亮的酒液，具有国味酱香和酒体醇厚丰满的口感，入口绵柔陈香，喉底回甘生津。因为配方药材的浸泡，罡罘酒富含多种氨基酸和超氧化物歧化酶（也称SOD），是一款既养生又有高级酱香口感的高端白酒。2018年，罡罘酒入选广州十大手信，并开启了非物质文化遗产的申报。

王挺是王应隆的儿子，在创立罡罘酒业之前，他已经在商海浮沉了二十年，是一位非常成功的商人。他出生于军人家庭，军营严谨、务实的作风深植到他的骨子里。王挺原本经营一家老年人旅行社，专门服务退休老人。中国近代100多年来饱受列强欺凌，积贫积弱，很多老年人一生大多坎坷曲折，有的甚至从未出过远门。为了帮助老年人外出看世界，旅行的服务必须更加精细化、人性化，王挺时刻以军营的要求来严格经营旅行社，用心服务退休老人，他服务过180万人次，一直保持零事故零投诉的纪录，以安全可靠在业内打响名声。此外，他在酒店业、餐饮业都有自己的事业基础。2013年，王应隆年纪渐大，但是罡罘酒业刚起步，为了传承罡罘酒文化，王挺毅然停掉了手上运营的企业，全身心投入白酒行业的竞赛中。

那天晚上，我们一边喝酒，一边听着罡罘酒的故事。从一个安逸赛道转入另一个陌生而竞争激烈的赛道，一切从零开始，需要勇气，需要毅力，需要情怀，更需要一种谦卑。我们在王挺身上看到了一种坚持。七八人将王挺带来的两瓶罡罘酒喝了个底朝天。各自气定神闲回家，第二天醒来，感觉舒经活血，半点没有宿酒的痕迹。此后，我跟王挺也成了好朋友。罡罘酒业在他的经营下稳步走上发展轨道，这不但是他艰辛努力的付出，更是来自千年前南宋养生酒文化的自信。因酒结缘，相逢意气为君饮，一杯千年！

香辣罐头虾

与香辣罐头虾“虾说”结缘是因为酒。

2023年，与青年企业家林盛一起在中国大酒店出席一个红酒品鉴活动，来自世界各地的一百多种红酒在现场一字排开，琳琅满目，煞是壮观。站在这些来自世界各地的红酒面前，我们轻晃着杯，一款一款慢慢地品，闭着眼睛，仿佛进入一个充满遐想的空间。微微嗅着黑醋栗与雪松交织的香气，舌尖仿佛触到单宁的丝绒质感，红酒的酸度如清泉漫过舌苔，果香在味蕾间层层绽放。有的一入口就是喜欢的味道，有的入口带涩，有的偏甜，有的苦后泛甘……红酒的多元滋味像极尘世间的人与事，有的一见如故，有的要深入了解才能分辨真伪与善恶。

兜巡一圈后，我们选定了各自喜欢的原产地品种，端着杯找了个安静的地方坐下来闲谈。这是一个极为放松的时刻，美中不足的是没有酒料。纯粹品酒，固然可以深入地感受红酒特有的口感和香气，有酒料的话则可以感受红酒与其他食品带来的味道互补，享受更加丰富的口感。林盛像是突然想起了什么，立刻“噔噔噔”跑出去，不一会儿笑嘻嘻地拎了一大包东西进来，打开一看，竟是几罐罐头虾！虾与红酒是绝配，我们立刻欢呼起来。

罐头虾是一种辣味虾，微微的咸，淡淡的辣，仿佛一只毛茸茸的小手轻轻抚摸着味蕾。虾肉紧实，很有嚼头，慢慢咀嚼，细细吞咽，感觉十分鲜甜，此时再微微来一口红酒，但觉口腔微微的辣与红酒醇厚的果香交汇，在酒液果香的冲击下，辣味得到缓解的同时，带出了一种独特的清新感觉。

我们都兴奋地赞叹起来。这几罐香辣罐头虾正是林盛所创的品牌“儒林虾说”的产品。林盛是广东省潮人海外联谊会青年委员会（简称“潮青”）的秘书长，我因为潮青的工作与活动跟他认识多年，知道他是一名成功的企业家，但是从未了解过他企业的经营。此刻，有酒有故事，借着酒后微微的醺意，就着罐头虾的香辣，一个大学生回乡创业的励志故事拉开了帷幕。

林盛是汕尾人，2011年在华南农业大学毕业以后，曾经在一家外资奢侈品公司上班，高薪、高端人脉汇集以及广阔的晋升空间让初出校门的大学生得到迅速成长。林盛学的是市场营销专业，对自己的未来有着新的规划，月薪过万本是很多人的期待，但林盛志在更高远的未来。三年后，当听说林盛要从高薪的单位离职转型时，身边很多人极不理解。一边是高薪的工作，另一边是充满未知数的前途，2015年，林盛走到了人生的双岔口，面临着重要的抉择。在难以抉择的情况下，他回到老家，来到父亲在红海湾的养殖虾场。

在故乡，林盛经过考察与思考，确定了自己未来的方向。他在虾场看到，当虾成长到一定程度，外壳满足不了身体空间的时候，就必须脱壳。脱壳后的虾很软弱，需要在短时间里迅速把壳钙化。一只脱壳后的虾，像极了创业者韬光养晦转型发展的缩影，给了林盛一个生动的启示。在虾场，林盛还向父亲了解了市场上虾的价格起伏，碰到淡季，虾的价格低迷甚至卖不出去，造成亏本。有什么办法稳定虾的价格？在传统养殖业的基础上，又有什么方式可以让虾增值？带着这些问题，林盛结合走出校门后的经历不停在思考。

这一年，林盛跟太太来到成都旅行。成都历史底蕴深厚，自然风光优美，民俗文化活动精彩丰富，再加上交通便利，吸引了许多游客前来旅游，是我国十分热门的旅游城市。在成都的大街小巷，人来人往，林盛看到当地流行的一种辣牛肉干，这种辣牛肉干选用优质牛肉，佐以生抽、蚝油、辣椒面、孜然、花椒粉等调料，经过腌制、烘烤等多道工序制成，辣而不燥，香气浓郁，深受游客欢迎。作为一种休闲零食，这种牛肉干适合在看电视、看书、聊天时食用，也可以作为下酒菜，搭配啤酒、白酒等，别有一番风味。在成都的锦里、宽窄巷子等旅游景点，林盛发现有不少售卖辣牛肉干的店铺，这些牛肉干可以拆开即食，也可以作为手信，因为经过腌制，牛肉获得更长的保质期。这种包装的辣牛肉干给林盛夫妇很大的启发：家乡虾场的虾，是否也能做成香辣虾？

如果这样，养殖的虾便可以避开市场的低价期，增加收入，方便携带，甚至改变人们在饭桌吃虾的习惯。

林盛家的虾场位于汕尾美丽的红海湾，这里是咸淡水交汇的海域，非常适合南美白对虾的养殖。潮汕人讲究食材的新鲜，遵循这个特点，林盛组建了研发团队，将鲜虾腌制入味，然后用菜籽油进行炸制。在确保虾壳酥脆的同时，还要确保虾肉熟透后保持鲜嫩多汁，这需要对火候进行严格把控，极为考量匠心。香辣虾的灵魂调料当算虾酱，虾酱的炼制煞费苦心，虾肉富含氨基酸，林盛的团队经过研究，虾身油炸后的油，浓缩了虾的全部鲜味，再调入蒜头、辣椒等制成虾酱，装进罐头或者抽真空盒装。至此，口感更丰富的新鲜香辣即食罐头虾横空出世。

2015年，林盛正式回乡创立了汕尾市儒林农业科技有限公司，专门负责虾的养殖、加工乃至电商营销。大学生舍弃高薪工资回乡养虾，这是一个爆炸性新闻，林盛刚一回乡就引起社会各界的关注，一直到香辣罐头虾产品推出，业界更是反响热烈，甚至一度出现供不应求的热销盛况。林盛回归乡下，对当地的乡村振兴起到推动甚至是带头作用，他的公司通过与华南农业大学科教团队的合作，在汕尾红海湾进行优良虾种苗的培育，除了自己养殖，公司还采购当地养殖户的虾，帮助养殖户分销产品，大大提升了养殖户的收入，受到了乡亲们的好评。

香辣罐头虾“虾说”的出现，为传统的养殖业增值，带动了地方经济的发展。当地人吃虾通常是在厨房烹煮，或是晒干成虾干，但仍需回归厨房烹煮，而香辣罐头虾方便携带，可以随时随地食用，改变了人们吃虾的习惯。2018年，林盛当选为第十三届全国青联委员，并荣获全国青联“人民品推官”“广东省青年农村电商创业领头雁”等称号。

从创业到品牌的形成及打响，林盛只用了短短三年的时间，说明在当前的时代，只要选中方向，用心用情去做，就一定会成功。2025年是“儒林虾说”品牌创办十周年，林盛注重用文化来丰富品牌，在包装设计方面，他用动漫的形式吸引年轻消费者，融入潮汕的游神、舞狮、英歌等民俗文化元素，也期望以品牌为载体，推动家乡文化广泛传播。

回头来看“虾说”，其实用料非常简单，不外是虾、油、辣椒、蒜等原料，但食材的新鲜与配料的匠心搭配最终演绎出了乡村振兴的传奇。对于食客来说，香辣罐头虾与酒很搭，而且是百搭，可以搭配红酒、白酒、啤酒、威士忌，不但不会减弱酒的原味，还能丰富口味，微微的香辣还能刺激味蕾，增加食欲，甚至一些要求苛刻的专业品酒师在课程上也常用“虾说”来跟红酒搭配进行讲解，可见市场对这款香辣罐头虾的认可。

香辣罐头虾的畅销，无论是虾肉还是虾酱，都是用心出品。同时，作为配菜的“虾说”也极大地方便了现代都市年轻人的生活，可以用来煎蛋或煮面，深受都市白领阶层欢迎。

每一只虾，都在食客舌尖的味蕾上香辣地跳动，演绎着年轻人追梦的传奇。可以说，一罐香辣虾，讲述了一个时代的创业故事。

因酒而结缘“虾说”，而“虾说”又被我请上了饭桌。

长沙臭豆腐

不知道从什么时候开始，长沙的臭豆腐突然占据了南方城市的大街小巷。我定居的广州市，来自五湖四海尤其湖南的人特别多，臭豆腐在这里的流行倒是顺理成章。让我想不通的是，回到汕头后，街头巷尾也经常看到炸臭豆腐的小店铺，比如汕樟路、长江路、金新北路一带，走在大街上，不用去特别寻找，只需闻到臭豆腐的特殊气味，就能找到店。

臭豆腐的小店开到汕头，还不至于太惊讶，让我意想不到的是，前来消费的基本是本地讲潮汕话的青年。我突然意识到，臭豆腐确实已经走出了长沙，为全国各地的人所接受，同时也承认一个现实，清淡潮菜盛行的潮汕地区，到了年轻一代，逐渐接受了各种各样口味的菜式，不但体现在臭豆腐店的开设，还体现在川菜、湘菜、东北菜等菜馆的进驻。

臭豆腐店面大多不大，现代化的煤气炉，轻轻一拧开关，铁锅里的油马上就热起来。店主从冰柜里拿出黑色的臭干子，轻轻溜到热油里，油锅里马上传出一阵热烈的响声，周围弥漫着一阵特殊的油烟味，不一会儿，臭干子浮出油面，外皮在热油高温下变得脆黑，算是炸好了。一次性的纸碗，几块酥脆的臭干子，用牙签戳破表皮，淋上辣椒水，食客吃得不亦乐乎。

我曾在长沙生活过几年，对臭豆腐也怀有深情。只是，离开长沙之后，无论是在汕头还是在广州，我都吃不到记忆中的味道。

长沙的岁月是我此生的一个重要转折，在这里，我实现了两个转变，一个是沟通的语言，另一个是饮食口味。在未走出潮汕地区之前，我一直都是用方言交流。一直到高中，我们的课堂教学都是用方言进行。来到长沙之后，我开始学习使用普通话，尽管乡音难改，但是基本上实现了流利的普通话交流。在饮食方面，来长沙之前我从未沾过红辣椒。

潮汕的菜式，一向讲究清淡与原汁原味。潮菜不是没有辣，不过这种辣一般是姜的辛辣，常用川椒或尖椒。我记忆里最辣的一道潮菜是尖椒炒猪肚。这些所谓的辣，跟湖南菜一比都是小菜一碟。我开始接触湖南菜时有一种天塌下来的感觉：剁椒鱼头、辣椒炒肉、辣椒皮蛋……几乎每一道菜都要放大量的辣椒，甚至有的菜式之中，作为配菜的辣椒比主菜的量还多。比如川湘风格的辣子鸡丁，鸡丁油炸后几乎埋藏在红辣椒之中。

刚开始接触辣椒，极不适应，经常吃得满头大汗，满嘴麻辣。这种不适应体现在肠胃的抗议，肚子经常不舒服，有时候蹲完厕所出来走路都是一瘸一瘸的……我用了将近半年的时间，才逐渐实现了对辣椒的适应，而这，也彻底改变了我的口味，以致后来回潮汕，吃啥都感觉太淡，必须来一碟辣椒酱才能找回味觉。对普通话的适应，让我后来走遍四海交流无阻碍；对辣味的适应，让我后来通杀四方美食。

对辣椒的适应，也让我顺理成章地接受了臭豆腐。长沙的臭豆腐虽然是街

偶尔在广州街头路边摊，叫了一份臭豆腐，想解解馋，但是脱离了长沙特定的地理环境，广州街头的臭豆腐是真的臭，一点都吃不下。

头小吃，但是知名度很大。据传毛泽东青年时期在长沙求学，对臭豆腐极为喜爱，他爱吃臭豆腐，觉得臭豆腐闻起来臭、吃起来香，而且价廉味美，极好下饭。我对臭豆腐并不抗拒，甚至对“闻起来臭、吃起来香”的说法充满了好奇。

我记忆里的臭豆腐，不在固定的店铺里，而在街头巷尾流动小贩的推车上。吃臭豆腐最爽是在冬天。长沙虽然是我国长江流域著名的“火炉”，夏天很热，但是到了冬天，也格外寒冷。刚来的时候，耳朵、鼻子、手指都冻得红肿，又麻又痒又痛，十分难受。长沙的冬天，又冷又湿，严重的时候还会夹着雨雪，冷气透骨。但是不管多冷，大街小巷上，天桥之下，都会看到有人推着推车叫卖臭豆腐。在寒冷的冬天里，每次看到这种小摊，内心总是涌起一阵激动。小推车很渺小，却是寒冬里尘世间的一丝暖意。

小煤炭炉通红，油锅里的热油正滚，几块油炸臭干子炸好，用一根竹签串着。旁边一只小巧的辣椒桶，里面都是红色的辣椒。臭豆干蘸着辣椒，一股臭烘烘的热气先扑面而来，入口时，先尝到的是又咸又辣的辣椒酱味道，接着咬下去，刚炸好的臭豆腐外皮酥脆，可以听到沙沙的声音，内里是滚烫细腻的豆腐肉，这样咸、辣、臭、脆、嫩，不同味觉和口感在嘴里交融，竟然感觉不到臭味，味蕾间生出一种奇特的香，这种香，如瘾一般，让人欲罢不能。更难忘的是，热乎乎的臭干子下肚，肚里暖烘烘的，升起一股热气，感觉十分舒服。外冷内热，两条清亮的鼻水便流了下来。这种感觉，让我想起故乡的普宁炸豆干，何其相似啊。独立风中，我也在想，当年在长沙第一师范读书的毛泽东，是不是在游罢湘江之后，也跟同学们来到路边，彼此招呼着，叫上一两串臭豆腐呢？

回到广州多年，这样的场景时常出现在我的脑海里，臭豆腐的滋味，也时常在舌尖涌起。

什么时候回长沙去，只为一串路边摊的臭豆腐！

麻辣田鸡

广州是一座包容的城市，有容乃大，最终成就了今天的国际大都市。国内外各地不同口味的美食，在这座城市的大街小巷均能吃到。不同饮食文化的交融，衍生了一些新式的美食。2002年诞生的广州第一家麻辣田鸡火锅麻田会，就是粤菜清蒸荷香田鸡与川菜麻辣火锅的完美结合，发展二十多年来，历经食客的味蕾检验，最终成为广州新的美食品牌。

岭南大地在农耕时代是鱼米之乡，这里江河交错，鱼塘密布，种植业十分发达。水稻一年两熟，有的地方甚至达到三熟。夏天时候，荷花向日而开，稻谷飘香，田里田鸡[①]特别多，稻田里蛙声此起彼伏。真是“稻花香里说丰年，听取蛙声一片”。

就地取材，广东人有食用田鸡的习惯。每到春夏之交，正是田鸡繁衍的季节，小时候每到这个时节村里的人就会到地里捉田鸡。尤记得其时稻谷正收，稻草在田地里堆成垛。轻轻移开草垛，里面就有许多田鸡。捉田鸡最好是晚上，循声而来，用明亮的手电筒一照，田鸡就定在那里，如囊中探物，伸手便可捉，放进竹篓里。

田鸡宰杀剥皮斩块后，用来煮田鸡粥，是物质缺乏年代的一道难得美食。也可加入姜丝、蒜蓉、生抽、胡椒粉腌制，再从荷花池摘来荷叶铺盘，将腌制后的田鸡肉搭配香菇、红枣一起清蒸。蒸熟后的田鸡肉鲜嫩、肥美、清甜，

① 田鸡泛指可食用蛙类。

为了照顾不同地域食客的口味，麻田会的研究团队将麻与辣分开，按照级别，麻有5种味型，辣也有5种味型，搭配起来一共有25种麻辣味型，每位客人均能找到适合自己口味的麻辣味型。（麻田会/供图）

仔细品尝，还有荷叶特有的淡淡清香，这就是粤菜的经典名菜——清蒸荷香田鸡。这道菜充分体现了粤菜清淡、重视原味的特色。

改革开放以来，广州的无限商机吸引了其他省市的外来人员，川菜与湘菜随之传遍广州。几十年来，大批外来人员涌入，在他们习惯清淡粤菜的同时，广东人也逐渐接受并适应了外省饮食的麻辣口味。

在美食之都羊城，刷新味蕾、独创新口味，是问鼎饮食界必须具备的基本功。广东人华杰勇曾在坊间食肆、酒楼、大排档进行蹲点观察，他发现四川人钟爱麻辣火锅，而粤菜之中的荷叶田鸡、清蒸田鸡都很有特色，这两种口味的饮食在广州拥有大量食客，因此他带领研究团队尝试将麻辣火锅与田鸡结合，用鸳鸯火锅的形式，兼顾麻辣与清淡的口味，受到了川粤食客的青睐。他创办的麻田会麻辣田鸡在广州有十几家分店，曾经荣获“广州国际美食节金奖”“亚运特色餐饮服务店”等称号。

华杰勇是广东人。1998年他从广州大学毕业以后，从事过酒店管理工作。如何在人流涌动的都市创业，实现自己的梦想？华杰勇一直在观察，一直在思考。华杰勇曾经从事过传统餐饮行业，积累了一定的经验与资源，同时，经过调研与观察，他察觉到广州餐饮行业中麻辣火锅的发展空间，尤其是田鸡作为特色食材在广州有一定的受众，而麻辣田鸡火锅这一品类在市场上存在一定的空白，因此，他决心创立麻田会，专门经营麻辣田鸡火锅。

麻田会的麻辣火锅，无论是锅底汤水还是食材，都讲究新鲜，突出特色。其锅底汤水从四川传统麻辣火锅改造而来。四川传统麻辣火锅锅底汤料很多，常放八角、桂皮等配料，其中花椒味道特别辛辣，食客不小心吃到如同踩到地雷一般刺激。因为放了汤料，火锅锅底会越熬越咸、越辣，不但不利于健康，而且食客吃到最后会辣得受不了。针对这种情况，麻田会推出了冷锅，锅底汤水事先熬制好，汤水主要由鸡骨架、牛骨、猪骨以及当归、枸杞、党参等药材熬制4小时，特别香浓，而且具有一定的补气血、清肝明目、补钙等功效。滤掉锅料之后，汤水之中专门放置了四川的涪陵榨菜、广东的老豆腐。这两款锅底料也是广东人煲汤经常用到的配料，均具有去火的功效。

麻田会的田鸡选用海南绿色环保青蛙养殖基地的青蛙以及美国的牛蛙。麻田会的冷锅，一端上来就可以食用。因主打麻辣锅底，田鸡在锅汤的浸润下，蛙腿肥嫩、紧实，充分吸收了锅汤里的麻、辣、鲜、香等味道，辣味浓郁但不会过分刺激，麻味悠长，更加刺激味蕾，田鸡的味道与锅底的汤味相互融合，味觉丰富，真是让人欲罢不能。

华杰勇是我的好友冯耀波的发小，得此便利，麻田会成了我们每年聚餐的据点。尤其每年元旦前夕，我跟好友冯耀波和江协楷会在麻田会的远景路分店小聚，共同分享这一年走过的历程。取得哪些成绩，经历哪些坎坷，明年准备做什么，都会在这一天掏心掏肺地讲出来。冯耀波喜欢戏剧，白云区很多戏剧小品都出自他手，有时候他也会上台，自编自导自演。江协楷是画家，毕业于广州美术学院，醉心山水与花草，最终选定了兰花作为专攻领域。而我，一直执着于文学与戏曲，在这条弯弯曲曲的羊肠小道缓步向前。三个人，选定不同的艺术领域。偶尔，华杰勇也会加入我们的聚餐。在麻辣火锅香气的氤氲中，几杯小酒，喝得脸上红晕，一年来的重负全部释放，未来的目标也在此刻制定，一切都充满了希望。

有梦想，谁都了不起！在商潮涌动的广州城，我们每个人都坚守着自己的梦想，认真地向前追寻。华杰勇率先创办的麻田会，引领了广州的饮食风尚，实现了自己的梦想。我们在他梦想的光环下举杯，醉眼蒙眬间，蓦然发现，未来就在那城市霓虹闪烁处。

普宁米润

潮汕人对糖似乎有一种偏爱，日常生活的饮食，时年八节的礼仪，大多离不开糖。潮汕菜馆之中的“反沙番薯芋”甜品，一金黄色，一玉白色，合在一起美其名曰“金玉满堂”，颇受食客欢迎。甜粿、糖水羹也盛行于寻常潮汕百姓家，人们在品工夫茶之余不忘来一块糖条，叫作茶配。解决乡间矛盾，最后需要糖来“甜”；到医院探望病人，家属需回送糖；参加亲友丧事，主人家需回甜糖；华侨回国要送番糖；遇到喜庆事有喜糖……糖仿佛是万能的，仿佛是一种润滑剂，圆融着潮汕地区各种社会关系。

人世沧桑，人们都向往美好的生活。美好生活是什么样的呢，人们通常用“甜蜜”来形容。有糖、有甜的生活，就很美好吧。无论老人或者小孩，都非常喜欢糖。

清代光绪年间，普宁赤水村人陈让衡事母至孝，备受称道。陈母喜欢糖食，尤其喜食产自揭西棉湖镇的米润。其时普宁的县城远在洪阳，赤水村远离县城，僻居大南山下，周边少有糖铺。为了侍奉老母，陈让衡经常要长途跋涉至隔壁的揭西棉湖镇购买。每次看到老母吃到糖食时露出慈祥的笑容，陈让衡便觉得所有的跋涉与艰辛的付出都是值得的。为了能让老母随时吃到糖食，同时也造福周边的乡亲，陈让衡最终下定决心，动身前往棉湖学习糖饼整套的制作技艺。

旧时的技艺，乃是养家的本领，一般不会轻易外传。陈让衡来到糖饼铺，从学徒工做起，熟悉做糖的各个工艺流程，这一学就是三年。经过三年辛勤学艺，陈让衡终于艺成回乡，清朝光绪二十五年（1899年）在赤水村桥头边创立了陈森合糖饼铺。开业当天生产的第一款糖饼便是米润。

米润是潮汕一款传统的糖食，制作工艺非常烦琐：将糯米蒸熟晒干后，再油炸至膨胀，成为炸米，捞起待用；接着按照比例将白砂糖、麦芽糖与猪油熬成糖浆。为了改变糖体的结构，增加糖的韧性，需要借助固定在墙壁上的木桩对糖浆进行拉伸。经过拉伸后，棕褐色的糖浆变为雪白色的糖膏。炸米与拉好的糖膏一起放入大锅里搅拌，让糖膏与炸米充分融合，形成糖米团。把糖米团放在砧板上用木槌轮番槌拍，将炸米完全槌为粉末，与糖膏彻底融为一体。因此米润的制作，在潮汕口语中也叫“拍糖”。槌拍的过程之中，要不时撒入炒熟的糯米粉，避免粘连。槌好的糖团，要用擀面杖用力碾压展开，最后用刀切割成块，至此，清爽、香甜的米润就做成了。制作米润，需要对温度精准把握，又需要费力气对糖团槌拍，过程费心又费力，颇为艰辛。

经过精心的制作，陈森合出产的米润洁白晶莹，米香四溢，入口在绵柔之间还能感觉到熟米粉与糖交融的韧与弹，深受陈母与广大顾客喜爱。陈让衡注重出品品质，坚持选用上乘原料，技艺严谨，因此产品深受人们欢迎。

人们喜欢陈森合的米润，原因除了出品与滋味好外，更重要的是附着在糖饼之上的一片孝心。中国人向来重视孝道，陈森合糖饼铺创立的初心是孝心，

潮汕人重视节庆礼仪，糖与甜食在各种民俗活动中不可或缺。例如春节吃的甜粿（年糕）寓意“步步高升”，婚礼上的甜汤象征“甜蜜圆满”，祭祀时的糖塔、糖画更是寄托了人们对美好生活的祈愿。（六记陈森合/供图）

因此备受人们推崇。人们在陈森合买了糖饼，效仿陈让衡，敬献给长辈，送给小孩，给他们讲陈森合的故事，希望孩子长大之后也能孝敬长辈，一代传一代。

1933年，晚年的陈让衡将糖饼铺传给三子陈壁忠。陈壁忠传承父辈精神，勤恳经营。中华人民共和国成立后，他响应国家号召，将糖饼铺上交由政府合营，实现公私合营，陈壁忠作为主理人继续打理糖饼铺日常经营事务。1967年，陈壁忠六子陈映贵加入糖饼铺学艺并参与生产经营，但在当时特殊的社会背景下，糖饼铺于1970年停业。由于民间对糖饼的需求一直存在，陈映贵私下研习糖饼制作技艺，坚持民间家庭式的生产，不因糖饼铺停业而让正宗潮汕糖饼的技艺和味道失传。

改革开放后，曙光重现，陈森合糖饼铺重新恢复营业。陈映贵在兄弟中排名第六，故将糖饼铺更名为“六记陈森合糖饼铺”。因传承祖辈考究技艺和精益求精精神，优选原料，出品备受欢迎，发展至今，是普宁知名度较高的老字号糖饼铺，生意常年火爆，供不应求。2010年陈映贵退休后，由学艺多年的长子陈海城接班传承。

陈海城作为年轻一代，在继承祖辈糖饼制作技艺的基础上，与时俱进，他结合现代人口味，不断对糖饼糖度、生产流程、包装等进行科学调整。在旧时物质缺乏的年代，能够吃上一口甜沁心肺的米润等，是一件多么幸福的事。如今的社会，经济发展，物质丰富，太甜不但易腻，也不利于健康，很多传统的糖饼店都面临发展的瓶颈。陈海城作为改革开放之后成长起来的年轻人，见证了时代的变化，提出了“微糖三分甜，好吃更健康”的微糖理念，使糖饼工艺符合现代人的健康要求，得到了更好的传承。

如今，历经四代人一百多年的坚持与传承，尤其是特殊年代依然没有放弃，新时代又能加以改革创新，陈森合糖饼铺深受人们的欢迎，其产品不但有米润，还有南糖、束砂、糖方、贡糖、糖粒等等，这些产品都与地方文化习俗紧密相关，因此远销四方，珠三角以及海外的潮汕人在盛大节日或是喜庆活动时，都会专门向糖饼铺预定产品。

六记陈森合糖饼铺的老铺开在赤水桥头，赤水桥头糖饼铺成了当地的地标，也成了六记陈森合糖饼铺的代称。2024年赤水六记陈森合米润制作技艺被普宁市政府列入第五批县级非物质文化遗产项目名录。进入非遗名录之后，六记陈森合糖饼铺建了综合楼，引进新式机器进行生产，大楼集生产、销售、展示于一体，向人们展示了潮汕传统糖饼的民俗文化历史以及生产制作。

潮汕人对甜食的喜爱，和地理环境、历史文化、民俗传统等因素密切相关。潮汕地区是甘蔗的重要产地，自古便是糖产区，制糖工艺历史悠久，为甜食制作提供了丰富原料。潮汕近海，潮汕的糖作为重要的物资，旧时通过江河来到汕头港，北上上海、天津供应全国，还通过海上丝绸之路，远销东南亚与欧美。

甜蜜的糖，寄托着潮汕人对美好生活的期望。百年老店陈森合的米润，甜香软糯，仔细品味，母慈子孝的天伦之乐，是美满家庭的另外一种甜蜜。

陆

青青蔬草香

香椿炒蛋

春日吃春菜，是应时令的美事。

春雨连绵，高大的椿树在春雨的滋润下，绽放出嫩红的新芽，新鲜可人，是春日里大自然呈现的一道美味。香椿芽可掐下来做菜，因此椿树叶也被人称为“长在树上的菜”。人们喜欢在家庭的庭院或者门口种植椿树，整个春季，香椿摘了又生，民间俗谚说“门口一株椿，春菜吃不尽”。

香椿是应时令的，只有春季才是最佳采摘的时候，并非一年四季都能吃。在雨水的滋润下，从春分到清明，椿树会绽出很多嫩芽，到谷雨之前，是采摘香椿的最好时间，过了谷雨，香椿就不好吃了。“雨前椿芽嫩无丝，雨后椿芽生木质”。这，也是椿树的一种自保吧，否则嫩芽天天生人类天天掐，椿树是生长不了的。

香椿有很多种吃法，我在云南的时候，当地人将香椿腌制，调入辣椒，有点酸酸辣辣的味道。腌制后的香椿常被酒店当作餐前小菜。

香椿最普遍的做法是用来炒鸡蛋。南国广州，香椿很少见，近年来随着物流的发展，在广州的菜市场也经常看到香椿。趁着谷雨未到，前天在菜市场看到了香椿，我买了一把回来尝鲜。用橡皮筋绑成一小捆一小捆的，红嫩的叶芽水灵灵，仿佛可以听到嫩芽从树身掐断的那声脆响。

香椿的价格不菲，按两计价，每两4元，一小撮就十几元，比普通的青菜贵了很多。香椿炒蛋很容易做，买回来的香椿切碎，焯一下水，用热油跟鸡蛋煎。新鲜的香椿原本有一种异味，但是煎熟之后，这种味道就消失了，鲜红色的香椿也转变成淡淡的绿色。

香椿的美味，历来为人称道。制作简单，味道独特。清末广东人康有为有诗赞香椿：“山珍梗肥身无花，叶娇枝嫩多杈芽。长春不老汉王愿，食之竟月香齿颊。”最后一句“食之竟月香齿颊”自然是夸张，不过香椿炒蛋确实好吃，吃完后一个饱嗝，隐隐还在口腔感受到香椿炒蛋的独特味道。

人们喜欢在家门口或者庭院里种椿树，可以遮阴，可以当菜，又有特别的文化内涵。椿树是一种长寿的乔木，两千多年前庄子在其《逍遥游》中写道：“上古有大椿者，以八千岁为春，八千岁为秋，此大年也。”长寿是自古至今人们所追求的，所以人们对椿树有着特别的感情，将长寿称为椿寿。古人也经常用“椿树”比喻父亲或其他长辈。相传孔子有一次在庭院里沉思，儿子孔鲤经过，怕打扰父亲的思路，遂“趋庭而过”。这种对父亲的尊重举措，为后人敬仰，人们也用“椿庭”来指代父亲。

最早知道椿树比喻父亲，是十几年前。那年听了一出潮剧《剑刺江西王》的选段“梦里会郎在月宫”，里面有一句唱词：“那梁羽麟椿萱双凋家落魄，奔波投姑南昌行。”因为是唱段，不知前面剧情，故而弄不懂“椿萱双凋”之意，后来查了词典，才知道古人用椿树比喻父亲，用萱草比喻母亲，“椿萱双

香椿入口清香，很有韧性，极有嚼头，仿佛一张口，就把春天给咬住了。

凋”乃是父母双亡之意。戏曲唱词典雅，不会直接道明，而借助草木典故告知。

人们因椿树能长春而用其比喻父亲，希望父亲能够像椿树一样长寿，表达了为人子的敬重与报答之心。不知道为什么，我却总是想着春天里的椿树吐出嫩芽，供人们采摘，采后又发，发了又被采，多么像一位任劳任怨的父亲，将其一生最好的时光奉献给家庭。

那天，将香椿炒蛋端上饭桌，父亲夹了几次，连说好吃，问我是什么？我说：“香椿。”

父亲一脸淡然，摇了摇头：“没听过，第一次吃。”

很想跟父亲讲一讲香椿，但是话到嘴边又觉千言万语不知从何说起。

还是吃饭吧！

杭州莼菜

昨晚宴客，不由自主又选在浙江大厦，因为里面有一家杭帮菜馆。杭帮菜大多分量不大，但做得精致，独特的地方风味让人回味，适合几个好友围坐慢食细谈。印象最深刻的是一个鱼蛋莼菜汤，清淡、爽滑、鲜甜，喝的时候，感觉莼菜的清新与鱼丸的鲜甜很入味，入口圆融爽滑，鲜美嫩滑。

莼菜不是岭南特产，原材料需从江浙一带空运过来。广州的菜馆之中，大约只有江浙菜馆才有莼菜的身影。一小碗清汤，绿色如茶叶般的莼菜悬浮汤中，一个个白色的鱼丸散在莼菜叶中间，白绿相间，视觉很清新，这就是莼菜鱼丸汤。

看似简单的一道汤，叫来厨师细问才知内里的复杂。从杭州运来的莼菜，由于产自湖泊，带有水分，烹制前必须先沥净原汁，焯水待用，然后起锅上火，注入油，将葱姜末煸出香味，加入清水，加入沥干的莼菜及鱼丸，调精盐、料酒，烧开即成莼菜鱼丸汤。莼菜有食疗药用价值，这道汤可以健脾和胃、润肺补虚、利水消肿、清热解毒。

莼菜是水生宿根草本植物，产于黄河以南的云南、四川、湖南、湖北、江西、浙江和江苏七省的湖泊之中，浮生在水面或潜在水中，夏季会抽生花茎，开出暗红色小花。入菜的莼菜必须采其尚未露出水面的嫩叶才能食用，其嫩茎和叶背有胶状透明物质，这也是莼菜入口爽滑的原因。宋代陆游说："店家菰饭香初熟，市担莼丝滑欲流。"这里特别点明了莼菜爽滑的特点。据说莼菜含有丰富的胶质蛋白、碳水化合物、脂肪、多种维生素和矿物质，具有药食两用的保健作用。莼菜对水质要求很高，西湖是莼菜的产地，自然环境和人文环境

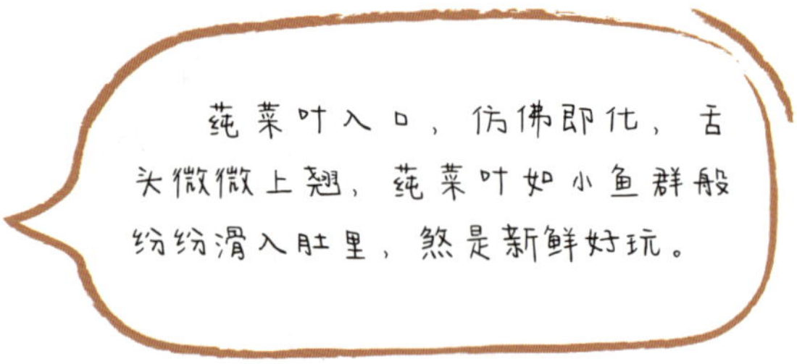

都相当重要，现在杭州西湖莼菜入选浙江省首批农作物种质资源保护名录，当地在西湖区大清谷生态区和双浦镇各建了一个占地五亩的西湖莼菜种质资源保护区，开展研究和保护工作。

作为岭南人，对莼菜的认识大多来自古诗，徒增羡慕。苏轼说：“若话三吴胜事，不惟千里莼羹。”可见莼菜羹名动四方，打听三吴胜事，莼羹必不可少。再听唐代白居易那句“犹有鲈鱼莼菜兴，来春或拟往江东”，这莼菜，真让人向往啊！

游子在外，想起家乡时通常想到美食。比如我作为潮汕人，听到回家乡，第一时间想到牛肉丸，想到普宁肠粉……莼菜独特的口感，让吴地游子激起浓浓的乡情。历史志书记载着与莼菜有关的许多有名的故事传说，最有名的当算张翰与莼菜的情缘。作为故乡名菜，莼菜让张翰找到一个归隐的借口。张翰是张良后代，作为西晋著名文学家，张翰的父亲是三国孙吴的大鸿胪张俨。张俨死后，东吴又被西晋所灭，张翰遂成亡国之人，他虽然文采盖世，但身受亡国之痛，遂恃才放旷，佯狂避世。有一年在洛阳，张翰见秋风起，忽思吴中菰菜、莼羹、鲈鱼脍，挥笔写下著名的《思吴江歌》：“秋风起兮木叶飞，吴江水兮鲈正肥。三千里兮家未归，恨难禁兮仰天悲。”客居他乡，张翰思念故乡说：“人生贵得适志，何能羁官数千里以要名爵乎？”遂归故里，此后“莼羹鲈脍”成为辞官归乡的典故。我想，张翰应该是早有归志，不愿意宦海涉浪，遂借莼菜退出官场。后来，“莼鲈之思”也就成了文学作品之中思念故乡的代名词。

广州能吃到莼菜的地方并不多，只有少数江南菜馆才有。奇怪的是，广州作为美食之都，川湘菜馆遍地都是，江浙菜馆却鲜见。我想，也许是江浙一带的人在广州比较少的原因吧。但是后来发现，其实江浙人在广州也不少，根据广东省浙江商会提供的数字，来粤的浙江商人有130万人，分布在广东各地，尤其广州。位于广州先烈中路的浙江大厦是浙江商人在广东的重要据点，这座大厦是由浙江省人民政府直接投资创办的四星级标准的旅游饭店，1990年建成营业，2009年由浙江省省级机关事务管理局接管。广东省浙江商会以此为据点，走进浙江大厦，独具地方特色的特产以及摆设，甚至大厅播放的视频，都充满了浓浓的江浙风。

在这里的一家西湖公馆，可吃到纯正的浙江菜，自然少不了莼菜羹。“有一条江，她叫钱塘，曲曲折折，潮退潮涨，流过时间，见过沧桑，所有的耳朵都听见了她的歌唱……”这是浙江商会的会歌，呼唤着浙江人思乡的情感，而我觉得最直接的还是四楼西湖公馆的一碗莼菜羹，一入口，故乡就在眼前。

陶渊明不为五斗米折腰，幽居南山下，采菊东篱边，采菊是其借口；张翰退出官场，回归故乡，借口就是一碗莼菜羹。

宦海自来风波恶，身在其中，虽权位在座，然躬身逢迎或者违心的世故圆滑自然免不了。对此，有人辞官归故里，有人漏夜赶科场。来来去去，成为中国官场一幅生动的世态图。

张翰，字季鹰，官至大司马东曹掾。大司马位列三公，东曹掾大约相当于现在的国级干部。然，国级干部又如何？在张翰眼里，不如家乡一碗莼菜羹。

泮塘五秀

提起广州特产，很多老广州人都会想到泮塘五秀。旧时珠江三角洲地区，河涌交错，这五种水生作物是在广州昔日“一湾春水绿，两岸荔枝红”的水乡塘基环境之中生长出来的，极具广府特色，尤其在天灾人祸时代，这五种作物曾是广州人的救命粮食，因此泮塘五秀寄托着广州人深沉的感情。

泮塘五秀指的是旧时广州泮塘地区所生产出来的莲藕、茭笋、马蹄、菱角、慈姑五种植物。泮塘在广州城区的西部，范围大约为如今的泮溪酒家、荔湾湖公园以及龙津西路、泮塘五约一带。据说这里是五代十国时期南汉皇朝西御苑的旧址，旧时原是珠江滩地，地貌“半是池塘半是洼地”，因此被人称为半塘。在古代，人们称学宫为“泮宫”或“泮水”，入学宫读书称为“入泮”，为图吉祥，在清代乾隆年间，人们把带着乡土气息的“半塘”改为“泮塘”，字变音不变，寄托了美好的愿望，实现了一个文雅的华丽转变。

泮塘地区作为沼泽和滩涂冲积地，在农耕社会，若种植五谷，难得丰收，可以说是地瘦人贫，但是莲藕、茭笋、马蹄、菱角、慈姑等水生作物反而能够在这种环境繁茂成长，并成为当地的特产。土地贫瘠，贱生贱养生产出来的东西曾经被人们嘲讽为“五瘦”。不过，世事难料，后来“五瘦”以其特色扬名，尤其是水灾过后，其他谷物失收，而五种水生作物经过各种加工作为食物帮人们度过饥灾之后，人们开始挖掘其优点，发现这五种不同的作物分别具有香秀、翠秀、甘秀、清秀以及芳秀的特点，于是将这五种特产称为“泮塘五秀”，从“瘦”到“秀”的转变，尽显人性炎凉。泮塘五秀至此奠定了老广州土特产的地位。

民间传说泮塘五秀原本是佛前的五种仙果，泮塘的村民非常诚心，经常到寺院去拜佛。有一次，寺里的和尚突然给了泮塘的村民五种水生植物的种子，说这就是供奉佛前的五仙果，原来和尚预言过一段时间将有一场大水淹没泮塘，其他植物都将被淹死，只有这五仙果在水灾中可以存活。泮塘的村民拿回去种，后来果然发了一场大水，水稻等作物都被淹没，大水之中，唯独这五种水生植物非但不死反而长得更加茂盛，从此之后泮塘的村民就把这五种植物当作本地特产。这就是“泮塘五秀”的神奇来源。

五秀之中的莲藕大家都比较熟悉，但泮塘出产的莲藕与其他地方的不同，自有其特点，有白莲、红莲、京塘莲等多个品种，以肥大丝韧驰名广州。广府饮食之中由莲藕派生的广东美食藕饼、荷叶饭等更是众所周知。泮塘马蹄（荸荠）的知名度仅次于莲藕，以水马蹄为主，以其为原料制作的优质泮塘马蹄粉过去曾大量远销南洋、北美，广州马蹄糕得以成为广东招牌美食亦有赖泮塘马蹄的历史作用。茭笋又名茭白，学名“菰”，是一种多年水生草本植物，开紫红色小花，其果实叫菰米，菰的嫩茎基部经某种菌寄生后，膨大似笋，便是茭笋了，常作时令蔬菜。菱角为一年生草本植物，花白色，果实红紫色的多作蔬食，而黑壳者肉色稍黄，多作菱粉，泮塘以红菱为主，甘甜可口。

在广府人的生活之中，泮塘五秀具有独特含义，慈姑象征添丁，菱角象征添财，茭笋象征好运，马蹄象征高升，莲藕象征连生贵子。逢年过节，泮塘五秀都少不了。而后，在漫长的苦难生活之中，广州人摸索着利用这五种植物，开发了慈姑粉、马蹄粉、菱角粉、茭笋干、莲藕粉等产品，曾经远销海外。

虽为乡野之物，但是在唐朝时泮塘五秀曾经是进献给武则天的贡品。武则天为何喜欢泮塘五秀？这是有一定原因的。民间传说，武则天夺位之后，对饮

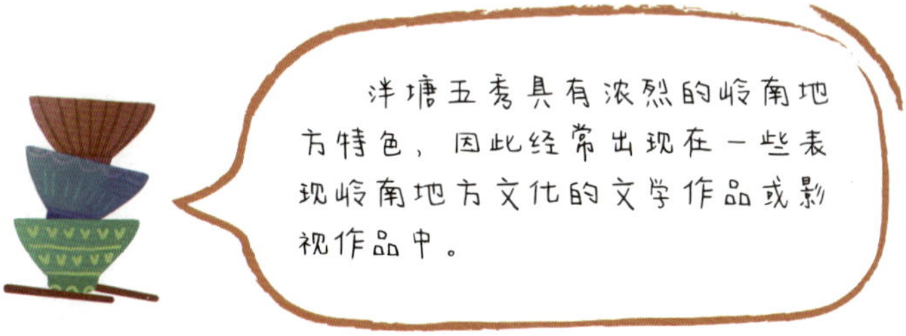

食安全非常讲究，泮塘五秀有营养、味道口感好，且普通的瓜果蔬菜容易被喷药下毒，唯独这五种植物种在水里，又需削皮去壳，不容易被下毒，相对比较安全，因此成了武则天青睐之物。武则天夺了儿子李贤的皇位之后，其身边近臣建议斩草除根杀掉李贤。历史上流传有两个版本，一个版本是武则天毒杀了李贤，而另一个版本则是没有杀，而且还与泮塘五秀有关。

广州民间传说，武则天不忍心杀李贤，想把他贬到巴州。临走之时，武则天召见李贤，发现李贤虽然遭贬却没有怨恨之心。武则天将自己喜欢的泮塘五秀糕点送给李贤，李贤毫不犹豫拿起就吃。武则天问李贤："朕夺了你的皇位，难道你不怨恨吗？"李贤躬身拜道："孩儿此身乃是母亲所生，莫说皇位，就是要了儿的性命，儿也不敢不从。"武则天又问："适才送来泮塘五秀糕点，难道你不怕我下毒？"李贤泣道："母亲乃当朝皇帝，要儿性命，何须下毒？"武则天见李贤对自己没有怨恨，即使将要被贬，依然信任自己，俗话说母子骨肉连心，一时不由触动母爱，下令将李贤改名为李庶匡（这个名字的含义是，遭贬为庶，失去国家王权成匡），转贬到岭南负责泮塘五秀的生产与进贡。传说，李庶匡死后，葬于广州西郊外一个山岗。

传说终归是传说，而五种普通的岭南水生植物，因为附会了这个故事，顿时多了几分宫廷的刀光剑影，增添了神奇的色彩。

每到灾荒年代，贱生贱养的五种植物都在危难之时挽救广州人的生命，海外很多老华侨对泮塘五秀有非常深的感情，泮塘五秀晒干或者磨成粉后，便于存放与携带，广府华侨的先辈便是揣着泮塘五秀的食品漂洋过海。

现在，随着广州城市化发展，滋养泮塘五秀的西关地区的水乡特色环境已经变成了高楼大厦林立的现代化都市，泮塘五秀失去了生存的环境，逐渐在人们的记忆中淡化。

苦刺心

清明节一过，苦刺就要过时了。为了吃苦刺，清明前我专程回了一趟潮州。

苦刺是一种小灌木，顾名思义，不但长刺，还带苦涩味。南国春天雨水多，在雨水的滋润下，苦刺频频长出嫩芽。潮汕地区向来地少人多，物质缺乏，各种物品都被最大限度地应用，因此即使是这种长着尖刺的苦涩植物，也难逃潮汕人的舌尖。生活在这里的人，经过千百年来的尝试，将其嫩芽采回家做菜。苦刺，也被叫作苦菜。

苦刺的食用部位是刚吐出来的嫩芽，也叫苦刺心，鲜嫩无比。鲜嫩的苦刺心长短与筷子差不多，潮汕话保持古音，筷子叫作箸，是以苦刺心也叫苦刺箸。野生的苦刺可以高过人，难以近身，潮州人持竹棍采苦刺，竹棍敲击苦刺树，鲜嫩的苦刺心应声落地，因此当地人也将采苦刺叫作拍苦刺。这个“拍”字很有意思，可以想象得出苦刺心的嫩与脆，轻轻一击，苦刺心应声而断，还可以在脑海里为它搭配一声折断的声音。

潮州人吃苦涩的苦刺心这种食俗，在民国初年被当作奇异风俗，收入胡朴安的《中华全国风俗志》：“苦菜一名苦刺，系野草之一种，丛生茂盛。清明时妇女儿童持小竿竹篮，随打随拾，归来洗洁，与豆芽同煮。俗传食之可以清血解毒。”以前的苦刺都是野生，近年来大众生活水平提高，对苦刺的需求也提高了，乡下群众房前屋后皆有种植，既可以当作篱笆，也可当作食用青菜，随采随生。不过过了清明，苦刺就变老了，再没有人吃。

很奇怪，苦刺这种野菜的食用在潮州一带比较普遍，在揭阳、汕头这边很少见，是以第一次吃苦刺得益于高铁潮汕站的开通，当时要赶高铁从潮州回广州，为了方便，当地的朋友在高铁站旁的一家饭店设宴为我送行，于是在饭店里见到了一根一根带着嫩刺鲜叶的苦刺心。店家用水过了一下，直接用来煮汤。一把小铁锅，水烧开，放入苦刺心、鲜肉片，然后调入油盐，苦菜汤就做成了。

汤水入口鲜甜，苦刺心煮过之后，熟透带着油花，入口细嚼，有着淡淡的苦，之后嘴里泛起阵阵的回甘。味蕾是有记忆的，以后每次经过高铁潮汕站，嘴里似乎总是泛起淡淡的苦甘，真叫人回味无穷。

苦刺必须要用骨肉之汤来煮，才会更加鲜嫩可口，即使是清炒，也须有肉片。除了做汤，苦刺还可以用来与蛋一起煎，也可以利用潮州牛肉丸的工艺，将苦刺拌入肉酱之中，制作成为苦刺丸。在潮州，苦刺的吃法很多。2025年我到了云南的昆明，发现当地也有食用苦刺的习惯，不过与潮州地区不同，昆明通过腌制将苦刺做成凉拌，又辣又咸，通过辣与咸去掉了苦涩味。苦涩味消失了，回甘自然也没有了。

我想，潮汕人大约是比较喜欢吃带苦涩味的食物的，比如苦瓜、油柑、橄榄或者工夫茶等等，都是先苦涩后回甘，让人回味无穷。这种先苦后甜的韵味最值得回味，甚至在脑海里刻下烙印，让人不知不觉地念想。从食物的喜好可以看出潮汕人的人生价值观，都愿意先受苦而后享受。很多外出的潮汕人，在原始积累的创业阶段，愿意吃苦受累，而后事业获得发展。

人生无常，众生皆苦。人生的乐，在于直面生命中随时出现的苦，而后离苦得乐。想来，苦刺的人生意蕴也是这样，先给你苦涩，然后再回甘，在回甘的同时，让你发现之前种种的苦涩都是值得的。

苦刺入口之后，轻咀慢嚼，感觉在细嫩之中带有一种淡淡的苦涩，苦涩过后在口里回津，成为一种甘甜。

西洋菜汤

很喜欢汕头的清早，经常会到小公园附近去吃一碗焯西洋菜汤。

店家用一口小铁锅，倒入清水，猛火将水煮滚，加入适量的油，当油与水一起沸腾起来，抓起一把鲜嫩的西洋菜，掷入锅里，滚烫的油汤水一下子将西洋菜烫得变了色，大约七成熟时，再切适量的瘦肉片放入菜汤之中，盖上锅盖，不一会儿沸腾的汤水将锅盖顶开，店家掀开锅盖，调入盐，用铁勺搅一下，让锅里的瘦肉均匀煮熟，同时也让调入的盐融化。至此，西洋菜汤煮成。我在外面习惯了辣椒酱，因此坐下来，调了一碟辣椒酱慢条斯理地用来蘸焯熟的肉片。有菜、有肉还有汤，这一碗西洋菜汤下肚，极为暖胃，足以支撑一个上午的工作。

这是潮汕人对西洋菜极为普遍的一种吃法，叫作焯西洋菜汤。潮菜素来讲究保持食材原味，“焯”是经常使用的一种烹调手法。将食材放入煮沸的开水中用最短时间烫熟，这就是“焯”，可以最大限度地保持食材的原味，最普遍的潮汕牛肉火锅，其实也是“焯”的一种使用方法。直到现在，老一辈的潮汕人还将吃火锅叫作“食焯”。

广府人擅长煲汤，因此西洋菜在广州这边经常被用来煲老火汤。骨头、红萝卜、红枣、杏仁放入广府瓦煲中，大火煮沸之后，再放入西洋菜，调为中小火，慢慢地煲两个多小时，就可以煲出一煲美味的西洋菜汤。广府的腊味很出名，有时煲西洋菜汤时也会放入一个切片腊味陈肾。

广府的西洋菜老火汤耗时较长，但是汤水非常好味。西洋菜本身带有一种独特的气味，长时间慢火细煲可以将这种独特的气味煲出来，融入汤水之中，

新鲜的西洋菜，新鲜的肉汤，撒点胡椒粉，鲜甜鲜嫩，彼此交融，潮汕人最爱这一口鲜。

汤水入口，西洋菜特有的芳香扑鼻而来，及至汤水落肚，口齿间依然回荡着西洋菜的芬芳。这种芬芳是非常值得回味的，因此我认为吃饭的时候宜慢嚼细品，不可太多人，人一多便呼三喊四，杯来盏往，相互劝菜，最终肉菜囫囵落肚而食后不知味。也许，那不叫品尝，而是饭局与应酬。

西洋菜，顾名思义，来自外洋。据说是民国时期才引进到中国，小时候在乡下，看见有人用自行车载着西洋菜下乡沿街叫卖。我记得最开始妈妈买西洋菜是当作青菜来煲汤的。这种青菜生命力极强，吃不完的根茎随便丢到带水的湿地里，便可成长，后来广为种植，最终也常见于国人饭桌。我家也种植过，将一片田地用锄头翻开，晒了几天后整平，然后将四周出水的地方封住，引水灌入，使之成一片湿地，西洋菜像插秧一样布插，适时灌水，使田地保持经常有水的状态，西洋菜长得非常快，十天半月便可收割，收割完略施肥水又可以再长出来，经济价值很高。

后来河水逐渐被污染，可怕的是，越是受污染的水域，西洋菜就长得越旺。西洋菜属于水生蔬菜，对重金属的吸收能力是其他蔬菜的几十倍，因此西洋菜一度被称为蔬菜中的邋遢王。这个消息被专家公布后，西洋菜曾被食客打入冷宫。

立冬前夕，到从化访友，晚饭时候，朋友驱车带我去当地一家农家菜馆。我看他所点的菜品之中有一道西洋菜汤，有心不要，朋友却极力推介，言称西洋菜煲汤是该店的招牌。我说出了自己的顾虑，担心西洋菜有污染，朋友哈哈大笑，推开包厢的窗，窗外是一条汩汩流动的溪涧，涧水自高山之上流下，到了平原水流变缓，店家在水面用竹木搭架，竹木框架之内圈住了西洋菜，西洋菜长在清水之上，长势颇为旺盛。

当晚的西洋菜老火汤尤为甘香，我一连喝了四碗汤。广府的西洋菜老火汤里，西洋菜经过长时间的慢火煲已经变黄，一般不再食用，只喝其汤，这与潮汕地区的焯西洋菜汤是有所不同。一种青菜，两种汤水，体现了潮汕与广府两种饮食的特色，各有风味，我都喜欢。

益母草汤

益母草是一种草药，能行血通经、利水消肿、活血祛瘀，潮汕人常常将其作为药膳两用的青草用来煮汤。益母草喜欢温暖湿润的气候。在潮汕地区，一般土壤和荒山坡地均有，这种植物既需要充足的水分但又不宜积水，肥沃且排水性能好的砂质土壤最适宜其生长。潮阳的棉城东山一带土质恰好符合益母草的生长需求，因此潮阳东山出产的益母草成为誉驰海内外的特产。

在潮汕，一年四季食用益母草是非常普遍的。尤其每年的农历五月，正值一年的热毒之时，天气较温热，人体出汗较多，身体热毒积聚，很容易生病。《月令》认为该月是瘟毒盛行的时节，因此有的地方喝雄黄酒来清热解毒。懂食的潮汕人将益母草与花生同烹调，烹调好的益母草汤色香味俱全，诱人爽口，别具一番风味，更重要的是能悦脾和胃、润肺化痰、滋养补气，是以每到端午时节，潮阳棉城的千家万户都要煮益母草汤。

潮剧有一出戏叫《陈太爷选婿》，故事发生在潮阳，剧中，潮汕人端午煮益母草汤作为特别的生活习俗被融入戏曲文化之中。

陈夫人：今日端阳佳节，妾要亲自下厨。

陈太爷：夫人下厨，老夫相陪。你炊粽球，益母草交我煮羹汤。

陈太爷的女儿陈小凤回来后，陈夫人对女儿说："难得你爹今日有暇，亲自下厨。潮阳的益母草汤，真是清香可口，女儿快来尝尝。"

这一段，剧作者是想塑造陈太爷作为地方长官亲民的形象，却间接反映了潮汕人食用益母草的普遍性。

益母草是一种古老的本土植物，在《诗经》里叫作蓷。一般来说，益母草在荒郊野外之地、路旁、田埂、山坡草地、河边均有野生，每到初夏便会开花，有红花与白花之分。益母草乃是妇科圣药，但作为药材用得最多的还是其被称为茺蔚子的子实。《本草纲目》载：“此草及子皆充盛密蔚，故名茺蔚。其功宜于妇人及明目益精，故有益母、益明之称。”传说武则天经常用益母草美容，以葆青春。到了现代，益母草常用于妇女病的治疗调养。但是在潮汕地区，不分男女，吃益母草均非常普遍，这一方面得益于本土盛产益母草，另外一方面则是因为益母草的药用价值。

潮阳、普宁、汕头等地大街上经常可以看到小摊小贩煮益母草汤，当地叫作“焯益母草汤”。益母草的嫩苗去掉根须，整棵放进肉汤里焯熟，与益母草搭配的有猪杂或者切得很薄的肉片，焯熟之后，益母草保持着青翠的颜色，汤水鲜甜，连益母草带汤吃。

益母草汤其实是一种养血汤。传统中医认为，养生养颜必先养血，益母草作为妇科良药，有活血通经、祛瘀生新、利水消肿的功效，加上猪肉、猪血和花生都具有补肾养血、补脾和胃、滋阴润燥的功效，因此无论是女人还是男人，吃后都大有裨益、这应该是益母草食俗在潮汕地区得以广泛流传的原因吧。

潮阳棉城一带用捣碎后的花生仁煮益母草，这样做出来的益母草汤汤水油香，益母草入口咀嚼起来更是别有一番粗犷的野草滋味。

而从另一个角度来看，作为农耕地区，潮汕地区自古以来便地少人多，人丁的兴旺是家族繁衍的保证，益母草有益妇女生育，因此其使用更是广泛。时至今日，海内海外潮汕人超过三千万人，人丁的兴旺也许与益母草的食俗有着某种必然的联系。益母草对于潮汕族群来说除了是食材，还是一种吉祥花，在潮州的某些地区，将开花的益母草与仙草等一起使用，蘸水喷洒，据说可以驱邪。

潮汕人何以对益母草具有这种信仰，大概是因其对生育佑护的功效吧！

新寨应菜

每个人都有其一生最好的时光，草木也一样。

应菜的最好年华是在农历九月，天气渐凉，应菜应时含蕾，然后开出喇叭状的白色小花。花朵固然美丽，但最美还是含苞待放之时。应菜在含蕊之时采摘，清炒之后，花蕾嫩而鲜甜，在物质缺乏的年代，这是一道美味食品，旧时潮汕有句俗语叫作“九月蕹菜（应菜）蕊，食赢甜鸡腿”。

应菜是一种生长能力很强的青菜，种在肥沃湿润的土地或者插在水沟里，似乎不用怎么打理，便能长得很快。长在菜园的叫“园应”，长在水里的叫“水应”。揭阳炮台新寨的应菜长在溪流之中，是有名的“溪应”，这里出产的应菜以“大条长”出名。“大条长”是形容其茎杆，其他地方的应菜以食叶为主，新寨的“溪应”却以食茎杆为特色，清炒后的应菜杆嫩脆爽口无渣尤为特色。

一方水土产一方风物，“大条长”且独特风味的新寨“溪应”遂成当地特产，在附近享有盛名。有一次路过新寨，朋友专门带我去看“溪应”，站在新寨桥上，面对蜿蜒的溪流，只见漫江苍翠，勃勃生机，正是成片待收的应菜。

新寨村地处潮汕三市中心，这是一个庞大的村寨，区域面积11平方公里，人口近6万人。这里靠近榕江，一条清溪四季清水长流，绕村而过，汇中离溪后流入榕江，是典型的潮汕水乡。流动的清水，适合应菜的生长。临溪人家靠水而居，家家户户门口的清溪水面都有一片绿色的应菜。

应菜的种植相当简单，一节老一点的应菜茎用一根长绳固定后，丢进水里，风吹日晒雨淋水流都不用管，在这种天然的环境下，应菜杆如一条绿色的

新寨人认为，应菜有解暑清热、降肠火的作用，更兼有治牙痛、消肿疼的功效。

过江龙，抽茎拔节长叶，迅速繁衍生长，渐渐地满江绿色尽是应菜。应菜繁衍成长之后，就可收成了。与江南乘船采莲一样，新寨采应菜也是有趣的事，大人或者小孩脱光衣服跳进水里，一边游水一边将应菜采摘回来。收成后的江面一片空阔，村民将部分茎杆用绳子系住，又抛入江中，应菜再次繁衍。相对于潮汕地区地少人多的窘境，宽阔的溪流有足够的空间任由应菜舒展，因此宽阔的水面、流动的溪流，产生了“大条长”的新寨应菜。

一方物产养一方人，千百年来，应菜成为新寨人日常不可或缺的蔬菜，当地也形成了独具特色的应菜烹调方式，比如鳝鱼炒应菜、脆嫩应菜秆、蒜香应菜叶、佳羹护国菜、红蟹应菜汤等等，或汤或炒，方式多样。炒者酥脆清香，汤者则清爽可口。

当地朋友提到应菜时，充满了感恩之情。在他的记忆里，小时候村里的清溪又深又阔，几乎家家户户都种有应菜。因为一向调皮，家里人禁止他到河里洗澡。一个夏日午后，他一个人偷偷跑到村外，脱了衣服跳进溪里。平时看人家在水里游得欢快，他一直以为游水是件潇洒的事情，谁知跳到水里整个人便沉到水底。那是夏日的正午，他在水里挣扎，想开口呼救，水便咕咕往嘴里灌。那时刻，他在水里看见蓝天烈日，甚至听见路人经过的说话声，但是咫尺之间，没有谁注意到河里的小孩。在绝望与忙乱之间，他突然抓住了水面一根应菜，然后依靠这根应菜爬上岸，在生死关头之际，捡回一条性命，在岸上他又吐又哭起来。

“应菜滋养了全村人，而对于我来说，应菜还救了我。”朋友动情地说。现在村里的溪流已经逐渐壅塞，溪面越来越窄，更要命的是，水质逐渐受到污染，有些地方生长的应菜甚至重金属超标，新寨的应菜也因为环境的改变，逐渐湮灭。

应菜有很多名字，原名蕹菜，不同地方有不同品种，甚至大江南北叫法不同，计有空心菜、藤藤菜、蓊菜、通心菜、无心菜、瓮菜、空筒菜、竹叶菜、节节菜等名字。这是一种很古老的蔬菜，在《封神榜》的故事中，殷商时期，狐狸精妲己欲害丞相比干，向纣王诈称心病，必须吃比干的七窍玲珑心。比干被迫摘心之后，一路茫然出了城，在城外碰见有人叫卖空心菜，比干问：“菜无心能活，人无心呢？”卖菜者说：“人无心必死。”于是比干倒在地上死去。

无心菜就是应菜。故事传说很神奇，有人骂妲己妖媚，有人咒纣王昏庸，有人叹比干忠心，我却看到了应菜悠久的种植历史。

无心无肺最好，你看应菜，真是天真烂漫，不用施肥喷药，只需一江清水，只需阳光雨露，便能长得欢快，割了又长，长了再割。人活着需有心，但太有心了也不好。现在的人聪明无比，心计多，心机重，导致环境污染了，江流堵塞了，一江清流成死水，死水长毒菜，毒菜毒死人。

突然怀想那条又深又阔的溪流，清波映日，满江应菜，一条无心的应菜无意救了一个人。

食蒌叶

以前，潮汕人有食蒌叶的习俗。

想起蒌叶，源于对一个老人的思念。我开始懂事的时候，她已经80多岁，辈分极高，我需要称她为曾祖婶。那时父母要下地，将我付托给邻居这位曾祖婶。我经常坐在老人身边听她唱潮州歌册，门口右边有一条暗巷，巷口是一丛绿色的蒌叶。我印象最深的是下雨天，雨水顺着瓦槽流下来，流到最后变成点点滴滴的雨滴，滴在蒌叶上，发出滴滴答答的声响，经过雨水冲洗，蒌叶青翠碧绿，煞是悦目。

曾祖婶是慈祥与亲切的，但是我很怕她家的阁楼，上面放着一个大棺木，听说是她的陪嫁品，我通常不敢在她家里待，只坐在门槛，看着那丛绿色的蒌叶，在微风中微微颤动。偶尔，有人需要用到蒌叶，曾祖婶就会拿着剪刀连枝带叶剪下一段送给来人，剪断之处，不过几天又会吐出新芽，开始成长。生命的生生不息，在这一丛蒌叶身上体现得淋漓尽致。曾经，潮汕地区大多人家的房前屋后都会种着许多蒌叶作为家用。

蒌叶是一种爬藤植物，藤节上生根，有着淡淡的丁香气味，叶片为阔卵形至卵状长圆形。这种植物分布很广，就国内来说，东起台湾，经东南至西南部各省区均有栽培。南亚一带的印度、斯里兰卡，东南亚一带的越南、马来西亚、印度尼西亚、菲律宾和非洲的马达加斯加亦有分布。其茎叶均可入药，能治胃寒痛、风寒咳嗽、疮疖、湿疹等，东南亚、南亚不少民族喜以其叶包石灰与槟榔作咀嚼嗜好品。

其实不止东南亚与南亚，中国岭南一带的先民也喜欢咀嚼蒌叶与槟榔，但是不知道从什么时候开始，随着现代化发展，蒌叶的种植悄然消失，消失得悄无声息，仿佛这个物种从未出现一样，蒌叶消失，食用蒌叶的习俗也逐渐消亡，仅留下一些口头语，证明蒌叶在先民生活中的存在。

“一封朝奏九重天，夕贬潮州路八千。欲为圣明除弊事，肯将衰朽惜残年！云横秦岭家何在？雪拥蓝关马不前。知汝远来应有意，好收吾骨瘴江边。”千年前唐代大儒韩愈的这首诗，流露出对潮地的恐惧，当时的岭南一带，瘴雾弥漫，蛇虫出没。唐代刘恂在他的《岭表录异》里提到了岭南土著避瘴毒的办法：“……自嫩及老，采（槟榔）实啖之，以不娄藤兼瓦屋子灰，竟咀嚼之。岭南地温，不食此无以祛其瘴疠。”这则记载中的“不娄藤”就是蒌叶，一千年前，岭南土著用蒌叶包着槟榔与贝壳灰食用，以此驱逐瘴毒。这个习俗应该是岭南土著与东南亚、南亚一带所共有，时至今日，潮汕人已经不再共食蒌叶与槟榔，但是印度却依然保留这个习俗。

人在印度，随处可以找到卖槟榔蒌叶的小摊：小贩熟练地摊开一片嫩绿的蒌叶，将槟榔果取出来，切成碎片后，蘸上蛎灰，用蒌叶包裹好，将其放进嘴里慢嚼，汁液入胃的时候感觉一片清凉，无比舒服惬意。印度人相信，这有益于清除就餐时摄入的油脂，利于胃部健康。在古代岭南，由于气候湿热，百姓便以嚼蒌叶、槟榔的办法解热毒。

潮汕地区曾经盛产蒌叶，现在虽然见不到大片的种植，但是地方文献中经常可以看到蒌叶的身影。清嘉庆《澄海县志》这样记载：“粤多蒌园，而邑之樟林所产者，可甲东粤。”樟林所产之蒌叶，无论产量或者质量，在广东数一数二。当时澄海象鼻山下一带曾经大面积种植蒌叶，现有地名荖（蒌）巷见证了蒌叶前世的存在，不过此地的蒌叶现在基本绝迹，取而代之广为种植的是林檎。从蒌叶

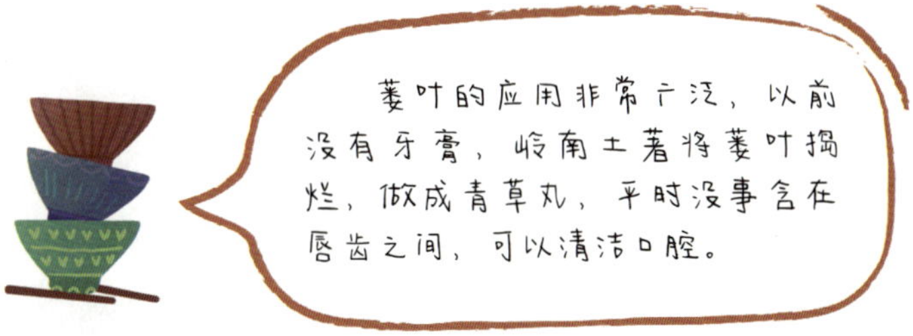

到林檎，中间还曾种植过潮州柑，这个变化颇让人有沧海桑田之感。

“蒌”字与潮汕话“佬”同音，“佬”在潮汕方言中有欺骗的意思，樟林人在日常生活中，如不相信人，便说“你欲‘佬’我？”，对方便会回敬一句“欲蒌找阿应泉”。所谓的应泉姓黄，澄海新陇人，当时独家经营蒌叶。

潮剧《桃花过渡》中唱道：“正月人营安，单身娘仔守空房，嘴含槟榔面抹粉，手提雨伞去觅翁。”可见潮人食用蒌叶搭配槟榔是日常习俗。

而作为药材，蒌叶还能治疗痈毒，在农村医疗不发达的情况下，一旦有人得了痈毒，都会找来蒌叶，将其捣成带黏性的药膏状，涂在痈疽之上，能够药到病除。

潮汕地区盛产蒌叶，日常生活之中亦处处离不开蒌叶。蒌叶出现在歌谣之中，有一首借蒌叶起兴的潮语歌谣唱道：“蒌叶缠蒌枝，亲仔唔如亲夫妻。夫妻挈钱相共使，共仔讨钱实多知。蒌叶缠蒌丛，亲仔唔如亲官人。”此写出了世态炎凉的现实。蒌叶也出现在民俗之中，旧时潮地男女订婚以后，男方要行聘礼时，聘物中须有槟榔和蒌叶。为何要有这两样东西？屈大均《广东新语》解释：蒌与槟榔有夫妇相须之义，食槟榔，必须以蒌叶为佐料，谁也离不开谁。有这样的“相须之义”，行聘用此两物为取其好意头。明嘉靖《潮州府志》说：“亲朋往来，不具酒食，勿以为嫌，不食槟榔，便称简慢。”又记：“（潮俗）喜食槟榔，嫁娶以之为礼。”旧时客人来访，潮汕先民也用它款待客人。

潮汕本土没有产槟榔，因此在一些习俗礼节之中，槟榔不容易寻找，逐渐被一种外形相似的橄榄取代，现在春节及新婚请人尝橄榄，仍然叫“请槟榔”。

潮汕地区的蒌叶因为质量好，远销四方，清嘉庆《澄海县志》记载：“（蒌叶）根香，叶尖，辛而微甜，以火炙干其叶，或盐藏之，可行远。番禺、新兴、阳春之蒌，独不及樟林。”“可行远”意思是可以贩卖到远方，潮州俗语“堵啊堵，堵到漳州府”，就是诉说先民担挑蒌叶到福建漳州贩卖的艰辛。随着社会的发展与变迁，潮汕地区槟榔食俗基本被橄榄所顶替，与槟榔搭配的蒌叶也随之萧条冷落，针对这种情况，潮汕人又产生新的潮州俗语“爱哩蒌，勿哩草”，引申义为需要时很宝贵，不要时却弃如草芥，这句俗语无意中见证了蒌叶种植的衰落。

世事变幻，如白驹过隙，瞬息万变。蒌叶曾经在潮汕人生活之中占着重要的分量，却仿佛一夜之间便消失得无声无息，连同一些与蒌叶有关的习俗。

前些年春节，我回了一次老家，曾祖婶已经去世多年，去世后用阁楼的棺木装着抬到后山入土为安。那丛蒌叶不知道什么时候早就不在了。

如一阵风吹过，那些人、那些事一去便不再来。多情应笑我，从残存的地名、俗语以及与老人有关的记忆中苦苦追寻一丛蒌叶的前世今生。

柒
人间清欢味

乌酥杨梅

清明节过后不久，杨梅就开始上市了。

杨梅上市的时间，我记不太准，记忆里小时候有这么几个场景：清明节去山上扫墓，祖墓前的空地有几棵大杨梅树，挂着浅青色的小杨梅果子，大人们说，清明节后不久会有杨梅吃。然后，到了端午节，杨梅就基本销声匿迹。于是脑海里留下大概的印象，潮汕地区的杨梅清明节前结果，然后成熟上市，到端午节就结束，短短一个杨梅季就过去。四季轮回，时令果蔬，各应季节，分毫无差。

故乡潮汕是出产杨梅的地方，印象最深是潮阳西胪镇内輋村及周边山区一带出产的乌酥杨梅。这种杨梅果实为圆球形，果肉厚而细软，深红得有点发黑。我喜欢将肉嘟嘟的杨梅果轻轻抛起，然后张大嘴巴接着。杨梅掉入口中，唇齿间隐隐感觉到一阵轻轻的反弹，用舌头卷起，推到舌尖，柔软的果刺摩挲着口腔，用牙轻轻一咬，用舌头卷压，杨梅的汁液顿时充盈口腔，然后慢慢吞咽，酸酸甜甜，微微的酸中带甜，精神顿时为之一振。乌酥杨梅还有个特点，其核酥脆，可以连核一起咀嚼吞下，因此被称为乌酥杨梅，盖取其色乌、其核酥脆之意也。潮阳的乌酥杨梅是广东省名优水果，被国家批准为地理标志保护产品。

记忆里，杨梅一上市，市场上摆满一筐筐乌黑的杨梅，到处弥漫着杨梅淡淡的酸甜味。杨梅盛产的季节，气温渐渐升高，夏天已经到来，旧时冰箱以及冷库不常见，因此杨梅不耐存储，必须在最短的时间里销售出去。除了市场上摆卖，大街小巷经常可以听见有人踩着单车沿街叫卖。“杨梅呃——”午后的时光，睡得昏沉沉，听见杨梅立刻垂涎三尺，睡意立消。

来广州之后，很多年没有吃到杨梅了。有时候工作忙，一不留意杨梅季就过去了。有时候好不容易买到了，但是毫无胃口，市场上的杨梅经过长途跋涉，脏兮兮的，汁液横流，见到都皱眉，更别提去吃。因此，杨梅大多数时候停留在儿时的记忆里，每次想起，徒流口水。

踏入农历五月之后，南国的气温越来越高，蝉声开始鸣叫，杨梅又成熟了。昨天在故乡朋友的微信朋友圈中看到摘杨梅的照片，第二天就收到了他快递来的杨梅。拆开快递时，盒子里的杨梅用冰块保鲜，杨梅叶青翠欲滴，仿佛刚从树上摘下，借助现代化的物流与保鲜技术仅一天之隔就能吃到故乡的杨梅。

互联网时代，时间与空间的阻隔逐渐缩小。我们的眼界也在逐步拓宽，许多没有见过的东西可以通过互联网搜索到。吃过很多杨梅，但是从来没有见过杨梅花。在家乡，潮州歌册更是这样唱：“杨梅开花无人知，山伯读书掺英台。”听说杨梅开花是在夜里，花期非常短暂，因此很少人看到杨梅花。

在潮汕地区，有一个关于杨梅花的《姑嫂鸟》传说，这个传说本来是想表达潮汕姑娘精美的绣工，但是因为所绣的是杨梅花，所以无意之中为杨梅花增添了几分美丽神奇的神话色彩。传说很久以前，潮汕地区有一对姑嫂，她们绣工非常好，各种各样的花卉都绣过，唯独没有绣过杨梅花。传说杨梅在夜里开

按照潮汕的习惯，吃杨梅要蘸酱油，大约是酱油能抵消一部分酸味，蘸了酱油之后的杨梅，甜的口味更占上风。

花，而且开花只是一瞬间，很少有人看到杨梅花的样子。姑嫂两人为了绣好杨梅花，三更半夜上山去看花，杨梅花绣好了，忽来一只老虎，叼走了嫂嫂，小姑哭嫂从而变成了一只姑嫂鸟。

在潮州歌册之中，杨梅开花是这样的："问声杨梅花几时放，此时不开待何时。三更敲过天变蓝，月儿骤亮星骤光，前山流泉后山应，苍松欢笑舞东风，黄莺枝头半夜唱，金鸡惊醒误是天光，杨梅园林香千里，万点金花一齐放。金花放，乐煞人，心欢喜，来手慌忙，三次穿针穿不过，错把珠针当银针。叫姑娘快快绣，叫嫂嫂快快描，三更花开花即谢，一寸光阴金千两。叫姑娘快快绣，叫嫂嫂快快描，青枝绿叶扶红蕊，花儿开在花规上。姑娘金线规上穿，千蕊花心欠点红，阿嫂银针点点落，千丛花枝欠一针。"

文学作品总是给人美好的遐想，歌册中的杨梅花十分神圣，但现实生活中的杨梅花是穗状的，并不太漂亮，甚至可以说是不起眼的。我突然有点惆怅失落，在我想象中，杨梅花应该是一种轻盈纯洁、不食人间烟火的仙花，凡人不易见到，但是眼前的杨梅花普通得如郊外的野花。

得不到与见不到的东西总是最美好的，因为存在着想象的美好空间。

杨梅开花无人知。杨梅花悄悄开，悄悄败，不告诉任何人，徒留一段美丽的传说。现代化网络信息技术在为人类带来各种便利的同时，也在无意中逐个戳穿了诗意而古典的意境。在广州，吃着昨天在潮阳山上摘下的杨梅，这种时空的收缩，让人感觉有点惘然。

黄皮汤

南国高温多雨的夏日，水果接二连三上市。先是桃李杨梅，接着是荔枝，荔枝之后是黄皮，黄皮之后是龙眼……一波过了又一波，简直让人应接不暇。小时候特别不喜欢黄皮，皮是苦涩的，薄薄的一层肉，虽然吃起来酸酸甜甜极为可口，但是果核多且大，剥皮去核，颇为烦琐，剩下薄薄一层肉，难过嘴瘾，感觉意兴阑珊，不如其他水果如西瓜香蕉饱口来得实在。

长大了再吃黄皮可就有技巧啦，顺着果蒂之处，将黄皮撕开一道皮口，用嘴对着皮口处用力吸啜，黄皮果连肉带核直接被吸到嘴里，接着舌头一搅，果肉与果核在口里顿时分离，口腔里酸酸甜甜，生津止馋，十分过瘾。果肉落肚，舌头再轻轻推动，淡青色的果核便吐出来了。剩在手里的空皮也随之丢进垃圾桶。嗨，这是多么遗憾的一件事，黄皮黄皮，顾名思义，其食用价值在皮不在肉，而这又苦又涩的皮，怎么吃得了？生吃黄皮的时候，在享受嘴瘾的同时，恰恰把最有食用价值的外皮给丢弃了。

民谚云，饥食荔枝，饱食黄皮。意思是，肚子饿时，可以吃荔枝，肚子饱了之后，可以吃黄皮。黄皮有行气消食的功效，能助消化。

著名的“潮州三宝”之一黄皮豉就是以优质大黄皮果为原料，用传统腌制工艺精制而成。黄皮果比较急性，摘下来后若没有及时吃，不到三五天就会变质烂掉，而经过腌制或者制作成蜜饯的黄皮豉可以存放更长时间，同时还具有行气消食化瘀等功效，用开水泡开来喝，酸酸甜甜，口感极好。

作为岭南佳果，岭南大地的人民熟悉黄皮这种水果的个性，有许多种食用方式，除了剥皮生吃、腌制泡水，还有一种让黄皮比较难堪的方式——当佐菜，或者当汤料，这简直不把黄皮当水果，让堂堂的岭南佳果情何以堪！广东人最喜欢汤水，新鲜黄皮果洗净去核，用来跟排骨或瘦肉、鸡肉一起煲汤，黄皮的酸甜与骨肉的甜质结合，煲出来的汤水甘甜爽口，因为连皮一起煲汤，所以汤水也有黄皮应有的药效，夏天喝这道汤，解暑解渴又可口。

此外，黄皮还可以搭配鸡肉、排骨，或蒸或焗，各种地方特色佳肴应有尽有。黄皮与肉骨搭配，能消去肉骨肥腻，提升口感。民以食为天，岭南人民不把黄皮当水果，但是却把黄皮推进厨房，最后端上饭桌，上了大雅之堂，这何尝不是对黄皮果的一种推崇呢！

樟林林檎

澄海樟林特产林檎，我却是在潮阳吃到的。

有一年国庆期间，我应邀回潮阳参加潮阳文协举办的终南读书会活动，澄海的娜姐听说我回潮汕，专程从澄海驱车来潮阳相聚，本来约好了一起吃晚饭，及至我入住酒店时，她却突然发来微信语音，说晚饭赶不过来，让我们先吃。但是她特别交代，不要吃得太饱，饭后她会带来好东西。

一直疑惑娜姐究竟会给我们带来什么好东西，晚上八点多，她风尘仆仆从澄海赶到潮阳，门开时，她提着一篮子东西笑嘻嘻走了进来，拨开篮子上面的绿色树叶，一个个硕大的林檎露了出来。时下正是林檎成熟的季节，娜姐专门请人去林檎地里采摘树顶熟的林檎，路上耽搁了点时间，因此赶不及一起吃晚饭。

“赶紧吃，都是树顶熟的，你们在其他地方吃不到。”娜姐催促说，熟透的林檎存放时间很短。

一个个拳头大小的林檎，长满了疙疙瘩瘩，极像释迦佛头，因此林檎也被雅称为佛头果、释迦果。熟透的林檎有点软，小心翼翼托在手里，唯恐一下子烂掉。轻轻地摘掉蒂枝，沿着蒂根处掰成两半，接着再掰成四小半，奶黄色蛋糕状的林檎果肉呈现在面前，一阵林檎特有的甜美芬芳果香扑鼻而来。果肉入口，舌头在口腔里搅动，但觉甜腻如蜂蜜，果然风味独特。林檎是聚生果，一个果实中有很多小果瓣，每个果瓣里均有一颗乌黑晶亮的小核，仿佛是防止食客暴殄天物，让食客不能将果肉三两口吞咽落肚，而需慢品细嚼，然后悠闲地将其一一吐出来。回想起《西游记》里猪八戒囫囵吞噬人参果的粗暴镜头，林檎的这种虔诚吃法让人有一种尊天敬地的仪式感。

这是我第一次吃到潮汕本土出产的林檎，一个吃不够，跟着又吃了一个，感觉从口里甜到肚子里。原来娜姐微信里交代“晚饭不要吃得太饱”，是想让我多吃点林檎。

“林檎真好吃！”我赞道。

因这一件事，樟林林檎给我留下了极好的印象，后来我到澄海时，还专门到林檎的种植地去采风。樟林是红头船的故乡，林檎是其特产，尤其樟林北郊一个叫荖巷的地方出产的林檎最负盛名。

林檎其实是舶来物种，与《本草纲目》所说的林檎不同，其学名叫番荔枝。《岭南杂记》载：“番荔枝大如桃，色青，皮似荔枝壳，而非壳也。头上有叶一宗，擘开，白瓤黑子，味似菠罗蜜。”后世经过科学的检测，林檎富含果糖、矿物质、蛋白质和多种维生素，具有极强的抗氧化作用，据说可以延缓肌肤衰老，有助于皮肤美白，深受女性欢迎。同时，林檎虽然含糖，却具有激活脑细胞和降低血糖的功效，对糖尿病患者是个福音。

林檎树是一种小乔木，最高可达2米多，需种两年后才能结果。通常是清明前后发新叶，继而绽蕾开出似鹰爪的淡黄绿花，夏至即可见果，中秋前后是林檎上市的旺季。每到此时，当地村民在乡道上自发形成市场，天刚晓，一筐筐林檎摆放在路旁，来买林檎的商贩络绎不绝，个头饱满的优质林檎很快售罄。中秋当地林檎一斤最高卖到四五十元。

林檎浑圆如珠球，以果形外观的疙瘩圆大为优，除了树上熟透了的之外，大多数林檎摘下来之后不能立刻就吃，与香蕉、柿子一样，必须放上几天转化为熟果才可以吃。当地传统的做法是将林檎放入稻谷里埋起来，大约三天之后就能转熟。作为樟林特产，林檎的种植面积不大，产量不大，再加上不耐运输，旧时只能在周边一带流通，远一点地方的人难以有口福吃到樟林出产的林檎。是以林檎在潮汕出产，但是很多潮汕人并不认识，甚至有的潮汕人对这种产于本土的水果都没听过。因为珍稀，有的食客买到林檎也不懂吃，闹出一些笑话。有的人买到林檎之后，以为跟苹果一样切开就能吃，有的买到成熟的却以为是烂掉的，随手丢掉，各种趣事迭出，皆因对林檎的不了解。

林檎在海南、广东、广西、云南、台湾等地均有种植，但是樟林所产的林檎因其个头饱满，含糖高，口感犹甜，被列为上品。林檎来自海外，它落户

樟林，与当地历史文化与人文地理息息相关。樟林港处在现在的潮安、澄海、饶平、南澳四县（区）交汇处，这里得天独厚，海阔江宽，早在宋代便是潮地东部的盐业中心。明永乐年间，郑和下西洋开辟了航路，广东沿海地区的农民纷纷沿着这条航线下南洋。明万历年间，近海渔业大有发展，樟林港迅速成为“渔鲜盈市”的埠头，声名远播。樟林港兴起后，逐渐成为潮汕人出海下南洋的一个重要起点。

大明鲸落之后，满洲人入关，当时台海有郑成功，海外也有很多明朝残余的抗清势力，清朝为了维护统治，曾经有一段时间在沿海实行海禁。台湾收归中国版图之后，国内各种反清力量逐渐肃清，政局逐渐稳定，清廷遂开海禁，于是沿海各省商贾渔船，来往更加频繁。当时沿海各地的船只以颜色区分，广东的船只船头涂红，是为红头船。潮人的红头船队浩浩荡荡，扬帆出海，成为旧时樟林港的一大风景。潮人先辈从这里出海，在海外有了发展之后又从这里登陆归来。200多年前，樟林旅居泰国的华侨带来了林檎树种，种植于樟林茬巷一带，经过当地人的探索，逐步扩大种植，成为樟林的特产。

据记载，樟林真正大规模种植林檎是在一百年前，当地茬巷一带原本种茬叶（蒌叶），而后蒌叶的市场需求萎缩，当地人改为种柑，1918年戊午正月潮汕大地震，祸不单行，四年后，1922年壬戌风暴潮，樟林一带的柑园大遭破坏，茬巷一带又改种林檎。樟林林檎的成片种植、大量生产，于此时开始。林檎性喜阳光，宜植于松软的沙质冲积土。樟林地处韩江三角洲，背山面海，土质优良，这里阳光充足，雨水均匀，茬巷的井仔泉一带为黄土细砂，松软疏水，下面又有贝壳层，风日俱佳，与林檎生长的要求相适应，历经半个多世纪的种养，到了1986年，樟林林檎获得了“广东省优稀水果优质品种奖”。

从泰国舶来的林檎，逐渐落户成为樟林本土的特产，饮水思源，吃林檎果不由想起了大洋彼岸的泰国。潮汕平原因为历朝历代中原战乱而成为北方移民的福地，向来人多地少，为了生存，人们乘坐红头船漂洋过海谋生，远隔重洋的佛国暹罗敞开宽阔的胸怀，接纳来自潮汕的先民，近千年来，移民的潮汕人带去了潮汕族群文化，融入泰国，勤劳拼搏，成为他国国民，在泰国的政治、经济、文化等方面均有建树，泰国的物品以及文化习俗也随着潮人的回流传到潮汕，樟林是潮汕的口岸，林檎有幸在此生根发芽，犹如己出。走出去落户泰国的潮汕人，传进来植根澄海樟林的林檎，一棵树与一个族群的繁荣，都因为找到了适合生存的天地。

邹堂梨脯

孩提时代，家中小妹因热毒，后背长着密集的红色痱子，常常半夜啼哭，根据乡下的土方，那时父母经常会拿出一个羚羊角，用锋利的刀片轻轻地从角上刮下屑沫，用水给妹妹冲服，以解热毒。因为记忆里有这么一个画面，后来我喝了邹堂梨脯水之后，立刻能够理解“邹堂梨脯干，唐山土羚羊”这一对应的关联，梨脯干与作为中药材的羚羊角都具有清热解毒的功效。现在羚羊已经被列为保护动物，羚羊角也基本不再使用，而数百年来邹堂的梨脯水却依然在煲，有酸，也有甜，酸与甜交融，仿佛为人们讲述一个人生的哲理。

南国五月，揭阳艳阳高照，端午将到，江边的村落都在训练赛龙舟，闷热的天气里偶尔传来龙舟鼓的咚咚声与健儿的吆喝声。在古城参观时，经过揭阳市地都镇政府的一个特产展示档口。近几年来，揭阳文旅发展火出圈，大批外来游客涌入揭阳，揭阳古城成了一个重要的新晋旅游胜地。当下，揭阳市政府正加紧修复古城，地都镇政府率先在古城设置了一个档口，专门向外来游客展示地都镇的各种特产。

地都镇我还没有去过，但是产自地都的青蟹、冬菜我却在广州多次吃到。展示厅通过文字、图片、样品，详细地展示了地都蟹与地都冬菜、地都钱岗蚝、地都邹堂梨脯等特产，商品琳琅满目，摆满了展示厅。每一种产品都以“地都”冠名，说明其独特且不可替代的地域性。工作人员端上来一杯黑乎乎的饮料，正是当地的梨脯水，入口酸酸甜甜，调入了红糖，淡化了酸味，更觉十分可口。此刻的热毒天气，走路走得口干舌燥，来这么一杯饮料，无异天降甘霖。

梨脯是用产自地都镇邹堂一带的青皮梨，运用中医三蒸四晒的炮制方法制作而成。梨脯呈深黑色，用来煲水具有清热解毒的功效。（黄琳/供图）

梨脯的制作在当地有数百年的历史。说起地都镇，这真是一个神奇的地方，小小一个镇，出了许多特产。地都位于榕江下游北岸，刚好地处揭阳、汕头、潮州三市交界处，背倚桑浦山，地势北高南低，丘陵岗地遍布，有山、有水、有平原、有丘陵，值得一提的是，北回归线横跨全境，阳光充足，雨量充沛，土地肥沃。同时，这里又临近榕江出海口，咸淡水在此交汇，独特的水质，是钱岗蚝与青蟹繁殖的好地方。广州有很多潮汕砂锅粥，其中地都蟹粥是最出名的，一碗鲜甜的蟹粥，再搭配一碟咸香的地都冬菜，让食客时常回味。可以说，一锅地都蟹粥，支撑了许多揭阳的乡亲在外发展。梨脯是用产自地都邹堂的青皮梨制成，这种梨只有邹堂能产，出了邹堂再无此佳果。

地都的邹堂是一个统称，古称邹堂十八乡，范围包括当地十八个乡村。邹堂郑氏自南宋末年到此开村，距今八百多年，历史底蕴深厚，世代书香门第，通过耕读走出了许多文化人才。根据当地的传说，明代嘉靖年间，邹堂人郑旻考中进士，往四川赴任时，将四川省苍溪县的雪梨移植到家乡栽种。雪梨从巴蜀来到潮汕，竟然落地生根，开枝散叶，每逢梨花盛开时节，满树银雪，一片芬芳，结成的梨果皮青蒂软，肉白汁多，遂成当地特产。

我想起岭南特有的荔枝被移种到四川，并在四川广为种植，使四川成为我国荔枝重要的栽种区域，四川省苍溪的雪梨来到潮汕的邹堂，也能发展成为本土特产，甚至直接冠上“邹堂”之名，大约因两地都同属于亚热带季风气候，夏季高温多雨，冬季温暖少雨，是以两地植物能相互移种吧。

青皮梨落户邹堂数百年，当地水土气候适合其生长，每到结果时，一个梨有一斤多重，可以直接生吃，甜脆多汁。为了梨子的长久保存，当地人发现青皮梨切片之后经过三蒸四晒的炮制工艺会失去大部分的水分，变成梨脯，质地柔软，酸甜交融。变成梨脯后，梨子本身具有的润肺生津与清热解渴等功效依然存留，对于咽喉痛或是熬夜上火等症状可谓良药。

鸦片战争之后，许多潮汕人为了谋生，纷纷下南洋。邹堂梨脯因为具有一定的药效，且便于携带，随着潮汕人的迁徙传播到了南洋各国。东南亚是热带雨林气候与热带季风气候，全年高温多雨，很多初来乍到的潮汕人一不小心就会中暑、上火，用从家乡带去的邹堂梨脯煲的水，成了最好的解药。是以在海外潮汕华侨之中，有着“邹堂梨脯干，唐山土羚羊”的说法。

俗话说饮水思源，凝望一杯酸甜的梨脯水，不由想起了将雪梨从四川引种到邹堂的郑旻。邹堂人郑旻通过科举考试，踏上了仕途。他是历史上记载的清官，从潮汕去到北京，初入官场，谢绝了严嵩的拉拢。当时皇宫的皇极殿、中极殿、建极殿三殿准备修缮，郑旻被委派负责这项工程，严嵩想借机陷害郑旻，不料郑旻谨慎办事，小心应对，最终圆满完成三殿修缮工程，获得朝廷嘉奖，升为兵部武选司员外车驾郎中。他在出任大名府知府时，谢绝当地官绅的送礼，同时发现“马地银”的弊端。“马地银”是明代的一种杂税，地方政府划出一部分土地作为养马的场地，当地百姓必须按照这些马地的面积向官府纳税，地方官绅根据“马地”项目再作弊加码，盘剥百姓。

郑旻了解到这个情况之后，大胆向朝廷请旨，废除“马地银”，减轻了百姓的负担，受到了百姓的拥戴。他在归德府任职时，当地盗贼横行，但是地方官兵力量不足，郑旻便依靠群众，发动地方百姓，大力招募乡勇，通过官民合力，最终扫荡贼寇。稳定了地方治安的同时，郑旻还引导当地民众发展农桑与商业，推动地方经济发展。郑旻在担任贵州提学使、山西学政时，精选教员，改革教育，使两省尊师重教之风盛行，教育事业蒸蒸日上。明万历四年（1576年），郑旻任贵州布政使，但因积劳成疾，最终病逝任上，贵州的名宦祠为他设牌位供祀。郑旻曾经在隆庆元年（1567年）出任四川按察使司按察使，负责全省的司法监察等事务，也正是这样的缘分，他将四川苍溪的雪梨移植回故乡。

通过这样的梳理，一个清官的形象便树立起来。古人云，当官不为民做主，不如回家卖红薯。郑旻廉洁勤政，为民做主，鞠躬尽瘁，他不用回家卖红著，但将一棵雪梨移种回家乡。我仿佛看见几百年前的郑旻穿着明朝的官服，手捧一枚大青梨，满脸含笑地站在梨树下，笑迎四方来客，梨树苍翠，挂满硕果，人与树相互映衬，有风吹起，轻轻地吹拂他的长须。

我想起当地人将青皮梨称为“郑子梨”，古人将有学问有道德之人尊称为“子”，郑子正是对郑旻的尊称，家乡人民仰望郑旻的德行与学识，以之为傲，青皮梨是他所移植，所以以郑子之名称之，世代流传至今。

邹堂梨韵，世代流传。一杯水，一棵树，一个人，仿佛穿越时空，就这样紧密联系在一起。前人懿德，借助一棵梨树，代代相传。喝下一杯梨脯水，暑气消退，身心俱爽，仿佛亲身聆听了先贤教诲。

枇杷

每天下楼梯时，小区一楼栏杆外一棵高大的枇杷树总是引人注目，每次经过，心中不由自主地默念明代文学家归有光《项脊轩志》结尾那几句催人泪下的句子：“庭有枇杷树，吾妻死之年所手植也，今已亭亭如盖矣。”项脊轩是归有光的书斋，庭院之中有一棵枇杷树，是归有光在妻子去世那年所种。归有光写这篇文章的时候，妻子已经离世多年，枇杷树已亭亭如盖，每次看到，便触发“树犹如此，人何以堪”的感慨，文章结尾短短几句话，不言情而情无限，言有尽而意无穷。

这篇文章几百年来影响很大，入选了中学课本，记得那时考试的阅读理解题经常会用到这篇文章，因此文章内容在我们这一辈中几乎是深入人心，以致我看到枇杷树，总觉淡淡的伤怀。偏偏我入住的这个社区种有芒果、菠萝蜜、枇杷等十几种果树，又偏偏枇杷树长在我每天都要经过的楼道边。

枇杷树是一种四季常绿树木，原产中国东南部，浙江杭州市余杭区、苏州东山和福建莆田盛产枇杷，为中国三大枇杷产地。枇杷树的叶子大而长，厚而有茸毛，呈长椭圆形，状如琵琶，树高可达数米。

枇杷是一种有个性的水果，秋冬时节，当其他树木树叶已经凋零或者果子成熟准备收成的时候，枇杷树却在这个寒风肃杀的季节之中开花，似乎开得比其他树慢，而到了来春或者初夏，枇杷果开始成熟变黄，在枇杷收成的时候，其他树却正准备开花，从这方面来看，它又领先一步。这一幕感觉非常有人生哲理，生命是一个历程，先与慢都是相对而言，没有绝对的先，也没有绝对的慢，在某些方面领先了，必定会在某些方面落后。世事如此，没有十全十美。

因为是常绿树木，枇杷的树叶在秋天不会凋零，到了冬天却冒寒开花，在来春暖和的季节结果，枇杷果被夏日蝉声催熟，一颗果实历经了四季，世人因

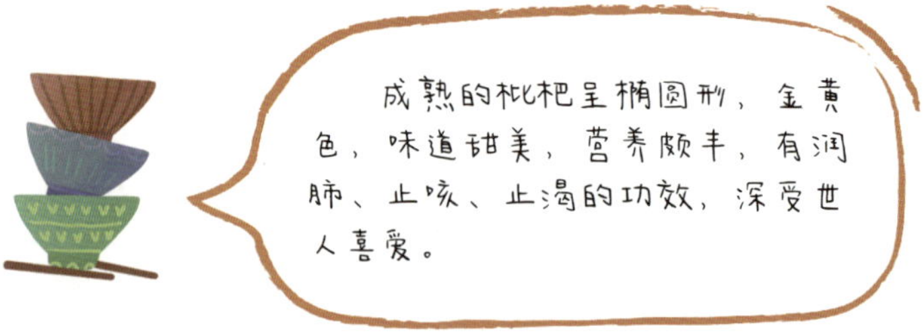

此认为枇杷是集四季之气、承四时精华的果实。

枇杷好吃，但是唐宋以来，一些家庭的庭院不会栽种，因为一个女人种过。这个女人叫薛涛，她是一位有才华的女子，有人将她与蜀中才女卓文君比肩，后人又把她与李冶、鱼玄机、刘采春并列，称为“唐朝四大女诗人”。

那薛涛原本出身官宦之家，父亲在朝为官获罪后，薛涛沦为营妓，凭借“容姿既丽”和“通音律，善辩慧，工诗赋”，与当时诗坛著名诗人白居易、张籍、王建、刘禹锡、杜牧、张祜等均有来往。唐代贞元元年（785年），中书令韦皋出任剑南西川节度使，薛涛奉命在酒席上赋诗：“朝朝夜夜阳台下，为雨为云楚国亡。惆怅庙前多少柳，春来空斗画眉长。”这一首即席所赋的《谒巫山庙》让韦皋惊叹不已，此后薛涛成了他的校书。校书主要负责公文撰写和典校藏书，按规定，只有进士出身的人才有资格担当此职，比如大诗人白居易、王昌龄、李商隐、杜牧等都是从这个职位上做起的，薛涛以风尘女子的身份出任校书，实属罕见。

然而，有才华的人，性格绝不从俗，薛涛终因“性亦狂逸”，为韦皋所忌，被发配到四川西南边陲，在生命的低谷历经磨难，薛涛孤独地忏悔自己的轻狂与张扬之后，被赦罪召回成都。不久，她脱去乐籍，成为自由身，寓居于成都西郊浣花溪畔。在她的居所，薛涛在院子种满了枇杷树，枇杷开花的时候，正是肃杀的寒冬，薛涛在枇杷树下感悟人生，开始生命的另一个历程。

百花丛中，名贵花木为数不多，枇杷一年四季常绿，郁郁森森，枇杷开花也不好看，含苞的枇杷花为黄褐色或灰棕色绒毛，如一团生锈的烂铁，盛开的时候，在黄绒绒中展开白色花瓣，薛涛为何偏偏选中了枇杷？我想大概是枇杷树不遵循百花时令的脱俗与薛涛骨子里的狂逸是一致的吧。薛涛爱种枇杷，诗人王建在《寄蜀中薛涛校书》诗云："万里桥边女校书，枇杷花里闭门居。扫眉才子知多少，管领春风总不如。"因为薛涛是烟花女，后世称其所居为"枇杷门巷"，枇杷让人想起烟花女，是以世人对枇杷的种植有所忌讳。

无独有偶，明末广州有位琴棋书画样样皆通的名妓叫张乔，去世以后满城一百多位文人墨客为之送葬，送葬者每人拿着一种花木，种在张乔的墓前，张乔的墓冢也被称为百花冢。张乔年轻而有才情，一直深陷烟花地自伤，逝世之后，其爱侣彭孟阳帮其从烟花籍中除名，是以一百种花木之中，没有枇杷，正是为张乔避嫌。

回过头来再看明代的归有光，不但不受"枇杷门巷"的影响，在书斋庭院之中种了枇杷，而且在文章里写到了枇杷，让枇杷与文章一起流传。自古文人均为风流客，大多与烟花女有所来往，烟花女大多经过严格培训，琴棋书画样样皆通，深受文人墨客青睐。如薛涛去世之后，朝廷宰相段文昌为她亲手题写了墓志铭，墓碑上写着"西川女校书薛涛洪度之墓"，张乔在生的时候，礼部右侍郎陈子壮回到广州每逢宴会必召张乔作陪，是以归有光作为文人对枇杷并不忌讳。

想不到我生活的小区里也种有枇杷，枇杷树郁郁森森，每天伫立在楼梯口，上下楼梯均会看到，出门它远送，归家它欢迎。植物本无心，红尘中人有意。枇杷之于薛涛，成了烟花女身份的象征；枇杷之于归有光，成了对亡妻思念的寄托；枇杷之于张乔，成了不可说的忌讳；千百年的岁月远去，枇杷之于我，却成了家中老母的象征。

小区楼梯口的枇杷树，枇杷树边的家，家里的老母。那枇杷有止咳平喘功效，本来无意做广告，但是说起枇杷会想起一种叫念慈菴的枇杷膏。清代康熙年间，一个叫杨谨的，他幼年丧父，母亲长期辛苦劳作，得了肺弱咳嗽的病。杨谨四处寻访名医为母亲治病，终于从神医叶天士那里得到了蜜炼川贝枇杷膏的药方，治好了母亲的病。枇杷叶是川贝枇杷膏的重要成分，有润肺化痰、止咳平喘的功效。此后世间流传有念慈菴枇杷膏，念慈念慈，挂念慈母，感念老母养育恩德，于是想起枇杷，就想起前人伺候老母的温馨场面。

随君敬想，枇杷无语，每天伫立楼道口。

甜橙

寒夜，朋友来访，带来一箱江西脐橙。昨天还挂在江西赣州某地树上的脐橙，采摘后装箱，通过现代化物流来到广州，现在摆在茶桌上。

脐橙新鲜，灯光下隐隐散发出橙果特有的芬芳。时已入冬，南国广州的夜微凉。利刃剖开橙果，满室香甜的橙香。新鲜的橙果汁液饱满，带着微微的凉意，入口更觉清甜可口。

突然想起宋代周邦彦写的一首词：“并刀如水，吴盐胜雪，纤手破新橙。锦幄初温，兽烟不断，相对坐调笙。　低声问：向谁行宿？城上已三更。马滑霜浓，不如休去，直是少人行。”古典的诗意中，仿佛有一阵橙子的香味迎面袭来。此时此刻读周邦彦的这首《少年游》，颇感温馨、应景。

这首词写的是一对男女共吃橙子的温馨场面：并州出产的刀光洁如一泓秋水，用来剖开橙子，吴地出产的盐洁白如雪，用来作为佐料。美人端庄素雅，用她的纤纤细手掰开了新上市的橙子。此刻，室内华美的帐幔轻轻低垂，兽首的香炉袅袅，散发着阵阵香烟，男女两人相对而坐，女子轻轻地吹奏笙曲。夜深了，男子起身告别，女子低声问：你今晚去哪里入宿呢？现在城楼更鼓已经打了三更，外面寒风凛冽、路滑霜寒，很少有人行走，你，不如就别走了吧？

这一幕真让人羡慕，语气委婉，词中提到了橙子，活生生为这首词增添了一种芬芳的气味，读罢真是余味无穷。新鲜的橙子撒上盐粉，酸与甜的味道调入咸，自有一番甜美。时至今日，日常生活中，经常有人用盐来蒸橙子，据说可以止咳，算是民间的偏方吧。但是不知道为什么，后来看到橙子与盐，脑海里即刻浮现周邦彦的这首词。

中国很多水果都是自域外引进，橙子却是中国本土的水果，橙树主要分布于中国南方。15世纪初，橙子从中国传入欧洲，至15世纪末传入美洲。时至今日，在北欧一些地方，有人甚至将橙叫作“中国的苹果”，可见橙子深深打上了中国的烙印。

橙子除了作为水果食用，还可以医用。橙子含有丰富的维生素，对人体新陈代谢有明显的调节和抑制作用，可增强机体抵抗力，尤其能解鱼蟹毒，现在酒楼的宴席，如果有人醉酒，酒楼会切一个橙子作为醒酒水果，这是因为橙子含有大量维生素C和胡萝卜素，可以抑制致癌物质的形成，还能软化和保护血管，促进血液循环，降低胆固醇和血脂。

在秋冬时节，尤其是病毒感染高发的时期，病毒通过飞沫传播，通常会引起咽喉的炎症，表现为嗓子疼痛，甚至连咽口水都会如刀割一般疼，即所谓的刀片喉，这时候家里的长辈通常会启用蒸橙的偏方。经过盐蒸的甜橙，药效胜于生吃。橙子清洗干净后，沿着三分之一的位置切开，在切口撒入盐粉，再合起橙果放到蒸锅里蒸熟。蒸熟透的橙果用汤匙挖出果肉与橙汁，热乎乎的橙汁与橙果，带着淡淡的咸味进入喉咙，暖暖的，喉咙的干痛顿时为之缓解。人有生老病死之厄，此刻的橙果，消灾解厄，真的如救苦救难观世音菩萨的甘霖啊。

寒夜脐橙甜如蜜。安静的夜，心安气定地享用一个脐橙。甜橙，既能消灾解病痛，也有回想起仍觉温馨的千年前的古典诗意。

潮汕话“橙”与“情”同音，因此橙子尤其受欢迎。一般过门做客所买的水果之中，都会有苹果与橙，苹果寓意“平安”，橙，寓意“情”。平安，有情，代表着满满的诚恳之意。

黄边鸡心柿

穿越钢筋水泥楼宇密集的都市，来到广州市黄边村一个叫作长头岭的地方，那传说中的无核鸡心柿在秋风的吹拂下，微微颤动。时过中秋，当地人有用柿子拜月的习惯，柿子已经摘了过半，剩下的一半准备在重阳节用来孝敬村里的老人。昔日漫山遍野种满鸡心柿的黄边村，在都市现代化的洗礼下，仅剩下长头岭保留了原来的风貌，种植了几十棵鸡心柿。

黄边村位于白云山西边，汩汩的白云山泉水，从山上流淌到山下，滋养了一方风物。以前的黄边村不仅种植传统的水稻、蔬菜等作物，其出产的无核鸡心柿更是享誉四方。果木的繁衍必须依靠种子，黄边村的柿子是没有柿核的，移植必须依靠嫁接。

柿子树是深根性树种，又是阳性树种，喜温暖气候，需要充足阳光和深厚、肥沃、湿润、排水良好的土壤，柿子树多数品种在嫁接后三四年开始结果，十年后达盛果期。黄边村种植柿子树已经有200多年的历史，柿子树最开始是本村果农从萝岗引种过来的，由于黄边村是沙质红壤土，更加适宜柿子树生长，结出来的果实非常甜滑可口。一开始的时候，这种柿子还是有核的，后来因为栽培方式的不断改进以及土质结构的改变，柿核慢慢退化了。根据黄边村鸡心柿无核的特点，当地流传着一个神奇的传说。传说黄边村所处位置的地下，有一条地龙，这条龙专门偷吃农民种植的柿籽，柿籽经过地龙吞食之后，再从地龙肚子里排放出来，发芽、长成树，开花之后，结出来的果实全部没有核了。

传说固然无稽，却也为鸡心柿增添了几分神秘的色彩。地下有龙，说明黄边村地理好，昔日的广州北郊，随着地铁的开通，逐渐成为市区的一部分，高楼大厦与厂房都盖起来了，经济发展越来越繁荣，而鸡心柿却越来越少，坐在古老祠堂门口的老人，眼见昔日农田逐渐变成了钢筋水泥群，农耕的辛苦劳作已经成为往事，他们心中欣慰却又落寞，昔日家园渐渐远去，鸡心柿也逐渐消亡。“鸡心柿要绝种了！”老人们痛心地说。近些年来，为了留住鸡心柿这个本地曾经享有盛名的农产品，黄边村对村里一棵老柿树进行嫁接，然后在当地长头岭择地种植了几十棵鸡心柿。经过嫁接的鸡心柿落地之后长得旺盛，两年来获得了大丰收，每棵树的产量有几十斤，黄边村将这些柿子摘下来，专门用来孝敬全村的老人。

柿果的品种分为甜柿和涩柿两类，甜柿果实成熟后在树上可完成脱涩，摘下即可脆食，涩柿成熟后仍有涩味，需经不同的方法脱涩后方可食用。鸡心柿属于涩柿，摘下不能即刻就吃，当地村民总结了经验，用稻草或松针叶子把柿子一层一层盖起来，或者把它和梨一起埋在叶子中，放上几天之后，柿子吃起来就没有涩味了。

每年农历八月中秋前夕，是鸡心柿的季节，但是随着几年来气候的变化，鸡心柿的成熟期略为滞后，要拖到九月初九重阳节。鸡心柿是没有核的，这种

成熟的鸡心柿与众不同，丹红色，小个子，大小如圣女果，托在手心里显得玲珑精致，入口即化，清甜无核。

柿子果型像鸡心，吃起来甜滑可口，据说还有清心润肺的功效，最适合老年人吃，因此鸡心柿常用来孝敬老人。

2009年，我来到黄边村采访，听说当地的特色产品黄边鸡心柿已经绝迹，曾经一度感慨。后来突然见到绝迹多年的鸡心柿，不由让我感到惊奇与欣喜。农村逐渐变成城市，城市一年年在发展，道路修起来，高楼建起来，而传统的东西也在逐渐逝去，这是一种趋势与必然。在城市化发展的过程中，许多农耕时代特产失去了独特的种植土地而消亡。地标性的作物不可复制，在黄边村城市化的过程中，鸡心柿也逐渐消失，但是让人欣喜的是，黄边村能够从寸土寸金的土地之中，腾挪出部分让鸡心柿生长的空间，同时用鸡心柿敬老的行为更是值得弘扬。

鸡心柿可以嫁接，但是乡愁不能。城市化发展也可以与传统共进，黄边村的过去怎么样，迎风招展的鸡心柿会无声地告诉你。对于当地人来说，鸡心柿是当地乡土文化的根，是全村人的乡愁，没有鸡心柿的黄边村是断层的，在城市的钢筋水泥中留住黄边鸡心柿，就留住了全村人的乡愁。

芽笼榴莲

每次到新加坡，为了方便出行，都是住在新加坡东部的Lavender（劳明达）地铁一带的酒店。劳明达的英文本意是薰衣草，一种芳香的花。薰衣草芬芳，闻之让人心安，有助于睡眠。据说起这个香喷喷的名字可以压住异味，什么异味不清楚，但是附近却有一股自芽笼传来的异味——榴莲之味。芽笼有榴莲一条街，在这里每天都可以吃到从马来西亚运过来的各种品种的新鲜榴莲。

芽笼是新加坡一个比较复杂的地方，早期很多华人在这里聚集，来自中国各地的族群在这里以家乡的名字设立会馆，可以说是会馆林立之地。有了会馆，各地的移民也将家乡的神明信仰带到这里，道教的，佛教的，还有各种民间信仰的神明庙宇。人气一旺，各式附带的服务也就多了，当地人将芽笼形容为一个庙宇多、会馆多、美食多、红灯区多的地方。有一部电影叫《芽笼》，讲述的便是芽笼一带的医师、妓女、小贩、政客、皮条客等不同阶层的人，他们或是为情或是为利或是为权，在这里上演了一场追逐与杀戮的血腥故事。人世间各种悲欢每天在这里上演，散发出一种难以言明的滋味，混着榴莲的气息，在新加坡的上空飘荡。

芽笼有很多低矮的南洋传统骑楼，卖榴莲的街巷，骑楼下的店铺榴莲堆积如山，按照品种归类，按照卖相摆放。新鲜的榴莲呈深绿色，长满了利刺。世间之物，越是柔软的东西，越需要一层坚硬的外壳来保护自我，比如乌龟、螃蟹、龙虾，一旦卸去外壳，便成了人类餐桌上一道柔软的美食。剥开坚硬而带刺的榴莲壳，里面便是金黄色柔软的榴莲肉。榴莲壳一经破开，散发着阵阵特殊的气息。这种气息，有人喜欢，有人不喜欢。有人恨之入骨，有人品之甘如饴。因此，世上的人大约也分成两类人，一种是喜欢吃榴莲的，一种是不喜欢吃榴莲的。

我是属于喜欢吃榴莲的，所以每次来新加坡的时候，我会从劳明达坐一站地铁来到芽笼。到榴莲档，自己挑一个满意的榴莲，然后找个位子坐下。不用一支烟的工夫，档主即刻将榴莲剥开，将金黄色的榴莲肉掏出，堆放一个盘子上。坐在路边，昏黄色的灯光照下来，车辆在身旁的马路上来来往往。如此的真实，有时候脑海里也会闪过电影里的一些镜头，但思绪很快就被身边的叫喊声拉回现实。

来吃榴莲的很多是从中国来的游客，有时候一来就是十几二十人，围坐一桌品尝榴莲，也有来自其他国家不同肤色、不同民族的游客，大家各取所需，凑成一桌坐着，一边吃着榴莲，一边开心地聊着天。每当此刻，我总是想，世界上那么多纷争，其实只需一个榴莲，大家便可以和平共处。这个场景，偶尔也让我想起广州街头的大排档，一群人喝着啤酒吃着宵夜，开怀畅聊。

跟去饭店吃饭一样，一个人或两个人最难点菜，几个人才可以多点一些菜式。吃榴莲也是这样。去芽笼吃榴莲最好约上三五人，一起浩浩荡荡前去，每人挑一个品种，剥开，吃肉，每个品种的味道都尝试一下。芽笼的榴莲品种很

榴莲入口，口感柔软，有的味道略苦，让人回味，有的味道略淡，清而甜蜜，有的纤维多一点，有的纤维少一点，很多入口的细微感觉，都要靠各人用心去品尝。

多，摆放整齐，堆积成山，猫山王、黑刺、苏丹王、青尼、金凤等等，各种类别的榴莲牌子挂在榴莲堆上，令人眼花缭乱。

如果要同时品尝不同品种的榴莲，则需要注意先后顺序，否则口感会大打折扣。人类的口感是非常挑剔的，有时候为了追求入口那一瞬间的感觉，不惜豪掷千金。烹调同一样食品，火候过了太烂，火候未到则太硬，就是要恰到好处的那一瞬间。

榴莲肉基本是黄色，有的浅黄、淡黄、金黄、深黄，滋味也从淡到浓，从甜到苦，因此吃的时候要按照从浅黄到深黄的顺序吃，这样无论视觉还是味蕾都可以品尝出榴莲滋味之妙。猫山王榴莲入口有先甜后苦的感觉，认真细品，苦后还会回甘。从苦味便可以判断树龄，树龄越高，榴莲的苦味越浓，反之越淡。先甜后苦，苦后回甘，榴莲滋味多了层次感，很受中国旅客的喜欢。

吃榴莲如品茶，其中的道理与中国的茶道或者为人处世的哲理是相同的。相对于猫山王的回味，黑刺榴莲的扬名则在于其入口口感。顾名思义，黑刺得名于其外壳尖刺的突起呈黑色。这种黑刺尖而硬，令人生畏，但依然阻拦不了人类探寻美食的步伐。剥开布满黑刺的外壳，金润奶油状的榴莲果肉就呈现在面前。软塌塌的，几乎不含纤维，入口有些发黏，用舌头辅助旋搅，满口饱满，味蕾很快感受到甜而苦的感觉。

除了口感与味觉，榴莲因含有丰富的营养物质，如维生素C、维生素B族、膳食纤维和矿物质等，有“一只榴莲顶三只鸡”的说法，其在东南亚享有极高的地位，被誉为“水果之王”。虽然承认榴莲为“水果之王”，但是新加坡禁止带榴莲上地铁与飞机，皆因其独特的味道。关于这种味道，民国时期的作家郁达夫在《南洋游记》中曾写道：“榴莲有如臭乳酪与洋葱混合的臭气，又有类似松节油的香味，真是又臭又香又好吃。”郁达夫的这一句“又好吃”算是对榴莲的肯定。同样对榴莲有好感的美食家蔡澜，甚至将榴莲列为死前必吃的十大水果之一。

榴莲的异味主要来源于其果肉中的硫化物，这些硫化物在榴莲成熟过程中会被激活，成熟的果肉呈硫黄色并产生刺激性气味。这种气味被人们用臭鸡蛋味、腐臭味、硫磺味等词语形容。早在明朝郑和下西洋的时候，船队中有一位叫马欢的副官，他在《瀛涯胜览》中记载：“有一等臭果，番名‘赌尔焉’，如中国水鸡头样，长八九寸，皮生尖刺，熟则五六瓣裂开，若臭牛肉之臭，内有栗子大酥白肉十四五块，甚甜美好吃，中有子可炒吃，其味如栗。”将榴莲的味道形容为臭牛肉，但也肯定了榴莲肉的甜美。又臭又好吃，这是榴莲、臭豆腐、臭冬瓜、螺蛳粉等臭食物的特点，闻起来不好闻，但是吃完又让人回味，吃完还想再吃。我甚至在想，食物之中是否有个临界点，物极必反，香到极点就会变成臭味呢？榴莲不是臭，是香到极点了。

天山雪莲

朋友去新疆。说起新疆，我第一时间想起的是天山雪莲，同时很期待他能在新疆找到天山雪莲。谁知过不了几天，突然收到他微信发来的照片，他找到天山雪莲了。在新疆喀什的一个农贸市场，长得圆圆的像包菜一样的天山雪莲干，包装起来，一朵30元。不知道为什么，看到这几张照片，内心竟然有一种淡淡的惆怅与失落。

我心目中神圣、充满传奇色彩的天山雪莲不是在冰清玉洁的雪峰之上，而是沦落到屠肆市井之中，我见到的不是它最美好的时候，却是干瘪瘪的一团。水灵灵笑傲冰雪的青春身影不见，取而代之的是一具干尸。这怎不叫人伤心！我甚至有点后悔接收了这几张照片，留个美好的念想该多好啊。

这些年走了全国很多地方，但是新疆与西藏一直未有涉足。新疆这个地方，我读小学的时候就已经知道。玉娇龙与罗小虎在新疆的奇遇，陈家洛与香香公主在新疆的一段浪漫爱情，白发魔女、卓一航、飞红巾、七剑下天山等等，都与新疆有关，众多的武侠故事，在我脑海中碰撞、交叉，虚构出一个神奇玄幻的武侠世界。

自然，提到新疆，少不了天山雪莲。

“只见半山腰里峭壁之上，生着两朵海碗般大的奇花，花瓣碧绿，四周都是积雪，白中映碧，加上夕阳金光映照，娇艳华美，奇丽万状。”这是金庸在《书剑恩仇录》中对天山雪莲的描写，写得很抽象，但充满了想象的空间。对真正的天山雪莲，百科全书中有科学描述：“其叶密集，基生叶和茎生叶无柄，叶片椭圆形或卵状椭圆形；最上部叶苞叶状，膜质，淡黄色，包围总花

梁羽生与金庸两位大师在他们的作品之中不约而同地赋予了雪莲神奇的功效，经过精彩动人的武侠小说渲染，长在天山高寒之地的雪莲花成了万众仰视的神奇花朵。

序，边缘有尖齿。头状花序10—20个，在茎顶密集成球形的总花序。总苞半球形，直径1厘米；总苞片3—4层，边缘或全部紫褐色。”说破了，外观跟包菜很像！而最吸引人的莫过于梁羽生在《云海玉弓缘》里提到的天山雪莲的神奇功效：“用天山雪莲所制练的解毒灵丹，不但可以解毒，还可以给人增长功力。”行走江湖，最怕人暗算，梁羽生笔下的雪莲花能解毒，又能增长功力，迎合江湖侠客的需要，甚至引起读者的向往。

现实中的天山雪莲到底是一种什么样的植物？《本草纲目拾遗》中记载：“雪莲花形似莲花，高达尺许，产伊犁等处，产天山顶峰者为第一。”这是一种多年生草本，因其顶形似莲花而得名，不仅仅产于天山，主要分布于中国多地高寒地带，俄罗斯及哈萨克斯坦也有分布。天山雪莲的生长环境极其恶劣，大多为海拔三四千米的高山雪线附近的岩缝、石壁和冰碛砾石滩，这种高寒地带，一般的植物根本无法存活，而雪莲花却能在零下几十摄氏度的严寒中和空气稀薄的缺氧环境中傲霜斗雪、顽强生长。这种独有的生存习性和独特的生长环境使天山雪莲天然而稀有，并造就了它独特的药理作用和药用价值。

天山雪莲的生长时间非常漫长，单是从发芽到开花就需要五年，雪莲花的种子在零摄氏度发芽，三至五摄氏度生长，幼苗能够抵御零下二十一摄氏度的低温，其实际的生长期却不到两个月，在短短的生长期里，雪莲凭借旺盛的生命力，植株高度能到20多厘米。天山雪莲产量极低，物以稀为贵，但武侠小说大大夸大了其神奇药效。

现实中的天山雪莲自然具有一定的药效，其花性温，味甘苦，能入肝、脾、肾三经，具除寒、壮阳、调经、止血之功，用于治疗阳痿，腰膝软弱，妇女月经不调、崩漏带下，风湿性关节炎及外伤出血等症。《本草纲目拾遗》载：雪莲“性大热，能补精益阳”；《新疆中草药》则记载：“雪莲性温、微苦，功能祛风除湿。”

武侠小说最流行是在二十世纪八九十年代，经过小说的渲染，世人加大了对天山雪莲的采摘力度，天山雪莲本身生长非常缓慢，随着天山雪莲的逐渐消失，1996年国家将天山雪莲列为二级保护植物，2000年国务院13号文件则明令禁止采挖野生雪莲。

2015年时，在网上看过一则新闻，讲的是辽宁某个驴友团行走在天山时，恰逢天山雪莲竞相开放，他们采摘了许多天山雪莲，同时拍照上传到网上，结果引来广大网友一片骂声，大家认为，西北乃苦寒之地，天山之巅植被稀少，雪莲生长周期缓慢，从生长到开花最少需要五年的时间，他们成批采摘还将其当作战利品一般摆起来拍照、炫耀，真是缺德。这条消息后来还引发新疆森林公安介入调查。

《道德经》载：“不尚贤，使民不争；不贵难得之货，使民不为盗；不见可欲，使心不乱。”天山雪莲本身就是稀少难得的植物，经过武侠小说的渲染，笼罩着一种神奇的光辉，引起世人竞相采摘，从而逐渐消失，成为受保护的植物，这真是一种悲剧。

新疆的朋友说，晒干的天山雪莲并不难买，农贸市场一朵卖30元。

去哪里找那么多的天山雪莲？国家已经明令禁止采摘野生的天山雪莲，市场上卖的不外乎来自两种渠道，如果不是违法偷采摘就是人工培育。我相信是后一种的。

以花为食

以花为食，是中国古人标榜高洁的一种方式。

屈原的《离骚》是中国浪漫主义文学的重要源头，里面用芳香的植物或者鲜花比喻贤人、君子，以有异味或者名字难听的植物暗喻奸臣、小人，对后世影响甚大。屈原在诗歌之中写道："朝饮木兰之坠露兮，夕餐秋菊之落英。"他通过以花为食的方式，来与尘世间啖肉食膻者划清界限，表示自己超凡脱俗。

武侠小说的江湖，是一个既立足于生活而又高于生活实际的虚拟世界，其中所刻画的武林人物，大多超尘拔俗。小时候读过古龙的小说《绝代双骄》，其中怜星宫主以花为食，特立独行，通过这种方式来修炼绝世武功。

> "她（怜星宫主）面前的石桌上，摆放着一只精致的玉盘，盘中是精心挑选的花瓣，皆是这绣玉谷中最珍稀花卉的花瓣。只见怜星宫主伸出白皙纤细的手指，轻轻捻起一片花瓣，放入口中，缓缓咀嚼起来。她的动作优雅至极，仿佛在品尝世间最珍贵的美味。那花瓣入口，先是一阵清甜在舌尖散开，随后又有一丝若有若无的酸涩，在味蕾间回荡。"（古龙《绝代双骄》）

小时候读到这一段，非常惊艳。感觉小说里的人物虽然是活生生的人，但是以花为食这种行为在现实中很难看到，隐隐透着仙气。吃花的描写给小说增添了一抹玄幻的色彩，武林江湖顿时变得扑朔离迷，十分神秘。

现实生活之中，很多常见的花是可以吃的，但是需要烹煮或做基本的加工，花一般不作为主食，只是作为食材搭配而已。

以花为食，听起来很浪漫，但是生吃其实一点都不好吃。你看每一片花瓣，都薄如蝉翼，又没汁液，入口干嚼，要么涩口，要么苦味，难以下咽。

有一年冬天在北京，天气渐渐变冷。北京的朋友带我们去吃饭，外面寒风呼啸，屋里羊肉串、炖锅等等混杂着人声酒气，一片热腾腾，北方菜油腻，分量都很足，很快我们几位南方的来客就都吃饱了。在最后，店家给我们上了一盘花瓣。这盘花瓣在众多热气腾腾的烟火食物之中，显得如此超凡脱俗，每个人顿时眼前一亮，精神为之一振。仔细看，有杭白菊、黄贡菊、玫瑰花、芍药，红、黄、白等颜色的花瓣掺杂在一起，煞是养眼。

用筷子夹了一撮放到口里咀嚼，在玫瑰花浓郁的甜香之中，各种花瓣在口腔里交汇，可惜没有汁液，干瘪瘪地嚼着，一种苦中带涩的滋味充斥着口腔。每个人皱着眉正想吐出，突然，在苦涩的花瓣之间，有一股酸甜的汁液涌出，仔细品尝，原来是柚子汁！只见柚子肉被拆分成一粒粒如米粒般大小的果粒，洒在盘里，渗透进满盘花瓣之中，不仔细看，还真看不到。柚子肉淡淡的酸甜滋味覆盖了鲜花瓣的干涩，若有若无，竟然唤醒了啖肉食膻的口腔味蕾，为之去探索，去寻味。厨师用天然的柚子汁来为鲜花的生吃调味，真是别出心裁。

这是一道有趣的花食，不作为主食上桌，而是作为餐后小食端上来，吃也

从中医的角度，花卉具有一定的药效，比如桂花可以调入蜂蜜或者用来蒸桂花糕，有散寒止咳药效，菊花晒干用来泡水或者与其他食材搭配可以明眼。

可以，不吃也没有问题。此刻肚子已经饱了，但是花食不占肠胃容量，吃完花反而有解腻的感觉。

想起了西餐之中的水果沙拉。要是花瓣之中调入沙拉酱，大约也会好吃吧。只是这样，这盘超尘脱俗的鲜花美食就多了几分人间烟火味。沙拉酱高油高脂，这种人工调和酱的油腻又怎及柚子肉的汁液来得清爽呢!

荔枝鸡汤

眼下正是荔枝上市的旺季，水果市场上一字摆开是一溜红的荔枝。荔枝是岭南佳果，十分受欢迎，但是十分娇贵，极具暴烈之性，摘下后容易变质，古人说它“一日而色变，二日而香变，三日而味变，四五日外，色香味尽去矣”。想当年杨贵妃为了荔枝，令人不远千里，从岭南快马搬运。

俗话说，一颗荔枝三把火。有人怕吃荔枝会上火，但荔枝是应季的水果，再多的火气也是最适合在这个炎夏吃，只要不过量，我认为是没有什么问题的。一旦吃出火来，我想大约不是荔枝的问题，而是自身身体的原因。

我个人是比较喜欢吃荔枝的，喜欢的程度大约要用“饕餮”这个词才能形容。有的人吃荔枝是三五个就算过瘾，我则喜欢买上几斤，摆在桌上，一边剥壳一边吟诵苏东坡的“日啖荔枝三百颗，不辞长做岭南人”，有人认为三百颗是夸张的写法，但对于我却是写实。我算是“伶牙俐齿”的，再加上一条舌头，荔枝果丢进嘴里，肉与核马上就在舌与牙的包抄下分离。吃多了生果，尝试一下其他的吃法，比如煲汤。

用荔枝煲汤，我倒是第一次。

半只三黄鸡，请卖鸡的帮忙斩成小块，回家用砂锅加清水煲熟，再将新鲜的荔枝剥壳去核。一口气剥了十几个，荔枝虽是脾气火爆的美人，但失去了尖刺外壳的保护，赤条条的、玉白色肥嫩的荔枝果就安静顺从地蜷伏在碗里。看到鸡汤已经滚开，散发着阵阵清甜的味道，这时就可以将荔枝肉赶鸭子般倒进鸡煲里，如果条件允许，还可以来几个枣干与一点枸杞。盖上锅盖，煲上十来分钟，鸡肉熟透的同时也与果肉的味道相互渗透了。

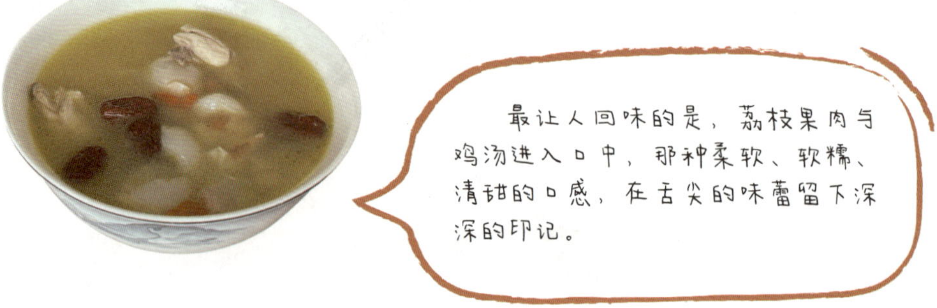

荔枝鸡汤做成，舀入碗里，鸡汤清淡，香气四溢。吹嘘着入口，但觉鲜甜中带着荔枝淡淡的清甜，喝起来不腻。除了喝汤，还可以吃肉。鸡肉渗入荔枝香，更显鲜嫩，蘸着葱油吃，极为可口，不亚于椰子鸡汤。

荔枝经过这样煲汤之后，失去了火气，反而有温补的功效。以前保鲜技术不发达，一旦荔枝丰收或者市场行情不好，人们经常将荔枝晒干，便于存放，还可以当作汤料来煲汤。只是，晒干后的荔枝肉，哪有新鲜荔枝来得爽滑甜嫩？

这是我第一次用荔枝做汤，新鲜、鲜甜，口腔里回荡着阵阵荔枝特有的果香。

荔枝鸡肉汤做法非常简单，几乎每个人都会做，只需把握先将鸡肉煮熟再放荔枝果的先后次序就可以。如果真的有难的地方，我认为是在剥荔枝果的时候手仿佛有惯性一样，拿着果肉总是不由自主地要先往嘴里塞。太馋人了！

捌

最忆是家乡

猫毛草水

故乡的很多小饭店喜欢开在山脚下或者水库边。现代化交通便利，一条简便的灰石路就可将食客从都市引到郊外的山脚。午饭时候，去了一个叫河田的山村。河田村深藏在大山之内，因新时代新农村建设的推动，水泥路从镇中心直接修到大山里的河田村。村里借助自然条件，开了饭店。田头种的青菜、后山放养的家鸡、山里的山泉……山村的寻常之物，无意中成了都市人向往的农家菜。

吃完午饭后，我走出饭店，却在饭店门口以及山坡边发现了遍地的猫毛草。少年时代在农村成长，每到夏日，家家户户都会从后山采来这些野草，煲成凉茶汤。这种猫毛草水就是夏天祛暑解渴最好的凉茶。猫毛草在家乡非常常见，山坡阴凉之处，或者田埂，几乎随处可见。一簇一簇的，约略七八寸高，叶子狭长如竹叶，整簇草如袖珍版的竹丛。

每到夏秋之时，猫毛草的鞘头会抽生出直立的穗状花穗，穗上密生黄褐色柔软长芒，状似猫毛——这应该就是猫毛草的得名原因。少年时代，奶奶会带着我上山，提着一个竹篮，在一些类似山坡塌方的地方采猫毛草。猫毛草采回来之后，可以直接煲水，也可以晒干，功效不变。晒干的猫毛草可以长时间储存，随时拿出来煲水，几乎家家户户都储藏有猫毛草。猫毛草水清黄色，类似茶汤，但比茶汤清明。

家乡有一条干渠，清水来自榕江，家里人叫干渠为引榕沟。引榕干渠承担了故乡的灌溉重任。自我懂事起，沟里四季清波荡漾，从未遭遇过旱灾。沿着引榕干渠，种着一簇一簇的绿竹。那时没有水泥路，引榕干渠的堤坝都是泥土路。绿竹可以固堤，夏日还可以遮阴。我记忆里，引榕干渠的堤坝是主要的交通要道，骑车的、步行的络绎不绝——那时汽车并不普及，乡下难得见到。每到夏日，绿竹下每隔一段距离就有人卖凉水、西瓜、雪条（冰棍）等解暑食品——凉水就是用猫毛草煲的。

一个青花竹节碗，一碗五分钱。村里人下地或者上山干活，会随身带一个热水瓶，或是一个草绿色的行军水壶，装满煲好放凉的猫毛草水。工余，吸烟的男人会趁机歇息抽口烟，坐在田埂上，来一碗猫毛草水之，解乏、解渴……

猫毛草水入口清淡，认真细品，隐隐可以感受到水里的一股山野之气。相对于现代矿泉水的平淡无味与可口可乐的冰冷，每一口猫毛草水都是有灵魂的。猫毛草水的味道是可以调的，可以调入一点盐，也可以调入一点红糖，最好喝的是调入一点酸梅汁，淡淡的酸，淡淡的甜，抑或淡淡的咸。那是童年时代的可口可乐啊！

旧时没有矿泉水，没有可口可乐，猫毛草水就是最好的解渴饮料。（黄壮青/供图）

番葱卵

以前，潮汕的孩子第一天开学，是要吃番葱卵的。

潮汕人将外国叫作“番邦”或“番畔”，因此带有“番”字的东西基本是外来的物品，比如番瓜、番葛、番茄、番石榴等等。番葱，大约也是外来的葱，这种葱的葱管比本地葱要粗，会开一种球状的花。

在我印象中，番葱不是大批量广为种植的，市面上几乎看不到。番葱是调味品，普通人家用自家花盆种植，基本可以满足日常生活的需求。漫步寻常潮汕巷子里，偶尔可以看到有人家门口种有一盆番葱。相对于本地葱的纤弱，番葱自有其雄赳赳与气昂昂的气势，满盆苍翠皆是阳刚之气，开花时，顶着一个球状的白色花球，自有一番韵味。长势旺盛的番葱甚至被当作观赏性的花草。

番葱具有独特的味道，可以用来搭配很多菜式。在潮汕地区，搭配最便捷普遍的，便是番葱与鸡蛋，这两者简直是绝配。

两个鸡蛋用热油煎成圆形，倒入水，然后从花盆里摘下几条葱叶，切碎撒入，煮熟后调入油盐，简单而香气四溢。这一碗番葱卵寄寓着为人父母者的期望，希望孩子读书能够开窍，聪明伶俐。番葱的“葱”与聪明的“聪”同音。葱管大而中通，易于开窍。因此孩子初进学校时所煮的汤蛋，一定要用番葱。至于鸡蛋，因为是圆形的，象征圆满，同时，鸡蛋孕育生命，意味着新生的开始，所以潮汕地区在很多地方很多节俗都会用到鸡蛋。一碗番葱卵，意味着新的开始，又暗含聪明开窍之意。可惜很多人虽然吃了番葱卵，却并不理解其中之意。前段时间，网络上流传一张照片，开学时候，一个孩子上学，书包里放着几根葱，其实道理是一样的，都是家里大人希望孩子能够读书聪明。

每个人一生举行一次入学仪式，因此这碗充满仪式感的番葱鸡蛋汤每个人就吃这么一次。日常中经常吃的应该是番葱鸡蛋粥。以前物质缺乏，小孩子很容易肚子饿，一碗番葱鸡蛋粥暖了饥肠，寄寓着许多温馨记忆。我记得以前不是每一家都能够吃到干饭的，一般情况下是煮一大锅粥，妈妈会用一把笊篱将米粒捞起来，这些捞上来的煮熟米粒会沥干成为干饭，一般是留给家里的体力劳动者，普通的家庭成员就喝稀的粥水。这种情况在我小时候还有，到我懂事的时候，社会已经逐渐发展，物质不再缺乏，基本上家家户户都能够吃上白米饭了。专门用来捞米粒的笊篱也渐渐式微了。

将一个鸡蛋打到碗里，摘几根番葱叶切碎撒入，然后调入适量的油、盐、酱油、味精，搅拌均匀之后，再舀入滚烫的粥水，然后用一个空碗对扣上几分钟，一碗香喷喷的番葱鸡蛋粥就做成了。这是饥饿年代最容易做而又最令人回味的营养食物，旧时几乎每个潮汕的孩子都吃过，一提到番葱鸡蛋粥都会不由自主地流口水。

我有一位从事饮食行业的朋友，专门立足潮汕，开发本土特色的饮食。他小时候也是吃着番葱鸡蛋粥长大的，后来他根据自己的记忆，在自己的饮食店中开发了一道番葱鸡蛋粥，颇受欢迎。黄色的蛋黄、白色的蛋白与粥相调和，绿色的番葱碎末、暗红色的酱油，各种颜色交相辉映，色香味俱全，真是赏心

每一个二十世纪在潮汕成长起来的孩子，饥饿的记忆中总是飘荡着番葱与蛋混合的香气。

悦目，曾经有客人吃完当场掉泪。这道粥让客人找到了童年的感觉，同时想起了经常给他做番葱鸡蛋粥的奶奶。奶奶已经不在，一碗番葱鸡蛋粥勾起往事，寄托着无边的思念。

社会终究是向前发展进步的，我们远离了那个物质缺乏的窘迫年代，温饱已经不成问题，旧时很多记忆却依然在我们脑海里。时光如水，一去不再来。味道是有记忆的，番葱粥进入嘴里，那种独特的香味，仿佛能够将旧时光挽回。

番葱很少成规模种植，都是种在庭前屋后，以作家用。前几天，我在微信朋友圈晒了一张我在老家所拍的番葱照片，揭阳一位朋友发信息给我说，番葱还可以当作草药用，小时候感冒咳嗽，家里人用番葱叶来给他治病。番葱性温，有发汗解热、散寒通阳的功效，在以前的日常生活中可以用来治疗感冒或者咳嗽。具体做法是将番葱切碎后放在碗里，加入一点油盐，倒入滚烫的白粥，直接焗焖几分钟后吃。这种吃法，对于感冒咳嗽生病的人来说，自然比吃药更容易接受。

这是一种生活中的土方法，现在大约不会有人再用了。但凡感冒咳嗽，都直接到药店里对症买药。大约也不会有人去焖焗一碗番葱鸡蛋粥了吧。现在各种各样的食物应有尽有，有谁还稀罕呢？更何况这张嘴巴吃惯咸甜酸辣，叼得很，区区番葱鸡蛋粥的味道不一定合口。

番葱与鸡蛋的搭配极为朴素，便捷简单，在饥饿年代是孩子们补充营养的必需品，几乎是家家户户信手拈来。

已逝矣，独剩一丝香气在记忆里飘荡！

乌榄

晚饭时分，俊武打来电话，他从普宁梅林回广州，专程给我带来一瓶乌榄。这真的让我喜出望外。犹记前天晚上在朋友家里闲坐，聊到午夜时分，朋友入厨煲了一锅潮州白粥，佐料是几颗潮州乌榄，虽然很简单，但清淡可口，吃罢榄香盈口。在吃惯肥腻大鱼大肉的都市，乌榄配白粥的这餐简单宵夜，一直过了几天都让我感念。今早，我在微信朋友圈发了一张乌榄的照片，引来许多朋友的热评。远在普宁梅林的俊武看了朋友圈之后，特意从普宁带了一瓶乌榄到广州给我。

乌榄是潮汕地区的特产之一，以前几乎家家户户必备，移居广州之后，少有吃过。故乡普宁是中国青榄之乡，这里其实也盛产乌榄。乌榄与青榄都是橄榄，但是有所不同，青榄可以生吃，乌榄必须经过腌制。在我老家的后山，种有许多乌榄，每一棵榄树都高大参天，绿叶婆娑，夏日的榄树下就是乡亲劳作之余乘凉的好去处。

对榄树的记忆永铭在内心深处。记得孩提时候，物质生活非常缺乏，那时的农村没有煤气与天然气，就是煤炭也非常少用，普通家庭所用的燃料都是山上的柴草，村里的孩童几乎每天都要上山捡拾落叶枯枝。掉在地上的乌榄叶晒干之后是非常好的燃料。如果能够爬上树，乌榄树干枯的树枝是比落叶更耐烧的高级燃料。我不会爬树，只能跟伙伴分工合作，小伙伴爬上树拗枯枝，丢到树下，我则收集捡拾起来，然后彼此平分。爬上树自然有风险，但是山村的孩子从来没听说哪个会从树上摔下来，想起来，那时在树下捡枯枝的我，其实占了很大便宜。

上小学之前，家里承包有几棵乌榄树，到了收成的季节，就要动员亲戚们帮忙“扣乌榄”——在榄树下铺纱网，大人手持竹篙爬上树，将乌榄连枝带叶

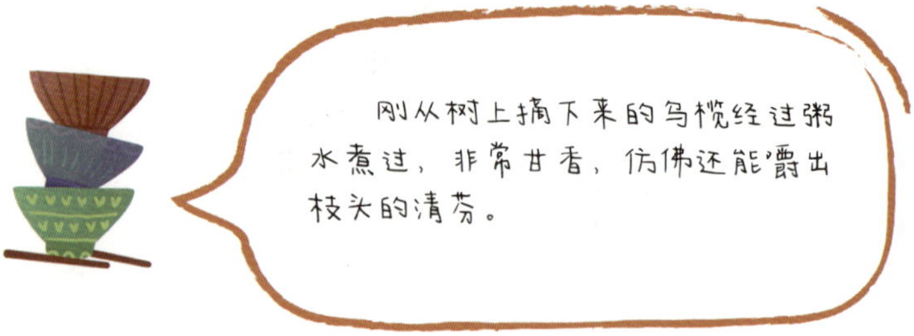

“扣”（打）下来。因为年纪小，家里人不允许我上山，必须守在家里。我记得当时是傍晚时分，天暗下来，乡村里家家户户点起了晕黄的煤油灯，大人挑着一担一担的乌榄回来，他们都很累，但满脸均是丰收的喜悦。母亲煮了一大锅白粥便要上山帮忙，我肚子饿得叽里咕噜响，母亲随手抓起几个乌榄丢进锅里，然后捞上来给我吃，不用任何佐料。

母亲吩咐我守家，要等待大人们从山上收工回来。我一个人乖乖地守着一座古老的“下山虎”与满屋的乌榄，屋里洋溢着乌榄的芬芳，四处一片漆黑与寂静，寂寞与孤单笼罩着我，我百无聊赖地嚼着煮熟的乌榄，搬着一张矮凳坐在门口，倚着大门，不知什么时候竟然沉沉睡去，忘记了饥饿，也忘记了害怕，小小年纪显得有点老成的心安理得，仿佛懂得人生需要等待，似乎知道冥冥之中自有定局的安排。

收成后的乌榄，用一只只的竹篓装着，大部分批发出去，妈妈留了小部分腌制起来。相对于萝卜、咸菜的腌制，乌榄的腌制比较简单，只需把生乌榄投进热水中，焗浸数十分钟，待它的肉变软，隔去水后再另外投入重盐水里，大约三天后即可以当杂咸了。腌制后的乌榄咸香可口，是潮汕人配粥的最佳佐料之一。白粥清淡，乌榄经过盐水浸泡之后，紫黑色的榄肉又咸又香，隐隐还有一种回甘，让人回味无穷。

乌榄全身都是宝，榄肉吃完，剩下一个光滑坚硬的榄核，那是孩子们用来投点的最好玩具——先由一个人将一颗榄核扔出一段距离，另外一个人瞄准投击，击中便可赢得橄榄核。这个游戏非常简单，能锻炼孩子的眼力，通常孩子们以拥有众多的榄核为荣。如果玩腻了，将榄核放在石门槛上，拿起一个铁秤砣用力一砸，砸开榄核后取里面的榄仁作为零食。

就连剩下的榄核壳，都是烹工夫茶的上等燃料。榄核炭、红泥炉、鹅毛扇，是儿时手工烹煮工夫茶的三件宝。乌榄吃肉之后的核入窑烧成炭，用来烹茶，鹅毛扇扇动红泥炉，榄核炭在炉中燃起，炭味芬芳，上等的榄炭非常难得，据说五斤橄榄核可烧得一斤橄榄核炭。榄炭烧开后，火焰呈蓝色跳跃，火力均匀，烧水时候，有一部分榄炭香溶于水里，因此烧出来的水有一种淡淡香气，用榄炭烧开的水来泡茶，味道让人回味。

榄核炭烹茶自是一种享受，但是未免浪费。上中学的时候，读过《核舟记》，一篇介绍明代巧匠用桃核雕刻巧夺天工工艺品的文章，来到广州，在陈家祠亲眼见识了精美绝伦的榄雕。榄雕早在明代就已盛行，明代僧人以榄雕船赠香客以示“普度”，传说明宣宗还亲自操刀雕刻。历史上最为出名的是清代咸丰年间新塘老艺人湛谷生的《苏东坡夜游赤壁》橄榄核舟，被称为“雕刻之王”。

现代榄雕作品继承传统，小巧玲珑，运用了镂雕、浮雕、圆雕、微雕等手法创作，精雅别致，令人叹绝，有很高的艺术价值。从这个角度来看，榄核烧炭以及砸核取仁的行为简直是暴殄天物，因为榄核经过雕刻之后，作为工艺品历代流传，价格可以上升百倍、千倍。据榄核收藏界透露，市面上一斤橄榄核按照不同的规格，价格从几十元到一千元不等。榄核的横切面越厚越适宜雕刻，这样的橄榄核是最贵的，现在橄榄核采购商为了收购好一点的橄榄核，不惜翻山越岭到橄榄产地调查，通常是乌榄还未成熟，但是整棵树已经事先被采购商承包了。

广州有榄雕，但是遗憾的是，来广州十几年一直未能吃到正宗的乌榄，偶尔吃到榄角蒸鱼，总觉意兴萧索，未能尽兴。乌榄凝聚着故园山村的一段记忆，每每想起，总感齿颊留香，内心一片温馨。

蛇莓

把红彤彤的蛇莓摘下，放在掌心里，然后“一、二、三……”连续吹三口气，经过这样一个仪式，蛇莓就可以吃了。传说生长蛇莓的地方，经常会有毒蛇出没，蛇莓难免会沾染蛇虫的气息，而经过这样一个仪式之后，可以把毒蛇的气息吹掉。孩时，我们对此深信不疑。

蛇莓的味道忘记了，但是吃蛇莓的仪式依然记忆犹新。

蛇莓的果实是红色的，长在山坡杂草之中。它的茎带着绒毛软刺，匍匐着在地面生长，霸道的时候可以蔓延着占领一大片地方。小时候后山经常有成片的蛇莓，但是我不太喜欢这种植物，他们长在山坡的阴暗之处，成片蔓延。大约六月时，会开出一种黄色的小花，至八月，始有结果，成熟的果子殷红如珊瑚宝石。

我们成长的年代，是一个物质缺乏的年代。山居岁月，没有什么好玩的，没有什么地方好去，于是后山山坡的这一片蛇莓也偶尔吸引我们来看看。什么时候开花，什么时候结果，什么时候果实由青变红，可以采摘了……几个小伙伴轮流把这片蛇莓地看紧，及至成熟的时候就成群结队过去采摘。

山风吹拂，整片野生的绿色蛇莓地中，红彤彤晶艳如宝石的蛇莓果在绿叶间摇曳。这一个场景像寻宝探险的队伍终于觅得宝物的那一刻，真的让人铭记心里。然后，大家分花拂叶，手脚灵巧的小伙伴可以自由轻松进入长满蛇莓的草丛中，不一会儿就采摘到一大捧红彤彤的蛇莓。大人说，生长蛇莓的地方，会有毒蛇出没。这些蛇莓会有毒蛇的某些气息，因此吃之前，要对着蛇莓连吹三口清气。

每个同行的小伙伴都分到一些蛇莓，然后大家托在手里，眯着眼睛喊“一、二、三……”，然后一起“噗！”三声，接着在一阵童真的笑声中分食蛇莓。

蛇莓的味道并不甜美，嚼之有汁，汁液有淡淡的清甜味。蛇莓有籽，吞不下去，嚼了几口就吐掉。而这，真是美好的记忆。那时候流行《西游记》，孙悟空在危急的时候拔下三根毫毛，放在手掌心里，吹口仙气，然后喊声“变！”，就变化出一大群小猴子来。我们对着手掌心的蛇莓吹气的时候，恍惚间，希望也能变化出一些什么。

孩童的时代，不知道天多高，不知道地多厚，不知道蛇多毒，只要是蛇莓成熟，都会结伴去“蛇口取果”，而在这个过程之中，我们其实从来没有发现过毒蛇。在我们心里，毒蛇算什么，三口清气就能吹掉它的毒气。

想起来，果真是无知无畏。我长大以后，很怕蛇，一见到就头皮发麻。但是乡下的小伙伴见到蛇却像见到宝，拽住蛇尾巴将蛇整条拖起，用力朝地一摔，通常蛇还没有反应过来就已经被摔晕，将晕过去的蛇用袋子装起，带到墟市去卖给人泡药酒。

那是无知无畏的童年，幸福与快乐都来得那样容易。长大后来到外面的城市，吃到了各种各样的水果，但都未有深刻的印象，蛇莓自然算不得水果，是以都市水果档中从未发现。我几乎是要将这种植物给忘记了。

蛇莓可以吃，但是经过科学检验是有微毒的，儿时的几个小果子自然不足以将我们毒倒，但是吃多了还是会因中毒而出现头晕呕吐或腹泻等症状，只是在我记忆里，从来没有人因为吃了蛇莓而有过类似的症状。

蛇莓虽然有微毒，但是可以作为中药用，晒干后作为药材具有治疗热病、惊痫、咳嗽吐血、咽喉肿痛等病症的功效。

蛇莓在我脑海里是有深刻印象的，但我记住的不是其药用价值，也不是其

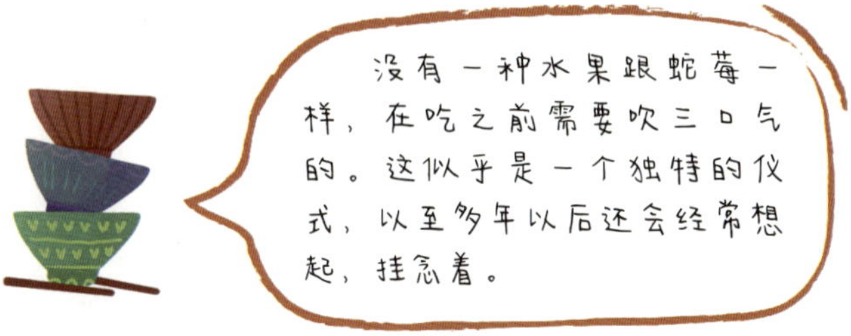

勉强能吃的食用价值。我记住的是其食用前那个充满童趣的仪式。

托在手掌心，“一、二、三！噗……”。

往事并不随风。

谨此怀念孤单、寂寞的山居童年岁月。

广太肉皮汤

正午时刻，太阳当空照，一片明晃晃的灿烂，随着广太中学放学铃声的响起，饥肠辘辘的学生们如泄洪的水般向校外流泻。他们骑着自行车，一手托一个长方形的铝制饭盒，一手掌握自行车头，呼朋唤友，一路呼啸着向附近的广太墟奔去——这个充满青春气息的阳光灿烂场面，许多年以后，尽管走遍大江南北，游历万里天涯，却依然时不时在我脑海里闪现，随之心头泛起的是墟内一碗肉皮汤的清甜滋味。

那时交通不方便，广太中学又是全镇唯一一所初中，位于镇区，家离学校比较远的学生为了避免来回奔波，每天上午来校时，会带一个铝制的饭盒和两把米，在学校里的水井淘洗后，集中交到饭堂，学校雇请了专门的炊事员，将饭蒸熟，然后在中午放学前，将蒸熟的米饭抬出来，学生们根据饭盒上面写的名字认领属于自己的那一份。

学校饭堂也有供应肉菜，记得是青菜两毛、猪肉三毛，基本上五毛钱的肉菜堆叠在饭盒中就可以解决午饭。不过饭堂里的大锅肉与大锅菜味道确实不怎么样，以致很多同学宁愿踩单车回家，也不愿意在学校吃蒸饭。但是不久，我们发现另外一个渠道，那就是附近的广太墟有一家面汤店，可以不点面，只需五毛钱便可以得到一碗肉皮汤，汤里有几片油炸的肉皮以及零星一点肉片，用来送饭，汤水清甜，有肉有汤，清清爽爽，比在学校里干咽饭菜舒服得多，所以每到上午放学时，班里三五好友相约，骑着单车，一手托着饭盒，浩浩荡荡地，来到面汤店就餐，这也成了当年广太中学放学时一道独特的风景线。

面汤店在墟内，用竹片沥青搭建，十分简陋。每到中午，上墟买卖的人们饥肠辘辘，面汤店挤满了人，熙熙攘攘。人们簇拥在铺面前。面汤店架起两口大锅，一口锅里是用骨头熬制的肉骨汤，这也是肉皮汤清甜的保证，另外一口锅烧的是开水，锅里放着一把竹编的漏勺，用来烫面。炉火正旺，锅里汤水翻滚，热气腾腾。店主用手团起一团水面，丢进漏勺里，在开水里不停地上下提抖，烫熟后沥干倒进大碗，撒进葱花、盐末，淋上香油，撒点芝麻，一碗捞面就成了。接着在另外一个碗里事先撒入葱粒、油盐，然后抓起几片肉或者是肉饼切成的碎片以及几片炸猪皮，在肉汤里煮熟后捞到碗里，舀上肉汤。不到几分钟，一碗捞面，一碗肉皮汤就做成了，大约是一块多钱。对于我们来说，一块多钱还是奢侈，我们只能自带米饭，然后叫上五毛钱一碗的肉皮汤，就已经是人间美味。

肉皮就是猪皮，生皮很有韧性，煮熟后可以用刀切下来，但直接吃没有什么味道，也不大好吃，有时候熬猪油如果忘记把肉皮切掉，油锅还会爆响喷油，因此很多人买猪肉时会要求肉档帮忙把皮去掉。

切下来的猪皮很少有人要，因为制作麻烦，但是如果懂得加工，肉皮也可以变成一道美食。

世事沧桑，人事变幻，一切都在变，但是这碗肉皮汤的清甜味道却依然不变。

面汤店的老板每天午后到市场卖猪肉的档口去收猪皮，经过一个上午熙攘的赶集之后，肉档的肉都卖完了，剩下一堆切割下来的猪皮，可以用极为低廉的价格把这些猪皮买回来。买回来的猪皮要经过一些简单但细致的工序，先是剃掉猪皮上的猪毛，接着把猪皮上残存的肥肉刮干净，这两个环节很简单但极为关键，肉皮必须用心才能处理干净，没有处理好会影响口感以及后续的制作。

处理干净的猪皮清洗后切成小块，用一口大鼎煮熟，然后晾干。晾干后的猪皮收缩变小变硬，再架起油锅，将晾干的猪皮过一下热油，过了热油后的猪皮变冷之后，坚硬如铁。然后再用热油进行第二次油炸，此刻的肉皮，经过了前期的煮熟晾干过热油之后，在第二次热油油炸时迅速膨胀起来，肉皮的胶原蛋白在高温下迅速变大，形成一个个气泡，每个泡里都有空气，冷却之后定型。就这样，一块小小的肉皮，在热油里，膨胀得如一艘巨轮，浮出油面，蔚为壮观与神奇。小时候常常看得目不转睛，感觉炸肉皮的师傅仿佛有一种神奇的魔力。到了此刻，要把肉皮捞起，膨胀后的肉皮不再收缩，变得焦脆，可以直接吃，又脆又香。炸肉皮需要大鼎的油，普通家庭难以用一锅热油来油炸几张肉皮，但是油太少热度不到，肉皮也炸不出来。所以炸肉皮必须是专门的工坊或是需求量大的饭店才能做。

油炸后的猪皮，可以用来与其他食材搭配进行焖煮，也可以用来煮汤。焖煮的时候，需要用水将其泡发，煮汤则可不泡——这样煮起来的肉皮汤才更脆爽。由于肉皮本身没有滋味，因此要依靠吸附其他食材的味道来支撑，但是由于肉皮经过油炸之后，能够增加口感，所以炸肉皮在家乡倒成了一款独特的食材。

时隔多年，我回到家乡，再次来到广太墟。广太墟已经完全变样，那时许多搭棚的建筑已经拆去，建成了水泥楼房。面汤店竟然还在，不过搬迁到一栋钢筋水泥楼房里了。炉火依然红旺，食客满座，甚至是一批吃完，一批又坐下。执掌铺面的是原店主的儿女了，我坐下，叫了一碗汤一碗面，那时一块多钱，现在变成了十五元。

老店主退居二线在一旁帮忙收拾碗碟，主厨事务则交给了下一代。老店主的身体依然硬朗，就是耳朵听力不太好，讲话需要用很大的声音他才听得见。他快八十岁了，一辈子守在炉火旁，依靠这碗面汤撑起了整个家。店主的儿子告诉我，他多年前就从父亲手中接手这间店，但老父亲闲不住，每天都来帮工，而这间面店开到现在已经有四五十年了。

我不由慨叹时光的流逝，突然发现，所谓百年老店其实并不难，大约是两代人的坚持，只是社会发展如此迅速，很多人不愿意坚持，是以很多品牌难以形成。我想，假以时日，店主的儿子在父亲的基业上加以继承与发展，那么孙子这一代接手的大约就是一间百年汤面店了！放眼整个潮汕地区，有哪家是百年的汤面店呢？

那天吃完了面汤，发了一条朋友圈，没曾想收获了一大批家乡朋友的留言，我虽然没有直接点出面店的名字，但是所有人在回复中几乎都直接把这家店的名字打出来。原来，半个世纪来，几乎每一个来广太镇上墟的都光顾过这间简陋的汤面店，这间汤面店也成了所有人共同的味蕾记忆。

广太墟汤面店的肉皮汤虽然简单，但是食材新鲜，现做现卖再加上现场吃，味道十分可口，吸引了很多食客，成为全墟内最红火的一家汤面店，数十年来生意长盛不衰。我是从广太走出来的，因为工作需要，走访了很多地方，也品尝了各地的美食，却很少看到专门用炸肉皮来做汤的，因此肉皮汤也成了记忆里一种特殊的味道。这种味道来自青春期的记忆，初中生正是发育长身体的时期，这碗肉皮汤的味道有着少年饥饿的感觉，有着青春美好而青涩的记忆，每次想起，美好而甜蜜。

潮汕菜脚

潮汕话“菜脚”这个词，用文字来表达，大约可以写作“残羹剩汤”。年轻一代很少听过这么本土的地道说法。我也是多年以后，不经意在父亲的口中听到。有一次带父亲到外面的酒店吃饭，八个人叫了十二个菜，结果很多菜都没有吃完，临走的时候，父亲指着桌面的剩菜说：“这些菜脚都带回家吧！”我头脑里灵光一闪，“菜脚”这个久违的词又回来了。

菜脚，理解为吃剩的肉菜吧。还有另外一种意思，是指没有一次性用完的食材或剩下的边角料。旧时生活贫困，物质缺乏，普通群众的日常生活之中少有大鱼大肉。一般都是在节日盛会或是婚嫁、生日等时，主人家宴请宾客才会有大鱼大肉。宴会结束后的残羹剩菜，就是菜脚。

现在的菜脚基本被当作厨余垃圾处理掉，但是在物质缺乏的年代是不可能的，这些剩菜会被收集起来，重新加工成为食材。各式的剩菜分量不多，逐一加热是不现实的，因此最常见的办法是将这些剩菜全部倒在锅鼎之中一锅炖重新加热。不同的剩菜杂在一锅烹煮，各种味道也夹杂在一起。因此吃菜脚时，有时候吃到鸡肉，有时候吃到香菇，有时候吃到鱼肉，有时候吃到鱿鱼……因为这些菜是别人吃剩下的，吃的时候心底里难免五味杂陈。

以前的潮汕地区，去赴宴会叫作“食桌”。食桌是非常讲究、正式的。主人家要先发请帖，请帖上有对客人的尊称，写明宴请的原因是生日或婚嫁等，后面附有时间与地点。到了赴会这一天，客人要穿着整齐，来到主人家。食桌的时候，一张八仙桌，客人按照辈分高低以及尊卑依次坐下。一般这种宴会，人数比较多，因此会分成多张桌。各桌的就餐，要听从这一桌辈分最高的人指挥，只有他先举起筷子动了菜，其他人才能跟着动。通常整桌的菜式在这个最高辈分的人的带领下，逐一动了一下，接下来大家才可以自由动筷，不用再听号令了。各道菜依次上，最后一道菜是甜汤，这是整个大潮汕地区约定俗成的，当这道甜汤上来时，意味着菜已经上完，希望大家吃完甜甜蜜蜜，也是一个美好的意头。现代人怕糖分高，外面的酒店有的将甜汤改为水果。而在潮汕地区的传统宴席之中，甜汤依然保留。

旧时，吃饭有规矩，大家都是饿着肚子的，所以一场宴席下来菜脚不多。这些菜脚收集起来，经过翻火，有时候反而有另外的味道，老一辈中有些人甚至专门在等待这些菜脚。

菜脚所具的独特滋味其实很好理解。各种各样的食材，经过第一次烹调之后，其实已经是煮熟，出了味道，当这些全熟、出了味道的剩菜放在一起再加热煮时，会更加熟透易吃，尤其带骨头的鸡肉、鸭肉经过第二次炖煮，变得烂熟，肉与骨头脱离，更加好吃。

菜脚是旧时物质缺乏背景下不得已的做法，说得好听一点，是对食物的珍惜，但是倘若食物充足，有谁愿意去吃剩菜呢？改革开放之后，经济获得发展，物质逐渐丰富，这些吃剩下的菜大多被直接处理掉。

某一天，在一家东北菜馆之中，我吃到了东北乱炖，见是一个锅里放了十几种食材，用一个小煤气炉明火加热，各种食材在锅里炖成一道菜。东北之地，冬天天寒地冻，要一道菜一道菜去做，不是太现实，因此聪明的东北人先将各种食材洗净切好，一股脑放到一个锅里进行炖煮，一家人守着一大锅菜一边唠嗑一边吃饭，其乐融融，东北乱炖倒也成了东北菜的一道名菜。我一边吃着东北乱炖，一边在心里想，这不就是潮汕地区的菜脚吗？

但终究还是有所不同！

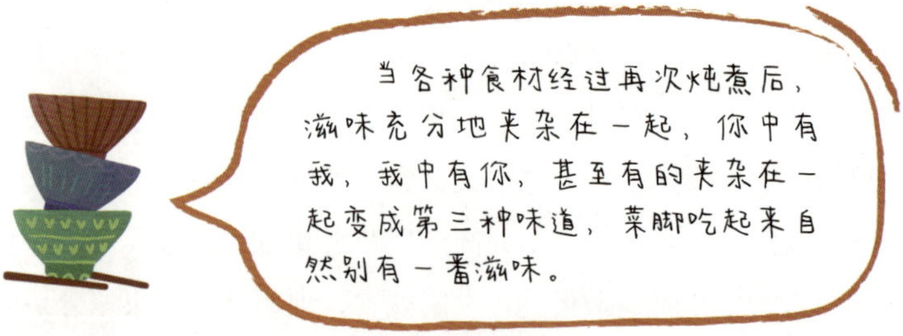

姜薯汤

外出旅行，我向来喜欢简便。一个背包，兜着几件换洗衣服，不管走到天南还是海北，回来依然一个背包。不知道为什么，越是长大，对物质越是看淡，有些东西看看就好，不一定要往家里搬，更何况信息化时代，想要的东西都可以在网上买得到，何必劳心劳力！

要飞泰国的时候，同行的伙伴阿星打电话问我行李多否，在听到我只带一个双肩包的时候，他几乎是欢呼起来："如此我就放心了！"在机场候机相会时，只见他背着一个旅行包，双手一左一右各拖了一只滑轮行李箱。我看得目瞪口呆，带这么多东西出国？心里顿时明白了他欢呼的原因——他要我帮忙带行李！问及箱子里的东西，阿星神秘一笑，隐而不说。箱子沉重，幸好有滑轮，到了机场办了托运，倒也不算麻烦。

阿星来自潮阳的简朴村，定居在广州。这次我们结伴出行到曼谷，源于一首歌。两个月前我应邀为简朴村写了一首歌，演唱者刚好是阿星，歌词创作出来后获得了简朴村村委会以及广大村民的认同。简朴村是特别的华侨之乡，该村只有一个李姓，大约自清朝中后期始陆续有村民迁居泰国，经过了两百来年的迁徙繁衍，现在定居泰国的简朴村乡亲超过四万人，而本地村民才三万多人。

潮汕虽说是著名的侨乡，几乎每个乡村都有海外乡亲，但是一个村里定居海外的乡亲人数超过本土村民的，还是比较少见。简朴村就是比较少见的华侨村，定居海外的乡亲与本土村民保持着极为密切的关系，每逢村里大型民俗活动都有人从海外回乡参与，对于简朴村的华侨来说，不管走到哪里，根永远在简朴村。

华侨对简朴村的道路交通、学校教育、慈善公益等给予了大力的扶持。

两百年来，渐渐形成了海内海外两个简朴村，泰国的简朴村甚至修建了宗祠，海内海外经常互动。“海内一个简朴村，海外一个简朴村，同根同姓同血脉，血脉相连根连根！”这首歌在创作出来之后，很有必要听取海外简朴村人的意见。于是，有了这次泰国之行。

泰国的时间比中国慢了一个钟头，经过三个来钟头的航程，我们到了泰国。前来接机的是阿星小时候的伙伴阿智。阿智参军退伍后跟着太太来到泰国，经过一番努力，在曼谷定居。阿智在曼谷从事电商工作，在曼谷买了一栋三层的楼房，将父母接到曼谷一起住。偶尔，潮阳老家有大型的民俗节日以及传统的人情应酬，长辈则一定要赶回去参加。对泰国，简朴人感觉并不遥远，他们到泰国跟到广州、深圳一样普通，说来就来，说回就回。

我们第一站来到阿智家，当地人自建的社区，一排排楼房，统一都是三层半，各家各户都有一个宽阔的前庭，俨然一栋小别墅。这些自建房整齐宽阔，显得气派，大多为华人所购买。而在曼谷的这个社区里，就有几户来自简朴村的乡亲在此定居，因此彼此之间串门可以使用潮汕话。

在阿智的家，阿星打开了行李箱，我看得目瞪口呆，箱子里装的都是些潮汕特产：大红袍茶叶、糖方、玩具等等，甚至还有一大袋在菜市场专门买来的姜薯！难怪行李箱这么沉重。这些东西都是非常普通的，上网甚至在泰国本地也完全可以采购。但是很快，我就发现有所不同，几位乡亲围着阿星，每看到阿星拿出一样，大家都惊喜地叫出来：“哇！茶叶啊！哇！糖方啊！哇……”一连串的欢笑声在房间里回荡着。这些现场的欣喜，是快递所传达不了的！

我的心也跟着他们在欢笑，想起小时候在家乡等番客的情景。二十世纪八十年代，改革开放后，很多海外乡亲陆续回国探亲，探亲的华侨我们叫作番客。番客回乡，乡亲们都要去迎接，美其名曰“等番客”。那时的中国，物质还是非常缺乏，华侨归国探亲也是大包小包，包里带回来的大多是衣服、糖果、药品、零食、玩具。这些东西按照亲属血缘关系的远近进行厚薄分配，疏远一点的，可以得到几颗糖果，称为番糖。番糖真甜，那种味道与中国糖果所不同，因此小伙伴们乐此不疲，喜欢“等番客”。

现在回想起来，当年番客所分赠的东西在所在国度也不是很值钱的东西，但是万里云天，千里迢迢从异域带回来，这份深情与厚意却非金钱可以衡量。

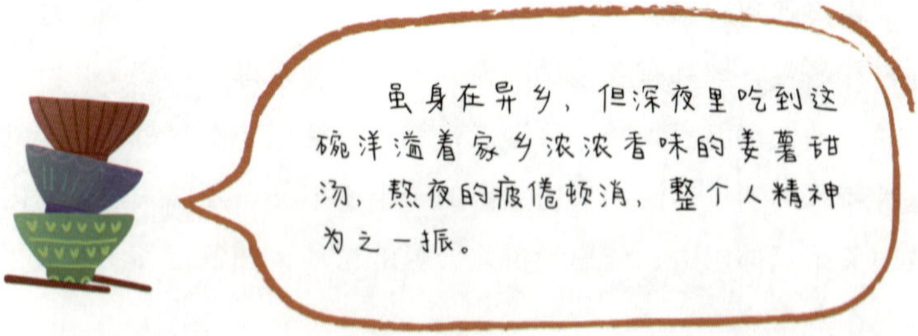

此次阿星带去这些普通日杂，拉近了乡亲之间的距离，大家其乐融融。我松了口气，顿觉这一路劳顿是多么的值得。

因为在曼谷的乡亲太多，所带的两大箱东西即刻就分配完了。东西不算值钱，但是能被数念（挂念）到真好！其中一大袋姜薯，是阿星临来曼谷的时候在广州的菜市场买的：“去得晚了，只有这么多，都是老家潮阳出产的。”

姜薯不多，分成两份，一份留给阿智，剩下一份送给阿星的另一位同学阿鹏。阿鹏定居在不远的另一个社区，也是毕业后来曼谷创业，现在举家定居在曼谷。一进门，阿鹏家是潮汕风格的摆设，茶几、沙发、工夫茶。这些摆设再加上潮汕话交流，偶尔间，有点身处潮汕的错觉。刚好碰到阿鹏几个小孩从学校回来，一见到我们，双手合十，高举到额头，躬身道声：“萨瓦迪卡！”阿鹏一共生了四个小孩，前面三个经常送回老家，因此普通话、泰语甚至潮汕话都能讲，最小的孩子刚进幼儿园，幼儿园采用泰语教学，所以只会讲泰语。“迟一点时机成熟要送他回简朴村生活一段时间，家乡话一定要学会！”对于阿鹏来说，只要回到潮汕，在潮汕的生活环境里，潮汕话很快就能上口。他前面的三个孩子就是这样学会了潮汕话，而阿智与阿鹏等人，来到泰国之后，在当地的语言环境下，全部熟练学会了泰语。

旧友在异国重逢，自然格外亲切。一泡工夫茶，家长里短聊得不亦乐乎。当天晚饭，阿鹏做东，请我们去吃当地的海鲜。食材基本一样，做法也与潮汕菜类似，唯一不同的是那碟用泰国柠檬与辣椒调成的万能酱料，又酸又辣，各种食材都能蘸着吃，消腻去腥，非常爽口。

晚饭后回阿鹏家客厅继续喝茶聊天。这时候，人渐渐多了，阿星分散在各地的朋友都聚集到阿智家里来。仿佛潮汕的一次普通聚会，只不过地点改在泰国。简朴村在曼谷各地都有乡亲，因为人多，各种亲缘关系交叉，潮汕这边过去非常容易，随便都能找到一个落脚点，经过介绍也非常容易就能找到对应的工作。这种特殊的情况是潮汕人情关系的一个小缩影。潮汕人遍布海内海外，靠这种认同关系延伸出去，依靠爱拼才会赢的精神，在各行各业涌现了许多翘楚人才。

夜阑之时，阿鹏的太太鹏嫂不知道什么时候抽身走开，等她再次出现的时候，用一个大托盘端出一碗碗姜薯丸。阿星今天带来的姜薯，此刻被做成了潮阳本土的姜薯丸甜汤！我才知道阿星为什么要从广州带潮阳姜薯过来。姜薯是潮阳的特产，被列为中国国家地理标志产品。这种姜薯表皮呈浅黄色至棕黄色，皮薄肉白，去皮后呈现乳白色，富含黏液质，煮成甜汤后口感爽脆、清甜顺滑。

潮阳人尤其喜欢吃姜薯，除夕围炉，一定要有一道甜姜薯。如果是大年初一亲朋登门来拜年，主人都会煮一碗姜薯汤来进行款待。按照潮阳民间习俗，客人可以辞却别的款待，唯独这碗姜薯汤非吃不可，因为这碗姜薯汤表示主人对来客的敬重。而在当地的嫁娶例俗中，姜薯也扮演特别重要的角色，新娘过门第二天早晨，要吃一碗家婆或小姑特意为她制作的甜薯汤，它象征着甜蜜、美满，也象征着吉祥和幸福。

姜薯被刨成片，遇热自动卷成圆形的圈圈，打入鸡蛋，调入白糖，姜薯汤就煮成了。煮成汤之后的姜薯口感润爽，嚼之，略有韧性，再加上打入鸡蛋、调入白糖，吃起来感觉十分清甜、清香、清爽。

“其实一开始我也不会煮姜薯汤，记得最初我是将姜薯刨成片然后放进水里一起煮，结果煮成一锅姜薯糊。后来经过家里长辈教导后，我懂得先将水煮开，然后将姜薯刨片，这样姜薯片遇到开水，立刻就卷起来，整锅汤清清爽爽、清清甜甜。”在鹏嫂煮的姜薯汤得到大家一致好评的时候，她忍不住说出了自己煮姜薯汤的心得。从她的叙述中，可以看出传统煮姜薯汤的技法在她身上得到传承，同时也随着她与家庭的迁徙，传播到了曼谷。

我毕业后参加工作，最开始从事传统媒体工作，养成了天南地北到处游走的习惯，此次泰国之行，是我经历过最有人情味的一次。在接下来近一周的时间里，阿智每天开着他的私家车送我们到曼谷各地去游历与采风。虽然身处泰国，但是因为这份便利，几乎每天都会见到潮汕人，大家交流都用家乡方言，在了解泰国特色文化的同时，还深入到泰国的底层，与当地人进行面对面的交流。泰国之行，却仿佛没有走出潮汕，此次行程也变得特别亲切。

中国终究是个人情社会，尤其潮汕地区，因为族群强烈的认同感，再加上宗族与血缘，使这个族群不管走到哪里都亲如一家。我离开潮汕已经近二十年，很多生活习惯、思维、做法都逐渐广府化，凡事讲究便利、讲究规则，对传统世俗的人情世故逐渐陌生。生活社区之中，关起小门成一家，门外之事高高挂起也无妨。此次泰国之行，让我重拾族群的那种亲切。我想，在广州，不同地区、不同种族的人生活在一起，如果在讲规则的同时，也适当融入世俗的人情，会不会更加美好。例如远行归来，为身边的同事或者小区的门卫以及邻居带一份小手信，虽然不算贵重，但是人非草木，这份心意，相信对方一定可以感受得到。就如几十年前满怀期望的“等番客”，就如此次泰国行!

世间万物皆有情，这份心意但愿你能懂。

尖米圆

尖米圆并不圆，甚至有点长条状。

优质的大米浸泡后加水磨成米浆，过滤入锅煮成糊状，冷却后的米浆形成块状，然后再调入生浆揉捏成团。浆团放在一个凿满小圆孔的木槽上，置于热锅上揉搓，被挤压后顺小孔坠漏入锅中热水成形，最后被放入冷水中冷却备用。成形的尖米圆中间鼓起，两头尖小，像一粒巨型的尖米。尖米圆用肉骨熬成的大锅汤煮熟后，撒上葱花肉碎，美味四溢。

父亲经常说，四乡六里要算元集家的尖米圆最好吃。

元集是谁，我从未见过，但是小时候每次上墟吃到尖米圆时，总是不由自主想起父亲说的那句话。

2024年年底，在甬莞高速普宁广太互通至南溪连接线的前期建设中，烈士黄元集的墓在湖内村后山牛角池口葱茏的草木之中被发现，他的事迹再次被乡亲们提起。

我们村叫湖内村，村庄依山而建，山下良田成片，引榕干渠与洪阳河一条在村西，一条在村东，滔滔流进榕江。这里曾经是潮州柑的生产地，元集的生命定格在20世纪70年代，那时湖内村还没种潮州柑，村里肥沃的良田广种水稻与刀豆。

少年元集整天穿梭在田间地头，面朝黄土背朝天，帮着家里干农活。他家在红埞山那边有一个小小的窟仔（小鱼池），他常去割最鲜嫩的青草来喂鱼。除了干农活，元集家里还有一门祖传的技艺——制作尖米圆。尖米圆是潮汕地方特色小食，虽然美味，但是制作工艺烦琐，极为劳心费力。

每天大半夜，元集一家大小便要忙碌起来做尖米圆。煮熟的尖米圆要赶在第二天凌晨时，用担子挑着到村东的狮头寨墟摆摊，有时候为了能够卖更多的尖米圆，元集一家还要步行一个多小时到广太墟的四脚亭去摆摊。四脚亭有猪肉档，元集的父亲摆开锅炉，现场向肉档买来新鲜的肉骨头熬汤，然后一碗一碗煮着卖。肉骨汤清甜，尖米圆爽口Q弹，一碗落肚，既解渴又饱肚。这是当时每个上墟市的乡亲最奢侈的消费，有的小孩跟着父母上墟市，为的便是能够吃一碗尖米圆。元集家的尖米圆在四乡六里远近闻名，少年元集跟着父亲一起去广太墟卖尖米圆，成了湖内村村民一提起都很熟悉的一幕。

元集18岁那年加入了中国共产主义青年团，因为机灵能干，他还被村里的民兵队吸收为民兵。作为民兵队的一员，元集仿佛看到人生的光亮，他朝着光亮的方向前进，工作非常积极。随后几年，元集参军了，很快就成了连队的优秀战士，不幸的是，1976年10月11日，元集在电白县实弹射击中因炮膛爆炸不幸牺牲。元集牺牲后，被追认为烈士，骨灰送归故里，葬在湖内村牛角池口。

现在的广太墟已经没有尖米圆，必须到附近的钟堂墟才能吃到。广太墟早就变了样，建成了现代化的楼房。时至今日，现代化的高速公路直通湖内村，昔日的山野之地，迎来翻天覆地的变化。回想起半个世纪前，烈士黄元集这一代人，开荒造田，入伍参军，保家卫国，为的正是国泰民安，山河锦绣。今日之中国，经济发达，科技先进，自强崛起于世界民族之林，迎来全面伟大的复兴。

这盛世，如烈士所愿！

尖米圆煮熟后，口感柔软，但嚼之有弹性，米香味极浓，在潮汕地区城乡都极受欢迎。（杨泽明/供图）